本土與
世 界
12

愛憎2,28

戴國煇
葉芸芸 ／著

◎光復後、事變前台籍人士所撰述，對台灣社會實況最具深度的著作：徐瓊二(淵琛)的《台灣の現實を語る》。

◎1990年元月1日，作者戴國煇訪問臺靜農教授，討論「二・二八」時的狀況。

◎1991年7月27日，作者戴國煇夫婦訪問廈門華僑博物院陳館長，談陳嘉庚與陳儀主閩時的關係。

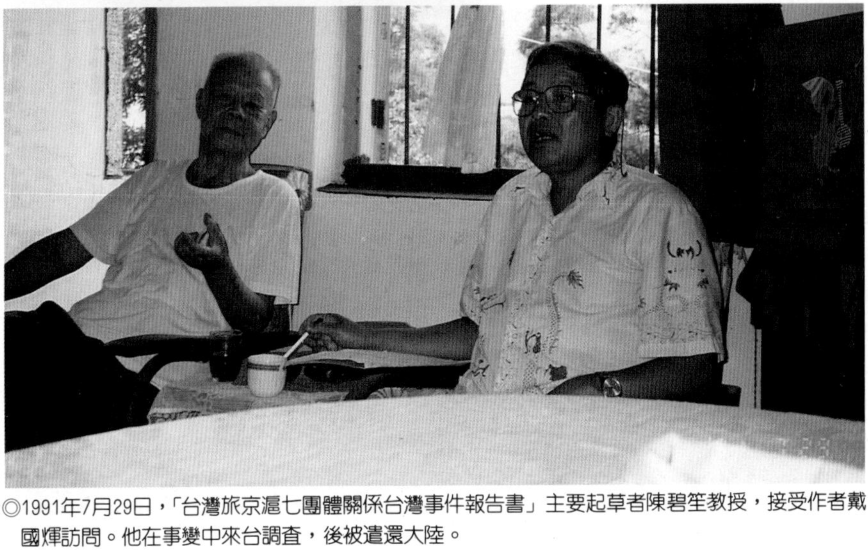

◎1991年7月29日，「台灣旅京滬七團體關係台灣事件報告書」主要起草者陳碧笙教授，接受作者戴國煇訪問。他在事變中來台調查，後被遣還大陸。

◎1991年8月3日，作者戴國煇於北京訪問丁名楠教授。

◎1991年8月11日，作者戴國煇於北京訪問周青。

◎1991年8月20日，作者戴國煇於天津訪問李霽野教授。

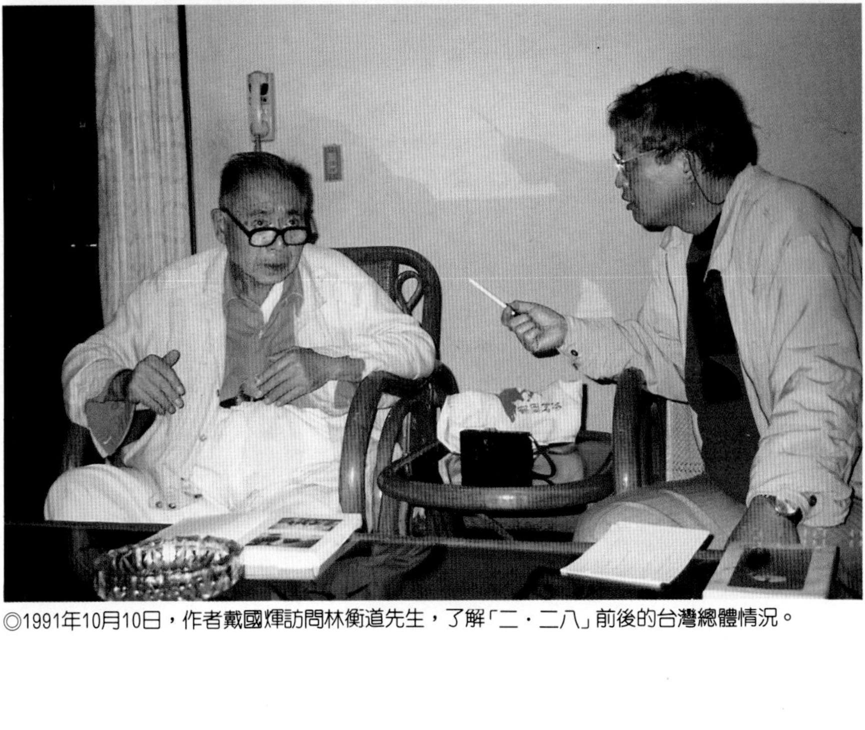

◎1991年10月10日，作者戴國煇訪問林衡道先生，了解「二・二八」前後的台灣總體情況。

◎1991年10月24日，作者戴國煇在中央研究院近代史研究所發表有關「二・二八」的歷史研究報告。

◎1991年11月13日，作者戴國煇夫婦(右二)與葉芸芸(左二)、美洲時報週刊副總編輯吳克(左一)訪問胡鑫麟博士。

◎1991年11月22日，作者戴國煇訪問H先生。

◎1991年11月22日，作者葉芸芸訪問H先生。

◎1992年元月，作者戴國煇接受華視採訪，談有關「二・二八」的歷史。

◎1992年元月27日，作者戴國煇訪問事變受難者阮朝日（時任《新生報》總經理）之女阮美姝女士。

愛憎二•二八

戴國煇
葉芸芸 著

遠流出版公司

本土與世界叢書⑫

愛憎二・二八——神話與史實：解開歷史之謎

作　者／戴國煇・葉芸芸
發行人／王榮文
出版・發行／遠流出版事業股份有限公司
臺北市汀州路3段184號7F之5
郵撥／0189456-1　電話／365-3707
傳眞／365-8989

電腦排版／天翼電腦排版印刷股份有限公司　電話／705-4251
印　刷／優文印刷股份有限公司　電話／262-2379

□1992年2月16日　初版一刷
□1997年1月16日　初版九刷

行政院新聞局局版臺業字第1295號
售價280元　(缺頁或破損的書，請寄回更換)

ISBN 957-32-1504-7

謹以此書

敬弔

被大時代巨網捕噬的冤魂

目錄

第二篇　悲劇的發生、經過和見證

〔自序〕

我是怎樣走上研究「二·二八」之路

每一個歷三十多年而不輟地浸淫某一領域的學術研究者，其實都有著難以爲外人道的內在的深情，便是這深情引領著學術研究者即使上窮碧落下黃泉，或寂寞地踽踽於思索的道途中，亦不覺其辛苦。做爲一個二·二八事件及台灣史的研究者，我常在午夜夢迴的寂寞之中自問：是什麼力量驅動我走上這道路？是什麼歷史的或無由言說的深情可以令人一往而無悔呢？

記憶於是回到一九四五年至一九五〇年代前半期的往事，那些熱情而眞摰的、帶著青春期的正直與理想主義色彩的同學的面容，那目睹憤怒民眾砸爛專賣局台北分局而驚心動魄的自己，以及一個因「白色恐怖」而自陷頹廢主義藉酒澆愁的好友的面容。是那些年少時代被擺佈到歷史巨大變局中的心靈震動，引著我直至今日？抑或是大量的捕殺讓流寓日本的我全心要解開這命運之謎呢？理性的認識與感性的深情交相繞纏在心中，連自己都難以分辨。

一九三一年四月十五日我出生於桃園縣中壢附近客家村莊的小康家庭。光復時，我正就讀於新竹州立新竹中學二年級。台灣復歸中國，對台民是一大喜訊。國府來台接收時，我也夾在歡迎群眾中，手拿中華民國國旗和國民黨黨旗，抱著歡欣鼓舞的心情，熱烈迎接國府官員與中央軍的到來。

當時接收新竹中學的是甫從廣東中山大學畢業未久的辛志平校長。辛校長在竹中奉獻心力辦學四十年，作育英才無數，蜚然有聲。但當時稚嫩的我卻對他的廣東國語與私德的傳聞頗有意見，因而插班轉學到台北的建國中學。建國中學校長陳文彬（「二·二八」後避難到大陸，熬過「文革」，客死北京）原為日本法政大學教授，在東京時即有頗高的聲望，光復後返台致力發展教育事業，網羅不少東京帝大等名校畢業的留日高材生至建中任教（像台大醫學院小兒科陳炯暉、泌尿科江萬煊等教授就曾在建中兼課），建中遂成頗有號召力的名校。我在建中唸書時，正臨學制的改制期間，寄宿於改制中的台北高等學校及剛創制的台灣省立師範學院附近的住宅區（當今的泰順街），那個有池塘、夜深人靜的地區，原為日本高級官僚或台北高等學校教職員的宿舍，戰後很多從日本各帝國大學或高等學校回台的台籍學生寄居此

▲事變時建國中學的校長陳文彬，台籍左傾文化人。

地，形成各路英傑聚合的「梁山泊」。雖然有一點早熟，正值青春騷動初期的我，卻很崇拜這些留日且出身名校，博覽群書學識豐富的學長們，受到他們頗多薰陶。

「二•二八」發生之際，我讀初三。二月二十八日的上午，因有親戚在台大醫院服務，我到醫院看他們。自醫院樓頂遙望了包圍長官公署的請願群眾，並聽到了那不吉利的機槍慘叫聲。同天下午我還到了城內專賣局台北分局附近，目擊了憤怒的民眾在砸爛分局並焚毀專賣品。

有些流氓模樣的青壯年，則仿效日本人頭綁白布巾，口罵「支那人」、「清國奴」，不分青紅皂白地找出外省人毆打出氣，連就讀於台北女師附小（現台北市立師院實小）的外省小孩也無法倖免，慘遭拳打腳踢後，還被推入學校前的深溝中。連我也因閩南語不甚靈光，而被迫唱日本國歌，以澄明台灣省籍身份。這些情景，對年輕而富於正義感的我造成很大的心理衝擊。我當時固然也對大陸來台行政官員、士兵的貪污橫暴等無理的種種深表憤怒不滿，但總覺得這樣非理性的暴行騷亂，終非正道，眼見許多無辜受毆打者一波一波地被送進台大醫院，心裡非常痛心難過。至於戰災過後不久，物資甚為匱乏，還焚毀專賣品等，叫我惶惑及

▲抗戰勝利後在上海出版發行，最具影響力的自由派雜誌——《觀察》。

惋惜。

三月一日，早上到學校等上課時，有一位從日據私立台北中學（今泰北中學）插班過來的高年級學長到我們班上來，他帶一點江湖流氓氣，語氣激憤地辱罵國民黨、外省人，鼓動我們跟他上街行動。但由於他出身私校，我們出身公立學校的同學，年輕氣盛，不懂事，對他心存鄙視，而且他除了情緒性的煽動字眼外，也未見有足以服人的理由，因此，我們班上沒有一個同學附和跟隨了他。待我回到「梁山泊」，那些從日本名校回來、社會科學素養深厚的學長，對「二・二八」卻有不同的看法，他們雖也批評國民黨，但反對毆打外省人的暴力行為，並以社會科學作深刻的分析，令我大為佩服。

不久，建中校長陳文彬被捕，英語教師王育霖（日本台獨領導人王育德之兄）失蹤。家父怕我出事，當即把我帶回中壢老家監管。

「二・二八」後，大陸國共對抗的情勢愈形嚴峻。國府的政治腐敗，失去民心，軍事上也逐漸轉衰，大陸青年學生普遍左傾，學潮四起。一九四八年至四九年，大批大陸知識青壯年到台灣的學校任教，其中頗多思想左傾，不少為中共地下黨員者。我們肯下功夫的台籍學生慢慢地開始有能力閱讀中文刊物，當時大陸深具影響力的報刊，像《文匯報》、《大公報》、《觀察》已湧入台灣，早熟的學生無不至圖書館爭相閱讀，左翼作家魯迅、巴金、茅盾等人的小說、雜文也風行一時，成爲台灣知識青年一睹爲快的作品。在這樣的背景下，台灣本地的青年學生也開始對大陸政局的變化熱切的關注，與大陸來台學生們匯合，搞起活動和學運來。

國府在大陸軍事節節失利，一九四九年大批軍隊撤退來台，佔據了校舍，學校只能上半天課，而「四・六」學潮（一九四九年紀念「五・四」的前期活動所惹起的）後，國府又大肆搜捕活躍的學運份子，我的同學、學長、老師或被捕，或逃逸大陸，一時風聲鶴唳，時局阢隉，學習環境迅速惡化，遂令我興起遠離這「是非之島」的念頭，一方面「想飛」，另一方面「想溜」。加以，當時五十之齡新遭喪偶的家父竟迷戀上一個酒家女，將其娶回家中，令我深爲不滿；國亂如麻，又遭家變，高中尚未畢業的我經此雙重刺激，就「偷」了父親的錢換成美金，跟一個琉球人商定，以兩百元美金及三大袋糖爲條件，由他幫我經過琉球偷渡到日本，投靠東京的二哥。我先給了琉球人一百美元定金和三大袋的糖，十月下旬如約到竹南附近後龍的海口等待出海，誰知苦等一個多禮拜，琉球人卻久候未至，於是

▲國防部新聞局掃蕩週刊社所編的《二·二八事變始末記》。

▲事變後行政長官公署編印的《台灣暴動事件紀實》。

才知被騙，只有打消念頭，廢然而返。

一九五〇年六月，我高中畢業，韓戰爆發。國府在美國第七艦隊進駐台灣海峽後，獲得美國的軍事、經濟援助，爲了更進一步地鞏固對台灣的統治，遂開始實行「白色恐怖」，大肆逮捕並撲殺左翼人士。我許多學識超卓、愛國、正直的同學、朋友、師長紛遭繫獄、槍斃。我爲免遭無端牽連，並遠離中壢老家，遂決定不在台北讀大學，轉而投考台灣省立（台中）農學院，一試中第，就在台中唸了四年大學。這一段可以說是我在台灣實踐既「半飛」又「半溜」的歲月。

在台中有個值得一提的同學林曲園。他日文造詣極高，又深諳尼采等西方哲學思想，是個熱血浪漫的優秀青年。他家世好性格又豪爽，支援了因「二·二八」和「白色恐怖」的牽連而需避風頭的朋友。此事甚少人知道，只有一位「變節」成爲特務的惡棍察覺，以向官府告密揭發相威脅，一再地向他敲榨勒索金錢，林君被迫花錢消災，心中陰影始終揮之不去，遂陷於消沉頹唐，似乎還有自演「頹廢主義」（Decadentisme）的模樣，經常借酒消愁，縱情聲色。五〇年代後期，他得償宿願到巴黎深造，但因身體耗弱，心情悒鬱，竟罹肺病，終乃不起，一個富於才情的善良青年竟爾早逝於巴黎異鄉。從林君的遭遇，使我痛感在「二·

▲由台灣半官方性質的正義出版社，於民國三十六年五月出版的《台灣二·二八事件親歷記》。

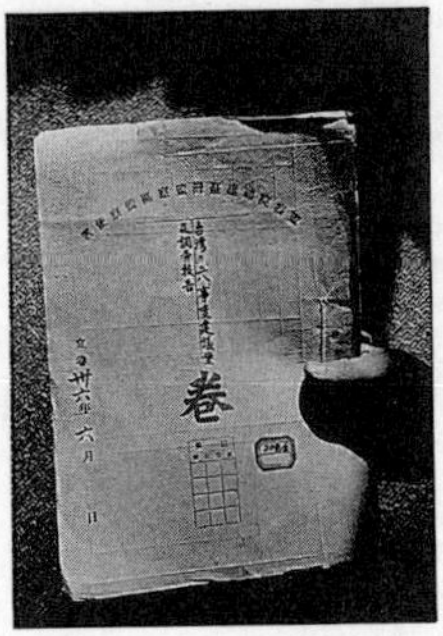

▲「台灣二·二八事變建議案及調查報告」原件。

二八」及「白色恐怖」的亂局中，人格卑劣，趁火打劫，大幹出賣、敲詐勾當的台籍人士實在也不乏其人，加害與受害的雙方決不能簡單地以省籍判然二分。

一九五四年大學畢業，在預備軍官第三期訓練中，我通過留學考試，然後在一九五五年秋天負笈日本，終於得償遠離「是非之島」的夙願。

從一九四五年盛夏到一九五五年深秋這十年間，我經歷了台灣光復、「二·二八」、「白色恐怖」這段台灣社會政治翻騰攪擾不已的多事歲月，其中摻雜了欣喜、憤怒、悲哀、壯懷激烈的各種複雜情緒。我的許多朋友、同學、師長在「二·二八」、「白色恐怖」中，有的冤死莫名，有的慷慨赴義，有的身繫囹圄，飽受身心摧殘。另一方面，我也眼見耳聞了數之不盡的公報私仇、政治權力傾軋、鬥爭、欺騙、勒索、出賣等卑鄙醜陋的邪惡行徑。可以說，人性的崇高與卑劣、眞實與虛僞在這過程中，交互呈現，做了最徹底無遺的展露。對這些我不能無感於衷，於是發願要把「二·二八」、「白色恐怖」的源頭、過程做全面的探討，旣爲剖解未明的疑惑，也可爲當世與來者之借鑑。

一九五六年四月，我進入日本東京大學就讀，就開始著手搜集「二·二八」史料。我找出「二·二八」當時的《大公報》、《文匯報》、《觀察》等報刊，

▲長官公署爲宣揚治台績效，招待外國記者團參觀，記者們所寫的報導文集。

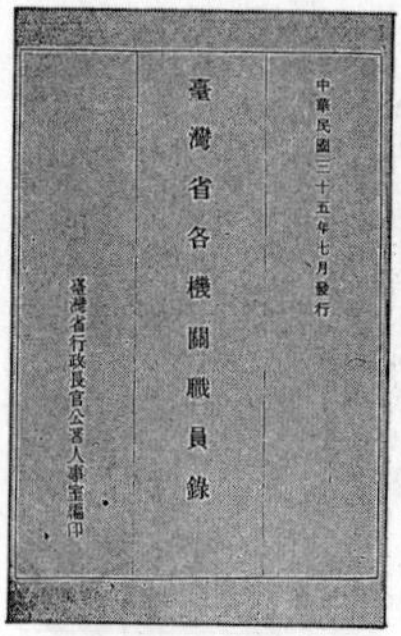

▲從這本《台灣省各機關職員錄》中可以瞭解長官公署有關機關及幹部名單。

閱讀了莊嘉農的《憤怒的台灣》、林木順的《台灣二月革命》、唐賢龍的《台灣事變內幕記》、王思翔的《台灣二月革命記》、行政長官公署初編《台灣省二・二八暴動事件紀要》、台灣省行政長官公署新聞室編印《台灣暴動事件紀實》、台灣正義出版社編印《台灣二・二八事件親歷記》、勁雨編《台灣事變眞相與內幕》、江慕雲的《爲台灣說話》、國防部新聞局掃蕩週報社編《台灣二・二八事變始末記》等書。舉凡周邊狀況的有關文獻，像：沈仲九主編《台灣考察報告》、福建省縣政人員訓練所編述《陳（儀）主席的思想》、台灣省行政長官公署宣傳委員會編印《陳長官治台言論集第一輯》、台灣省行政長官公署宣傳委員會編行《外國記者團眼中之台灣》、台灣省行政長官公署人事室編印《台灣省各機關職員錄》（中華民國三十五年七月發行）等，都是我熟讀的對象。尤其能看到《一九四九年美國對華白皮書》的英文本（*United States Relation With China: With Special Reference to the Period of 1944～1949*）及賈安娜、白修德著《中國暴風雨》（或《中國的雷霆》）的英文本（*Thunder Out of China*）獲益眞不少。這兩本批判及抨擊國府的美國書籍，提醒我對同樣的事物可有多元的視野來比較思考，從而增多閱讀，使我初步了解到，勝利前後遠東及中國的軍事、政治、經濟等的大景況。在日本，我一

▲作者戴國煇查閱當年在香港出版的《華商報》。

邊專力於本行的學術研究，確立在日本學術界的地位，養家活口，一邊「上窮碧落下黃泉，動手動腳找東西」地搜尋「二・二八」有關史料與資料。

六〇年代，台灣文學界耆宿吳濁流先生數度來日，我協助他出版《亞細亞的孤兒》等書，提示「二・二八」相關資料並與他討論「二・二八」，敦促他寫成記錄「二・二八」的《無花果》。國府監察委員丘念台先生在奉派來日疏導留學生時，我也與他就「二・二八」深談多次，明白了原來國府和國民黨並非鐵板一塊，其中派系傾軋鬥爭激烈，實非一般不諳中國傳統政治文化的台籍人士所能想見，而國民黨及國府有關人員也決不能等同於外省人、中國人。此後，我還訪談了葉榮鐘、王詩琅、楊逵等前輩，對「二・二八」有了更清楚的了解。

一九八三年春夏之交，我正在加州大學柏克萊校區訪問研究，葉榮鐘先生的女兒葉芸芸女士爲了籌備《台灣與世界》月刊在美國發行，特地到柏克萊看我。我建議她開闢專欄，整理有關「二・二八」事變的史料。我認爲，「二・二八」是當代對台灣影響極爲重大深遠的歷史事變，對中國現代史（當然包括台灣史）及東亞的和平有獨特的重要性，必須對之作出公正而客觀的省察，總結這段歷史經驗，才能有助於台海兩岸的和平與中華民族的團結。

當年的國府雖然沒有明令禁止「二・二八」的研究，但人人自危的社會氛圍下，當然就沒有人敢去碰它。當局對整個事變諱莫若深，極盡掩蓋之能事。經歷過「二・二八」的世代，對當年國府接收人員的貪婪殘酷與鎮壓事變時的凶狠毒辣，雖有極深的憎恨與惶恐，但在國府戒嚴高壓體制下的台灣島內，除了偶爾私下吐露幾句憤懣之詞外，只有噤默不語，不敢聲張；而戰後出生的世代則靠著父母輩的一些傳聞，擷取一鱗半爪，滋長出不斷增高的憤懣與抑鬱。「台獨」人士則利用國府的不當禁制措施，置「二・二八」的歷史眞相於不顧，反而利用其「黑盒子」製造些神話，誇張失實地大作政治性的煽動蠱惑文章，有意無意地藉此製造仇恨，加深省籍矛盾，以求擴充政治資本，趁而建構其「台灣民族論」及凝聚其「台灣人意識」，企圖爲奪取政治權力鋪路。這種作法只會造成歷史悲劇的惡性循環，無法療傷止痛，達到吸取歷史教訓的目的。而大陸中共方面也不脫政治掛帥的窠臼，多年來只藉著紀念「二・二八」因應「解放」或「統戰」的需要，卻鮮見對「二・二八」本身做客觀的總結及學術研究。

爲此，我遂自一九八三年八月起，在美國發行的《台灣與世界》雜誌上以梅村仁的筆名開始連載「二・二八史料舉隅」，將我搜集到的史料分篇、整理、注釋並考證，逐月發表，目的在提供鄉親資料和一些看法，並期待能就正面層次來刺激有關「二・二八」的研究。這個連載後來引起海內外人士的重視，直至一九八四年四月初我返日本，看時機認爲預期的目的已達成後，適可而止，便留下一些「餘韻＝重要史料」而自主地停載。

在《台灣與世界》連載中，有不少機會和葉女史面敍及書信的往來。不久，我發現了她的才華和條件。她的家庭背景（她先尊葉榮鐘先生帶給她的餘蔭）和持有美國護照（方便走動）這些甚難有人能夠兼備的條件，正是她能夠作好採訪「二・二八」有關人士的絕妙大前提。我向她建議，小心被拖下「政治」的漩渦，只要能保持不涉及「政治」並固守學術研究立場，妳可以完成任何台籍有識人士都無條件完成的業績。

近年，葉女士開始把她的採訪紀錄結集成書，公諸於世，其中有關「二・二八」的佼佼者，當爲《證言二・二八》（人間出版社，一九九〇年二月）。

我們兩人，一直懷有合撰通俗本「二・二八事變」的計畫。本於我過去一貫地作法，是先公開資料方便學術界同好之士的利用，以期公平競爭，互相提升研究水平，回饋社會，繼之著手學術專著的撰寫，完成通俗本卻是我每一個個案研究的最後一段的作業。

一九八五年後，我能返台，返台機會增多後，我發現上述一類的執著和作法在價值觀混亂、知性的誠實不被尊重的台灣頗難適用，有可能被投機分子趁機惡用，將有爲害台灣學術界之嫌。

我們所注目的「二・二八」的研究動向，逐漸大白於世。台灣省文獻委員會及行政院「二・二八事件」研究小組的研究報告將於一九九二年二月二十八日以前公佈。我們終於決定，我們非國府、非中共、非「台獨」（他們的立場振幅相當地大，暫以「台獨」的概稱來代稱）的第四個立場的初步研究報告，也應該在同一個時期披露，仰請社會諸賢的批判及斧正，這才是公正堂皇的作法。

由而，我們倆將多年累積下來的研究心得及認知總結合撰成此書，第一篇和第三篇由戴國煇，第二篇則由葉芸芸執筆，因我尚留在台灣故，最後的定稿及校正則由我一人負責，以供關心「二・二八」者參酌。本書的完成雖未及參看海峽兩岸未公佈的官方典藏史料，但我們依多年搜集所得的材料與親訪見證人，將整個事變作一宏觀而科學的分析，相信不無一得之愚。

我始終認爲，只有站在公義、公正、不偏不倚、客觀理性的學術立場上來探討「二·二八」事變的全貌，才能接近事變的眞相，才能有效地撫平歷史創傷，從而將悲劇性負面經驗轉化爲正面的歷史鑑識。

因是立意撰述通俗本（自感不夠通俗，差強人意）故，我們考慮到讀者諸君閱讀時不感枯燥及瑣碎而盡量免去註腳，方便一讀能終篇。在可預期的將來，我準備完成精磨細琢的「二·二八」學術研究專著及資料匯編，斯時，筆者當然將作必須作的一切交代。

爲了完成這一本書，我們得過無數前輩和朋友的幫助，我們應該感謝。

我們特別得感謝的有吳克（《美洲時報周刊》副總編輯）、杜繼平（同前周刊主任）兩兄。他們讓我有機會先連載（自第三四八期（一九九一年十月二十六日／十一月一日號）至第三五七期（一九九一年十二月二十八日／一九九二年一月三日號））一部分，不但在整理原稿上拔刀相助，還讓我享有再推敲的機會。

還得感謝的有我內子林彩美，和葉女史的先生陳文典博士。林彩美女史有時幫我謄清稿件及整理資料，陳博士和林女史他們兩人分別當爲第一個讀者，常常提出一些尖銳且具批判性的可貴觀點來鼓勵我們撰述。

必須特別作好交代的是，本書書名的來由。詩人楊澤博士（《中國時報》人間副刊主任）當他把本書第十一章「統獨爭議的本質與導向」選登於「人間副刊」時（一九九一年十一月十六日），另取大標題「愛憎二·二八」，這個給了我們啓示，終於決定以此爲書名，謹向他致謝。

遠流出版公司的王榮文發行人非常寬容，一直等待並支援我們完成這本書，資深編輯林淑慎小姐幫忙整理及校正，讓本書不致有太多錯誤，我們由衷誌謝。

我們在撰述過程中，一而再地確認了我們應該堅持的立場和撰述的態度。第一，我們就事論事，不褒不貶。第二，我們只準備並冀望對歷史能作好交代，但不準備遷就任何個人及社會、政治勢力。第三，我們等待的是「世界史和人類史法庭」的審判及善意且具有建設性的批判和指教，但拒絕一切低層次的「假批判」及圍剿性、貼標簽式的無聊攻擊抑或耳語。

顯然，撰寫當代史自求冷靜、理性、客觀比力求正確來得容易。我們相信本書疏陋的地方必還不少，如蒙方家指教，深爲感謝。

戴國煇　謹誌

一九九二年一月二十日於台北

愛憎二•二八

——神話與史實：解開歷史之謎

第一篇

愛憎交錯的前史

第一章　狂歡與幻想的雜奏——光復在台灣

當時的台灣人正陶醉於回歸祖國、投向慈母懷抱的狂喜之中，根本就不曾思考也看不清楚，究竟「中國」、「中國人」的內涵是什麼？將入台的國府官員及國軍其性格及內部結構為何？對這些重要問題，台人既懵懂無知也不曾躬自查問。

導言：尋找歷史眞相

台灣光復後僅僅一年四個月加二天就發生的「二．二八」事變悠悠已過了四十多個年頭，然而這場歷史悲劇的眞相卻未因時日的流逝而大白於天下，其所遺留的傷痕也未因政治禁忌的突破而彌平。反而在政治鬥爭的干擾下，歷史顯得曖昧混雜，紀念活動則多半淪為政治秀，也鮮見有客觀、公正且夠水平的「二．二八」學術研究。

一般說來，當代史由於相關的當事人尚存，許多事情也還沒有塵埃落定，變數頗多，故而不太容易研究。但不論是台灣光復或「二・二八」，都已是四十餘年前的舊事了。經過時光之流失和沖洗，一些歷史的塵埃，不復沾滯，現在已很可以用嚴謹的史學方法來排除時間的局限性，對光復到「二・二八」的這段歷史做冷靜的探索了。

我探討「二・二八」的目的是，以社會科學的方法及客觀且誠實的態度把「二・二八」事變的眞相整理出來。我處理「二・二八」可有兩種立場：首先，當然是從知性來說，做爲史學家或社會科學家的立場；其次則是從感性來說，做爲在台灣出生、成長的台灣人的立場。這兩種立場並不矛盾衝突，然而對感性出發的第二個立場，我當然要時時警惕勿爲感情蒙蔽理智，力求將感性體驗提升乃至昇華爲理性的認知。

「光復」，這個只用兩個漢字來表達的詞，若從社會科學的觀點來看，其實是一段結構極其複雜而微妙的歷史過程。

光復那年，我十四歲，正就讀初中二年級；因此，我也可以說是一個歷史見證人。長年來，我一直在思考這樣的問題：我生於台灣，成長於日本殖民體制下，日本戰敗，第二次世界大戰結束後，台灣回歸中國，國民政府來台接收，我該如何定位這個歷史過程？首先，我必須自問：從「日本統治下的本島人」身份轉爲「中國台灣省住民──（暫稱爲）台灣人」究竟是怎麼回事？再者，「光復」的意義又是什麼？這兩個問題連繫起來就構成一個嚴肅的命題，那就是：中國及中國人這個身份對我的「存在」有什麼樣的意義？

這麼多年來，這些命題時時刻刻縈繞在我的心懷。這或可說是我個人極力追索自我認同而掙扎，但也未嘗不可說是全體台灣人普遍要面對的命題。最近的五、六年內，「台灣往何處去？」的歷史課題將面臨必須解決的時段。事實上「台灣往何處去？」絕不單只是涉及台灣一地的問題，它與「中國往何處？」具有不可分割的結構性關聯。而以整個中國（大陸、台灣、港、澳）的人口之眾多與幅員之遼闊，中國的動向勢必予整個亞洲乃至整個世界深刻的影響。

我從事台灣戰後史的研究，固然是爲了追索和昇華我個人上述的身份認同的困擾，但由於這個身份認同問題對台灣人具有普遍的意義，因此，我的研究對台籍同鄉解決和昇華認同問題，也該不無裨益。我是通過回憶自己當年周圍的生活狀況，同時參考一些文字紀錄來探討台灣光復時的實際狀況，現將之扒梳整理備供讀者諸君參考。

▲台北中山堂受降典禮會場外擁擠的台灣民衆，熱烈慶祝台灣光復。

光復狂歡，毆打日本警察及其走狗

一九四五年八月十五日，天氣熱得叫人發昏。然而，通過前一天的無線電台廣播預告，知道中午會有「重大放送」的中壢街的朋友們，聚集在街上最多不超過十來台的收音機旁，集中精神聆聽著品質不高的收音機放送出來的低沉而又充滿雜音的天皇「玉音放送」。天皇的「玉音」究竟在說些什麼實在很難聽懂，不過，我們大概可以猜得到是戰爭結束了，日本接受中、美、英三國在七月二十六日簽（八月八日蘇聯才參加）的「波茨坦宣言」，宣佈無條件投降。其實，所謂「無條件」還是有條件的；我們這裡暫且不談。

然而，一直要到十月二十五日，陳儀以中國台灣省行政長官兼台灣省警備總司令之職，作爲受降代表，在台北市中山堂（前公會堂）接受日本帝國的末代台灣總督安藤利吉的降書之後，台灣的治權才正式歸還中國（當年唯一的國民政府）。因此現在我們所說的「光復節」是十月二十五日，而不是終戰的八月十五日。

從八月十五日到十月二十五日的這段過渡時期，就我當年的所見所聞，整個台灣社會只能用一句話——狂歡——來形容。大家都處在一種興奮的狀態中。其實這兩個月又十天的期間，整個社會心態也有它一定的發展過程：開始的時候，台灣老百姓還不敢亂動，密切地注意著日本軍隊與日本人的動態。畢竟，日帝佔領台灣初期頭十年（一八九五～一九〇五年），日本人先屠殺平地台灣人，然後再鎭壓山地台灣人，並且繼續以警察特務強權政治的恐怖統治，記憶猶存。

至於我們這些中學生，乃至於年紀更大一點的知識份子們，從八月十五日起就注意著時勢的變動。然後，通過年紀較大者不知從哪裡搞來的《三民主義》和《總理學說》等教本，開始搞起小規模的讀書會，以及學生聯盟之類的組織。

經受了日本人五十年的統治後，顯然，台灣一般老百姓在面對日本人時，心理是不大健康的，他們怕日本人；因此，對日本人竟有一種非常複雜的自卑感；他們雖然憎恨抑或恐懼日本及日本人，但一方面又認爲日本的一切都進步、高級，男人英俊、女人漂亮。這大概是任何一個殖民地人民都可能會對支配民族抱持的錯覺及可能產生、被扭曲的心態。當然，知識份子是有一些例外。

然而，終戰以後，事情卻在起變化。到了八月底九月初的時候，街頭上漸漸看得到一些日本軍人出來開理髮店、賣點心的。事實上，因爲徵兵制之故，日本軍人裡頭是各行各業的人都有的。當他們一旦脫離軍隊體制的束縛而經營理髮生意時，他們因爲比台灣師傅還要客氣、乾淨而贏得台灣顧客的偏愛。至於那些昔日耀武揚威的日本警察，情況變了，爲了害怕報復，只好拚命逃躲了。一般說來，當學校老師的日本人，則受到保護。同樣地，那些當日本走狗的台灣人，特別是警察，也難免挨揍而迅速地隱蔽起來。

雖然，尙存一知半解的狀況，畢竟「日本鬼子」是戰敗了，他們再也不能騎在我們頭上作威作福了。

台灣民衆對大陸不了解

一句話，當時台灣老百姓的想法是很單純的！大家都在時代潮流中自我陶醉著，我們的中國是四強之一，我們的未來是輝煌且燦爛的。似乎沒有人想過復員建國是一條艱難而坎坷的道路，更沒有人去想，究竟光復對自己是怎麼一回事？回歸中國又是怎麼一回事？日本戰敗後又會怎麼樣？大家都在「戀母情結」心態下，一心一意只想要回到慈母的懷抱。我記得，我的父親當時曾經對我這麼說過：「把我們拋棄的是清朝，是滿州人；但孫文先生和阿石伯（蔣介石）則不同，他們是漢民族，是好人。」

▲台籍抗日運動領袖林獻堂。

的確，當時絕大多數的台灣老百姓還只知道蔣介石，似乎不太有人知道毛澤東及中國共產黨的存在。這種現象一直持續到五〇年代初期。我記得，當時國府「打倒朱毛匪幫」的反共口號喊得震天價響的時候，似乎還有很多人不知道朱德與毛澤東，他們以為「朱毛」是豬的毛呢！從這個現象，我們不難理解，台灣老百姓在戰後初期對中國大陸的狀況可以說一無所知。

且看中部開明大地主，屬於中間偏右的民族主義者、曾經領導過全台灣抗日運動的林獻堂先生一夥人的動態。林的老祕書亦是昔日戰鬥夥伴的葉榮鐘先生給我們留下了貴重的原始資料，特此以原文公佈如下：

台灣光復全島額手有心者莫不同深感慨也

茲為國府接收委員不日駕臨同胞俱皆翹首以待頃為差商歡迎事宜起見敢煩先生為籌備委員希予快諾爰定明十號下午三點鐘起在台灣信託台中支店樓上開籌備委員會伏乞撥冗光臨共商一切耑此奉達並候

崇安

歡迎國民政府籌備會公啓

（一九四五年）九月九號

▲台中火車站前歡迎國民政府來台的牌樓。

一、會名　歡迎國民政府籌備會

二、籌備委員選任

三、歡迎籌備事項

(1)國旗(2)國歌(3)歡迎門(4)歡迎會並祝賀會(5)接收軍官接待所(6)餘興(7)遊行（音樂隊市民遊行等）

四、經費籌出

五、委員事務分擔

總務部——庶務會計接待計畫等

連絡部——郡市間官廳間情報等

設備部——(1)歡迎門(2)國旗國歌(3)接待所(4)歡迎及祝賀會(5)餘興及遊行

歡迎門表示

「歡迎行政長官陳儀先生蒞任」

光復祝賀會綠門表示

「歡迎國民政府」

▲台灣中部地區名仕，自左而右爲：葉榮鐘、張聘三、白福順、黃朝清。

歡迎國民政府籌備會

常任委員

陳炘、黃朝清、張煥珪、王金海、洪元煌、葉榮鐘、楊景山、莊垂勝、張星建、張聘三

事務分擔

庶務：張煥珪、洪元煌、莊垂勝、葉榮鐘、蔡先於、林慶、張星建、林湯盤、楊貴、林培英、陳遜章

會計：王金海

接待：林烈堂、林獻堂、陳炘、張灥生、林階堂、巫永昌、林資彬、林攀龍、吳子瑜、林澄坡、林少聰、林根生、郭頂順、陳茂提、白福順、林垂拱、曹玉坡、張煥三、張冬芳

右總務部

黃朝清、張聘三、楊景山、黃登洲、黃三木、廖德聰、吳天賞、張風謨、黃再添

右連絡部

紀金檥、林子玉、何集璧、張星建、黃棟、何永、何赤城、張深瓀、楊基先、黃興隆、林金峰、徐灶生、張大欽、李棨煌、黃華山、謝金元、賴德華、李石樵、汪連登、楊清泉、張濬源、劉益岳、賴振英、巫永福、高兩貴、陳金枝

右設備部

▲「二・二八」時被殺害的台籍企業家陳炘。

這一份名單是可貴的。除了老台共的謝雪紅以外，可以說，全中部有頭有臉的名士都被網羅在內。楊逵也以眞名楊貴列上。至於楊肇嘉尚在大陸，沒有來得及趕上，近幾年活躍於黨外運動的歐吉桑（伯伯）張深瓀、巫永福以及值得人人緬懷但在「二・二八」犧牲的陳炘也參與其中。另，文中雖帶些日本風味的「漢語」表現，其實勝利初期未開始正式接收前期來言，已甚爲高水平了。

時序進入十月，「祖國」的影子終於在台灣出現了。五日，台灣省行政長官公署及台灣警備總司令部的前進指揮所在台北成立。十七日，國府所屬的第七十軍分別搭乘美國軍艦，在一片旗海飄揚的歡呼聲中登陸基隆。我記得，當家母聽說國軍就要經過中壢火車站時，因胃癌長期臥病在牀的她，還特地換上一身不知

▲民國三十四年十月二十四日，陳儀飛抵松山機場。

藏在哪裡的旗袍（日帝警察在晚期禁止台人穿布扣中國式衣衫），要家人到街上找輛人拉的黃包車，趕到火車站去迎接國軍。在歡迎國軍的人群中，我看著她穿上那身我從來沒看過的旗袍（儘管她因爲罹患胃癌，開過刀，而使得旗袍寬鬆了些），手裡揮舞著一面不知從哪裡來的青天白日滿地紅國旗，像其他人一樣熱烈地在歡迎國軍。

事實上，當陳儀長官兩度改變抵台時間而於二十四日飛抵松山機場時，台灣老百姓的歡迎熱情不但沒有衰退，反而達到最高峯。現在看來，當時台灣老百姓的那種狂熱，裡頭並沒有任何階級性、地域族群性或其他的因素；可以說只是一種素樸的民族情感流露的中華民族主義罷！

當然，我們現在可以用社會科學的方法來分析當年幾種不同類的台灣老百姓對光復的反應與感受。但事實上，就當時而言，大部分的老百姓是不曾考慮到這些問題的。他們所能想到的只是：日本鬼子再也不能欺侮我們了！他們要滾蛋了，現在，我們可以作一個眞正的中國人了！我們已經回歸祖國了。日本人走了後，我們可以接替他們的位置，配合祖國的建設來建設新台灣，讓中國成爲全世界的四大強國之一（聯合國在同年十月二十四日正式成立）。所憧憬的是一個既富強又美麗的偉大中國。

▲杜聰明，日據時代唯一台籍台北帝大教授。

▲事變時台大農學院教授兼作物系主任徐慶鐘。

這裡，我們發現了一些問題。這些問題其實與當年台灣知識界的局限性有關。第一個問題就是，屬於眞正知識界的人數並不多。當然，這是日本帝國主義教育政策的歧視與限制的結果。不用說留學過美國的人沒幾位，即使是留日的，不是學醫，便是學法律；因爲唸了其他的也沒有出路，一般大公司全權掌握在日人手上，根本不採用台籍人士；更重要的是，日治時代根本不允許台灣人從政，所以台灣人沒有辦法發展。因此，當時的台灣知識界無條件成熟又不夠成熟，許多人的看法很狹窄，對國際局勢也不甚了解。當時台北帝國大學（今台大）的正式教授，我記得台灣人只有兩位。一個是醫學部的杜聰明，另一個則是理農學部的徐慶鐘，不過，我記得他只是副教授而已。其他後來成名的醫生在當時都還只是助教級或是醫專的兼任（非常勤）講師。而一般的醫生絕大多數又是開業醫師，他們的格局甚小，只顧賺錢，哪裡會去注意什麼國際局勢的演變呢？這當中只有文化協會的蔣渭水、賴和、李應章、何禮棟等少數幾個抗日的醫生是特例。最後一個問題則是，他們都普遍地缺乏語言表達的手段。一般說來，能懂英、法、德語文的沒有幾位，當時的台籍知識份子，日本話好像都講得不錯，但是眞正能夠用日文寫出好文章的人，似乎也沒有幾個。到了戰後，我數了一下，就算記者也不到

▲蔣渭水，著名的抗日領袖，是左派三民主義信徒。

▲何禮棟，杜聰明的客籍好友。

二十位；而他們當中能寫中文的人更是少得可憐。

「台灣人」概念的內涵

接著，我們要來談談「台灣人」。

現在，我們很隨便就會用上「台灣人」這個詞。但是，在日據時代，事實上卻很少聽見「台灣人」這個詞彙，日本當局及日本人在公共場所稱呼我們，全稱爲「本島人」，福佬人爲福建人，客家人則錯稱爲廣東人，歧視我們抑或罵我們時一概叫爲「支那人」，「淸國奴」。山地人，在霧社事件以前叫「蕃人」，以後改稱高砂族。日本人又沿襲淸朝時期的稱呼把「蕃人」分爲「生蕃」和「熟蕃」。「熟蕃」後來被改稱爲平埔族有別於高砂族。因而我們有時也自稱爲「本島人」。日本當局及日本人政策性的把朝鮮人叫作「半島人」或者是賤稱其爲「鮮人」。事實上，只要把日據時代的戶口謄本調出來看的話，就會發現，當時台灣的戶口制度把漢人社會中的兩個主要族群——客家人與閩南人稱作廣東族與福建族。日帝採用的當然是「分而治之」（divide and rule）政策，統治方永遠是怕被支配方民眾的團結和整合的。但話得說回來，當年的台灣社會經濟狀況尚是分歧而割據的。日治早期，不只是閩客間仍然有對立，閩南中的泉漳間還有械鬥的事例。

所以，可以說，當年的本島人也還沒有一個共同的連帶意識，它是被切開的。因此，我們看歷史一定要有階段性，需要透過一定的過程來認識它，否則容易以當前的概念及表象來涵蓋過去的一切。事實上，當年連「本島人意識」都還稱不上，更不用說是當今流行的所謂「台灣人意識」的萌芽了。

除了主觀的「本島人」意識還沒建立之外，當時台灣內部的社會力量也是散漫不成形的，還不曾建構。

記得，有一位日本左派學者說過，「戰敗時，我們面對著飢餓與焦土發呆。明治維新以來的巨大中央集權國家只有藉著戰敗才能迫使其崩潰，但崩潰後，卻看不見能繼起支撐的政治社會力。帝俄在第一次世界大戰末期至終戰後，有像俄國布爾雪維克（Bol'sheviki）黨或社會革命黨這樣有實力的政治勢力可取代既有權力並維繫國政，但日本卻付諸闕如。一小撮的革命家被凍結在監獄內，完全看不到兵士、勞工、農民的起義與民眾的蠢起。日本所有的住民在盛夏的高溫下發昏、疲困，不知所措時，美國的佔領軍卻帶著『非軍事化』和『民主化』的使命感闖進來推行『革命』。」

迄今，我還不曾聽到台籍人士對台灣光復時的狀況有過像這樣的客觀分析。

認同的困擾

事實上，光復當時，台灣內部沒有任何形式的政黨抑或政治團體足以取代日本總督府的支配權力，以塡補其遺留下來的權力空間，只有一心一意等候祖國接收官員和國軍來臨的「歡迎國民政府籌備會」而已。

就農民組織而言，日據時代「農民組合」的幹部們應各地農民的要求於一九四五年十月二十日，在台中市成立「農民協會」，想要繼承並發揚昔日「農民組合」的精神。然而，由於軍統局在台代理人劉啓光（即日據時農組幹部侯朝宗）及一部分觀望投機者的阻撓、破壞，「農民協會」陷於停頓，無所作爲，最後也遭當局解散。

至於工人組織，日據時代的工會會員與意圖搞工運的工人也於一九四五年十月二十日，在台中市組織「台灣總工會籌備會」。但是，台灣大部分的工業由於戰爭期間受美軍轟炸、日本技術人員的部分遣返及國府官員漫無章法的接收、破壞而陷於支離破裂的慘境。台灣工人普遍失業，因此也就談不上什麼工會組織的運動了。再加上稍後又受到國府「人民團體組織臨時辦法」的打擊，台灣的工人運動似乎都轉入了地下。眾所週知，台共組織本就脆弱，又遭受過日本帝國主義的大逮捕、大破壞，已無力自我重建，光復後也等待著祖國來人的領導，期待自日共的台灣民族支部正式歸建於中共麾下。

總之，當時的台灣人正陶醉於回歸祖國、投向慈母懷抱的狂喜之中，根本就不曾思考也看不清楚，究竟「中國」、「中國人」的內涵是什麼？將入台的國府官員及國軍其性格及內部結構為何？對這些重要問題，台人既懵懂無知也不曾躬自查問。

一直到現在，有許多台灣人仍然連自己的身份認同（identity，或譯「自我同定」）這個個人問題都未曾細加省思，都還搞不清楚卻迫不及待大言不慚地奢談什麼台灣人的「主體性」這個普遍性的命題！

記得，早在一九八五年四月二日，我就以「兩個尺碼與認識主體的確定」為題在台大校友會館演講，大聲疾呼：建立獨立自主性思考的主體性尺碼，已是刻不容緩的課題。

如今台灣知識界擴大了，知識水平頗有提升，政客也實繁有徒，「台灣人出頭天」的口號喊得震天價響，夸夸其談並非難事，但卻難得見到眞正獨立自主地思考「台灣往何處去!?」的眞正思維者與實踐者。光復迄今已過了漫長的四十多年，然而台灣知識界的狀態與光復時依然所差無幾，實爲莫大的諷刺和憾事。台籍政客除了未能超越日本尺碼外，又套上了美國尺碼的枷鎖而不自覺，非但沒有克服二房東心理，還依舊浸淫在光復當時的山頭主義中，盡顧著搶權位——當不了正室，退而求其次，當個大姨太也不壞，再不然，當二姨太也行，以此類推，如此等等，這種利慾薰心、迷戀權位的病症，歷四十餘年而未改，眞叫有識之士痛心疾首。

以台灣與朝鮮來比較，可以顯出兩者明顯的差異。首先，朝鮮半島被日帝統治三十六年，朝鮮是整個國家被日本帝國主義者併呑，因此保有了整合的主體性，他們的抗日運動顯現了堅強的朝鮮主體意識。但是，台灣的狀況卻不太一樣，台灣是做爲中國的一部分被日本帝國從中國割裂出去的，因此，台灣光復並不只是單純從日本帝國的殖民統治解放而已；可以這樣說，台灣的主體性解放運動是很微弱的，台灣的「解放」並不是台灣人自己與日帝對抗從日帝手中爭取過來的，而是因日帝戰敗、第二次世界大戰結束而撿來的。這與朝鮮顯然不同。

再者，朝鮮原有自己的國家、軍隊與文官制度等，但台灣卻不曾有過，所以只有歡迎祖國來人接收、回歸祖國。同時，在回歸祖國的過程中也產生了幾種新的社會現象：第一，那些當了漢奸，或者與日本人合作的上層台籍士紳等投機者，驚慌失措，不知如何是好？過去他們所依附的日本吃了兩顆原子彈後，戰敗投降。這是他們始料所未及的，他們壓根兒沒有想到日本竟有戰敗滾蛋的一天！乍失所恃，如喪考妣，一時不知所措。畢竟，他們除了少許人與加拿大系或英國系長老教會有些微弱的關係外，與戰勝國美國不曾具有密切的關係。勉強與美國有關係的，只是一些曾經在台北高等學校聽過柯喬治（George H. Kerr）的英文課（一九四二～四三年）的青年精英而已，他們在柯喬治來台擔任美國駐台領事館副領事職務時，與柯再接觸、結識。所以，一般台籍士紳咸感彷徨茫然，莫知所適。不過，很快地，一部分的「半山」從大陸回來了。

對於「半山」，一般老一輩台籍人士多年存有「貪官污吏」的刻板印象，且因同屬台籍，就比對大陸人——「阿山」還更憎惡。但必須澄清的是，並不是所有的「半山」都是壞的，其中還是有些像丘念台、游彌堅（曾任台北市長）、宋斐

▲楊肇嘉，日據時代台灣抗日右派領袖，抗戰時期在上海淪陷區附近經商，事變時適居上海。

如（曾任教育處副處長）等有識之士，甚至於有中共背景，返台來準備搞革命的。但這些人士通常不被稱謂「半山」。

事實上，從大陸回來的「半山」可以分成三種類型，但一般人卻沒有搞清楚。第一種是從重慶後方回來的「半山」，這些人裡頭有的跟國民黨CC派有關，有的則跟情治系統的軍統有關，有的則有國民政府的背景。第二種是從淪陷區回來的「半山」，像吳三連在天津、楊肇嘉在上海、張我軍、洪炎秋等在北京。這些人雖然並不是眞正與日本人合作，但是爲了生存，多多少少還是與日本侵華勢力有過瓜葛的。我們決不能忽視的是第三種類型的「半山」。在日本佔領區特別在閩廣兩地，有一些假藉日本淫威，作惡多端的「台灣歹狗」。（他們的惡劣行徑可參照洪炎秋著《又來廢話》與張果爲著《浮生的經歷與見證》）

這批人爲了逃避漢奸罪名的追究，奔竄回台雖不敢公開活動，但始終在暗中作孽。

這些不同類型的「半山」從大陸回台灣以後，行動模式也不太一樣。爲參加抗戰而到大陸的老實人，回來後也是眞心想爲台灣做點事；可惜，這種人爲數不多。大多數的「半山」一回台就劣根性畢露。當時台灣一般民眾對大陸的政情及作風，毫無所悉，抱著歡欣回歸祖國的心情，一些「半山」就趁機爲非作歹。畢竟，熱烈歡迎他們歸來的老百姓並不知道他們眞正在大陸幹了些什麼事。那些在滿洲國、北京、天津等日本佔領區與汪精衛政權的南京、上海生活過的台灣人，對具封建積習的中國官場習性頗爲了解，且頗能適應，他們爲了避免被揭穿「漢奸」的面目而紛紛找不同的保護傘。據聞，中部著名的士紳Y氏便投靠CC，南部的名人W氏一直以社會賢達的身份周旋於台灣社會，至於日治時期留學北京師範大學曾在《台灣青年》撰文積極鼓吹白話文，將中國「五四」新文學運動傳播回台灣的張我軍，因爲在日本佔領下的北京任教，參加過「大東亞文學者會議」而備受爭議，只有秉著良心默默苟活！

基本上，這種種典型都反映了台籍人士缺乏獨立自主的思考能力，充滿著沒有主體性的「二房東」心理與社會行爲。

重建的崎嶇與曲折

第二次世界大戰後，各殖民地國家的民族獨立運動風起雲湧。台灣的狀況與這些殖民地國家既有相似之處，又有因特殊的歷史因素而相異之處。我們冷靜地考察戰後的台灣社會，就可發現有幾個非常重要的問題正擺在欣喜狂歡的台灣人民眼前，等待他們來解決。

第一件事就是秩序的重建，這包含了重新分配權益與解決利益衝突的爭端。秩序的重建有兩種涵義：第一種是，在日本殖民統治結束後，應該從日式殖民體制的秩序轉而重新建構自主的新秩序；第二種是，從戰亂破壞的混亂失序中恢復和平常態的秩序。這兩種秩序的重建有其重疊之處，但也有應該劃分層次分別對待的地方（這是指客觀存在的利害紛爭事項）。

第二件事就是價值體系的重建。光復後，站在自主的立場來說，我們不該讓日本殖民統治時期的價值觀（或說殖民價值體系乃至於皇民化價值體系）繼續存在，必須加以批判，創建出我們該有的新價值體系。然而，長久以來，我用心觀察卻鮮見有人思考過這個問題。我只在徐慶鐘先生的侄子徐淵琛（徐瓊二）所寫的《台灣の現實を語る》（《台灣現況一夕談》）一書中看到他有這樣的思考。這本書雖是在「二・二八」之前寫的，卻頗能從學理立論。他主張在孫中山先生的「三民主義」指導下，建設好新台灣。他在序文中宣稱，他要通過自己在帝國主義統治下的生活經驗來總結日本的殖民統治。就當時台灣思想界的水平而言，徐瓊二的這些反

▲魏火曜，東京帝大醫學博士，曾與好友組織「新台灣建設會」，探討如何建設新台灣。

思是相當有深度的。只可惜，在那個時代沒有幾個具備這樣思想水平的人，因而未能發揮什麼作用。更令人非常遺憾的是，徐先生竟在五〇年代的白色恐怖時期被以「共黨嫌疑」之名槍斃了。屬於人的思想（主觀存在）層面的價值觀重建，一般來說，很少受到注意。其實客觀存在的利害紛爭與主觀存在的價值體系紛爭常常是紛纏交錯，盤根錯節，難以劃然二分的。我們在進行重建工作時，除了要加以釐清因應之外，還應特別留意不要被陷於紛爭的當事人誤導，墜入其恩怨利害之爭的漩渦，而失去清明理性的認知，這點頗值得有識之士注意剖析。

當時除了徐淵琛之外，也有幾位從東京回台的留學生組織了讀書會，探討如何將台灣定位？如何參與台灣光復後的建設？據「新台灣建設會」成員魏火曜教授的口述回憶，有一部分思想左傾者後來被逮捕、槍殺了，他自己和台大醫院的高天成外科主任（林獻堂的女婿）、蔡章麟教授則在有關當局的要求下，登報聲明「新台灣建設會」在台灣已經沒有活動而且解散了，以免受到牽連。

總之，當時台籍知識份子受限於人數不多、年紀尚輕而沒有足夠成熟的理論、思想和經驗來面對終戰及光復後的台灣，因此在慶祝光復的狂歡中便充滿了太多的幻想。

幻想的雜奏

基本上，台籍人士在光復時所流露的狂歡情緒，可視之爲「戀母情結」的心理反映。在現實上，一般的母子狀況是「兒不嫌母醜」的。當然，這種關係的前提是兒子是親媽媽帶大的，彼此一起生活過，有親情共在，即使母親眞長得醜，因爲習慣了，兒子也不會嫌其母醜的。

就戰後的台灣社會而言，「戀母情結」無疑是非常強烈的！但是，相對地，是不是也同時具有「兒不嫌母醜」的社會心態？這點就有必要作結構性的分析了。無可否認地，因爲從大陸來台接收的軍隊與官員的亂七八糟，而那些同爲台灣人的「半山」大多也同樣只忙著塡滿自己的「中山袋」（光復初期，來台官員所穿中山裝，其口袋比西裝者要寬大因而變成貪污的代號）；整個社會風尙也不可能在少數幾個有良心、有識人士的努力下扭轉過來。因此，漸漸地，台灣人開始覺得這個曾經「拋棄」自己五十年之久的媽媽竟然長得那麼醜而瞧不起她了。相對地，那個「醜媽媽」則責備小孩說：「你怎麼可以瞧不起媽媽呢？要不是我跟日本人抗戰八年（應該是十五年），你將永遠當個孤兒，流落在外呢！」然而，作母親的並不知道，在結構上這個被她離棄了五十年的孤兒已經變得有些錢了；同時他也因而有了一定程度的現代化與法治觀念；儘管在天皇制的殖民統治下的法律是不利於台灣人的，但「惡法亦法」，它畢竟是有一定的道理可循的！相對地，作母親以及其母家的仍然「無法無天」「秀才碰上兵，有理說不清」的狀況，本質上不見有多少的改變；這樣就產生了認知差距。這點，我將在後文中詳談。

另外一方面，台灣人一直幻想著，光復以後日本人原來佔有的位置應該由台灣人來取代。但是，他們卻從來沒想過自己沒有主體性能如何取代呢？首先，他們連漢文都不會寫；而且我們似乎也看不到當時的台籍知識精英能夠用完整的閩南話或客家話來演講！光從這點，我們可再看到台灣人的依賴性，也就是二房東心理很濃厚。事實上，從歷史的眼光來看，這個現象也難怪，畢竟殖民地體制是以壓制被統治民族爲主要支配原理的，何況，台籍人士對抗日帝時，往往又可前赴大陸找避風港，甚至於可以自欺欺人地陷入「共犯結構」而偷生，因而除了一部分革命烈士外，大部分的台籍人士甚少有過爲自己的自主權和自己的尊嚴向日帝眞正鬥爭過。

台灣人從來少有鬥爭過、掙扎過的經驗之大量累積，又怎麼能建立主體性呢

▲翁俊明，蔣渭水與杜聰明在台北醫學校時的同窗，後潛返大陸從事抗日運動。一九四三年四月任國民黨中央直屬台灣黨部主任委員，同年十一月被暗殺。

？而這又因爲台灣是一個後開發地區，許多人從大陸打單過來，然後演成閩人之間內部的械鬥，也搞閩客械鬥，最後是日本人的五十年統治。在這段歷史期間，這些新舊移民連「本島人」的主體性都還沒有來得及建立，當然，也就更談不上會有什麼台灣人主體性了。它一直普遍存在的都只是二房東心理——依賴心理而已！

當年，陳儀並非無意提拔台灣人。其實，在重慶時，台籍人士之間已經在鬧山頭鬥爭了；比如說翁倩玉的祖父翁俊明到底被誰暗殺？至今仍然搞不清楚。儘管這樣，這幾個山頭一直在鬥，它們的鬥法看起來有點像今天的民進黨的內鬥。

嚴格說來，當年的部分台籍精英可能已有相當的學歷，但學歷畢竟不等同於學力，現實社會所呈現的卻是沒有足夠充實的學力來思考、分析下面這個命題。這個命題就是，終戰那年究竟是「民國三十四年」，抑或「一九四五年」還是「台灣零年」？如果是「台灣零年」，那正意謂著，一切要重新開始。但是，並沒有過任何人這樣去理解，去認知。「光復」或者「回歸祖國」顯然是大家對終戰的唯一共識。我記得，有一次在東京大學開會時，台獨理論祖師爺之一的王育德先生在報告時還口口聲聲談到台灣光復如何如何，顯然連這個老台獨的大師之意識裡都還不存在「台灣零年」的認識與思考。再舉個例吧！有一次東京大學中國同學會邀請台灣出生的日本文藝評論家尾崎秀樹來談論後藤新平的治台事蹟，台獨的一位理論家黃友仁（昭堂）在參與談論時卻以日本人的口吻口口聲聲稱抗日的台人爲「土匪」，經我提醒他說：「你所說的『土匪』其實是我們的抗日義民或游擊隊烈士呀！」他才恍然更改用詞。

問題是，既然一般台灣人都把終戰等視於台灣光復，回歸祖國＝中國，那麼不管它內容夠不夠，內涵充實與否，當時的祖國便是國民政府的中國，其該歸屬的主體一定是四大強國之一的中國；對台灣人民而言，他就必須學著去認識、適應中國社會的種種情況。可是台灣老百姓卻只在表面上忙著學習國語，尋覓「祖國」關係，而不曾有就中國的社會、經濟、政治作出本質性的思考；這個弱點，一直到今天都仍然存在於台籍知識精英的思考與行動上，但尋覓的對象只是自「祖國」而改爲美、日而已。另一方面，國府接收官員的扯爛污，也在一定程度上阻礙了台灣人民適應新社會的進程。因爲台灣百姓光復不多久就「嫌母爲醜」，同時延伸到不願認國民黨所代表的中國是母親了，於是唐山來的大陸人就被帶著仇視及藐視含意稱爲「阿山」，那些自大陸回台的台灣人則被冠以另一種污穢的名稱——「半山」。這終究是令人心痛的民族悲劇。

值此台灣步入歷史關鍵年代的關口時，我們也許可以通過對由日本天皇廣播，經勝利、光復到「二·二八」這段狂歡與幻想雜奏的「二·二八」前史的整理、分析及理解，重新來思考眞正的台灣人是指什麼？台灣是什麼？終戰抑或光復對台灣及台灣人的意義爲何？最後則是如何看待中國（不管他是文化的中國，或是政治的中國），及中國人的命題了。因爲「台灣往何處去!?」的命題終究與「中國、中國人往何處去!?」的命題是密切相關而無法分割的。

第一章　慘勝狂想曲——勝利·內戰在大陸

勝利是來臨了，戰爭是過去了。天明時，重慶城又已恢復寧靜。狂歡很快地就消逝。和平是到來了，但那陳腐的政府，那由來已久的苦難，那照舊的恐懼，全部依然存在。中國並沒有較從前絲毫接近改革，反而是離開國內的和平更遠一些。

當歷史的進程越來越走近二十一世紀的時候，不管是台灣、中國大陸或者是全世界，都呈現風雲激盪的局面。面對急速流變的世局，我們就更需要冷靜而理性地凝視歷史的底流（不易被一般人覺察的暗流）及其流向。

歷史底流及其流向

我們已可共享的歷史教訓告訴著人類，歷史的發展軌跡雖然迂迴曲折，但其長期導向，卻是延綿不易地朝著人類尋求普遍性價值的顯現而展開。

這個人類的普遍性價值就是法國大革命揭櫫的「自由、平等、博愛」三大原

▲整肅革命同志，連眼睛都不眨一下的史達林。

則，與第二次世界大戰時美國羅斯福總統所倡導的「言論、信仰、免於匱乏、免於恐懼」四大自由。近兩百年來的歷史可以說就是人類奮力追求實現這個普遍性價值的過程。

在這樣的認知下，我認為知識界人士不應隨波逐流，眩惑於一時的泡沫現象而左右搖擺，反之，應秉持「Slow but steady」（沉穩踏實）的態度，冷靜、理性而從容地扮演好促進認知並實現普遍性價值和探索眞理的社會角色。

通過這樣的觀點，我們可以整理出一個歷史的規律。那就是：任何一個國家、社會在轉型時一定會對轉型前的歷史——政治、社會、經濟、文化等作出總結性的批判。新的領導層希望通過這樣的程序，除了總結既往的經驗，探索一條適合新體制的道路外，也能釋放原先被壓抑的社會力量以及部分知識份子的能量（energy），並企圖把他們納入到新的體制來，這不但有助於擴大參與的幅度，更有利於執行新的政策。

就蘇聯而言，已有兩次前例可鑑。一九五六年二月十四～二十五日，蘇共召開第二十次全國代表大會，當時的第一書記赫魯雪夫（N.S. Khrushchev）在閉幕前一天深夜，作了關於史達林（Joseph Stalin）問題的報告。這個題為「關於個人崇

▲蘇聯解體的催生者——戈巴契夫。

拜及其後果」的祕密報告，批判了史達林的黑暗統治並否定了史達林。這是一份對蘇聯人民與全人類都非常重要的歷史性文書。赫魯雪夫雖然在一九六四年十月的一場政變中被打倒下台，但他批判史達林的道德勇氣還是值得後人肯定的。

再一個例子就是戈巴契夫（Mikhail Gorbachev）。他雖在今年的「八・一九政變」險遭滅頂，改革政策受到了短暫的挫折，但他自一九八五年三月任蘇共總書記以來，提出「重建」蘇聯政策，並主張「資訊公開」（即打開一切黑盒子，把所有的資訊向人民公開）；一九八六年二月又在蘇共二十七次全國代表大會完成新的黨綱，可見他迥異於以往的蘇共領導人，敢於揭露蘇共本身的錯誤，公開加以批判。這確是相當激烈的總結歷史的方式，也是世界共產主義運動史上不曾有過的創舉。

至於中共，我們也可以舉中國共產黨第十一屆六中全會通過的「關於建國以來黨的若干歷史問題的決議」（一九八一年六月二十七日）爲例。以鄧小平爲首的中共領導層，雖然對中共「建政」三十二年來中國共產黨的重大歷史事件，特別是「文化大革命」作出了一定程度（抑或原則性）的歷史總結，其目的主要在爲建設社會主義現代化及「改革開放」的政策路線鋪路。相對於赫魯雪夫與戈巴契夫，鄧小平的總結方式就來得「穩健平和」多了。對毛澤東的歷史地位和毛澤東思想，他們作出了些自認爲「實事求是」的評估和論述，而不是像赫魯雪夫批判史達林那樣的全面否定毛澤東。

另外，我們也可以看一下鄰國日本朝野的作法。一九八五年八月十五日恰好是日本敗戰，我們中國人勝利的四十週年。當時的中曾根首相發表了他一系列的總結性發言並展開了總結性的政策。此外，值得我們重視的卻是在野者的具有中立性格的學術界及知識界，也作了甚多「回顧」及「反思」敗戰或終戰四十年的歷史總結。他們的目的當然在於探索適合他們國情的未來走向，他們能否作好總結是另一回事，但「以史爲鑑」向前看的反思態度是值得國人注意的。

然而，令人遺憾的是，日本當權者與親現存體制的知識界迄今仍不願坦承自己在二次大戰發動戰爭的侵略罪行，也不敢面對戰敗投降的恥辱結局，只是遮遮掩掩、曖曖昧昧地以「過去甚爲不幸的戰禍」、「終戰」或「戰後」的說辭來掩飾其「侵略」與「戰敗」的不光彩事蹟。這種對自己更對鄰國被侵略人民不夠誠實也不十分坦誠的態度，不但讓我們及甚多亞洲朋友覺得日本人的歷史總結做得不夠徹底，難以獲得鄰人的信任，甚至有時還會招來質疑和抨擊。

▲（平反後）以九十高齡首度赴美的張學良與夫人趙一荻（攝於一九九一年）。

比起日本人敷衍塞責、不徹底的總結，德國人則本乎深刻徹底的歷史總結，做了嚴格的自我批判，並向猶太裔及被侵略鄰國人民致以誠懇的道歉和賠償，從而贏得舉世普遍的讚譽與信賴。

那麼，回頭看看我們自己的台灣社會又是怎麼樣呢？很有意思的是，在「只能意會不能言傳」的社會氛圍下，我們也可以在蔣經國故總統晚年的台灣社會看到類似歷史總結的一些預兆。比如當時黨外雜誌曾有批判蔣家的一些記事，可惜水平不夠高，扒糞般的內容又甚少能叫讀者心折。後來孫立人事件的平反，張學良西安事件的歷史翻案，乃至於「二·二八和平日」運動等，亦可算入歷史總結的預兆或小動作。然而，叫人納悶的是，這些具有歷史總結性格的社會運動很大一部分是來自於海外的異議中國人，或者是出於所謂台灣人的策動。眞正由台灣社會內部發動，出自深層草根思想的並不多。同時，相對於前面所舉的蘇聯、中共、日本與德國，台灣的這些總結性反思運動幾乎都不是由國府體制內部的力量來發動；這一點，是相當值得我們研討及注意的。即使是島內部分在野人士推動的「二·二八和平日」運動，基本上也是得到海外台灣人支援而有所擴展的。

在辛亥革命暨中華民國八十週年國慶紀念日剛剛結束的現在，我們是不是可以也試著以總結歷史的態度來重新省思一下：究竟八年抗戰和十五年抗日戰爭的勝利對中國與中國人有些什麼影響？同時又因爲它與第二次世界大戰的反法西斯戰爭的勝利有密切的關係，我們也可以從世界史的格局去理解在中國大陸的所謂「慘勝」（pityful victory）狂想曲的相貌及它所衍生的社會現象，進而對勝利後的大陸與光復後的台灣社會重新定位。這一點，我認爲有它根本而不可忽視的意義。理由是：國民政府的政治結構、派系鬥爭以及國府復員還都南京後國府管轄區內發生的一系列社會現象，與台灣光復後所遭遇的政治、經濟、社會等問題有密不可分的有機關聯，這樣的探討可供台灣二千萬人思考時代新課題時參考。

從「九・一八」到太平洋戰爭

國府一貫的官方宣傳常把中國的抗日戰爭說成是「八年抗戰」。然而，只要我們站在廣大中國老百姓的立場來看，這場戰爭實際上應該從一九三一年的「九・一八」算起，也就是說，抗戰不僅僅是八年，而是十五年。另外，中國的抗日戰爭在珍珠港事件（一九四一年十二月八日）爆發後被編入第二次世界大戰的一部分，因此，對中國的抗日戰爭我們除了以中國人本身的獨立自主性立場來定位之外

▲日本偷襲珍珠港，美國隨即對日宣戰，太平洋戰爭於是爆發。

，我們是不是也應該從世界史的視野來作結構性的分析與定位!?我的意思是說，從一九四一年十二月八日的珍珠港事件到一九四五年八月十五日期間的戰爭，一般通稱爲「太平洋戰爭」，然而，當時的日本，卻稱爲「大東亞戰爭」。此外，就學術與客觀且實際的構圖來說，這場戰爭並不只是我們中國大陸受到日本帝國主義侵略而已，就世界史的觀點來看，它基本上更是日本帝國主義與英國帝國主義之間的戰爭。

有人一定會發問：如果是這樣，那麼，又要怎麼解釋、定位以及看待美國的參戰呢？

許多中國人總是阿Q般地自我憐憫，以爲美國是爲了我們中國人才參加這場戰爭；其實，客觀的事實並不是如此。美國的參戰，第一是爲了鞏固本身自大西洋逐漸向太平洋擴張的勢力，第二是爲了支援英國。英國、法國、荷蘭等同盟國軍隊的中心戰場在歐洲，主要敵人是納粹德國，然後是義大利。

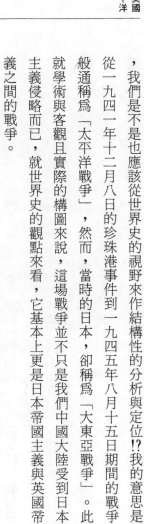

至於亞洲之所以淪爲列強爭逐的戰場，基本上是因爲英國與日本始於一九〇二年的同盟關係破裂，而引起熱戰。

「九・一八」至珍珠港事件前的這一段亞洲戰事，大部分是在中國大陸上展開的，我們中國不曾派遣一兵一卒登陸日本島及其殖民地打仗，我們始終是在禦敵抗戰而已，這一點史實，一直被我們自己所忽視。

珍珠港戰事爆發後，在亞洲的戰爭開始被編入第二次世界大戰，然後開始被叫做太平洋戰爭。日美的決定性戰事，主要在太平洋的島嶼、菲律賓等地，最後決戰於琉球列島。如果說，美國的參戰是爲了我們中國、中國人的話，戰爭可能不叫太平洋戰爭，而是遠東、亞細亞抑或中國戰爭之類。事實上，除了美國著名記者、作家埃德加・斯諾（Edgar Snow）有過類似的看法外，迄今鮮有類似的稱呼及認知。

追溯十九世紀後半的亞洲情勢，我們就不難發現日、美兩國的指向。日本明治維新後，先是併呑琉球（一八七二年）並向台灣出兵（一八七四年），繼而於甲午戰爭打敗淸廷，佔據台灣（一八九五年），終乃伺機侵犯中國大陸，自「九・一八」開始冒進。美國則於一八九八年藉古巴的叛亂，向西班牙宣戰，這一場美西戰爭，美方從西國手上奪取古巴、菲律賓及關島（Guam）作爲它的保護國或殖民地。而一八九七年已簽訂的合併夏威夷條約也正式生效，夏威夷被納入美國的版圖，從而美國一躍成爲跨兩大洋——大西洋和太平洋的大國。準備據菲律賓作其向中國大陸伸展的跳板。一八九九及一九〇〇兩年美國乘機宣告所謂「門戶開放政策」（Open Door Policy），向列強要求美國在中國大陸應享有與列強機會均等的任何權利。從此，日、美兩國隔著太平洋逐漸形成對峙的局面，但兩國有志僉同，都覬覦垂涎中國大陸的廣大市場，欲奪之而後快。換言之，邁入二十世紀後的日美關係基本上是圍繞著爭奪中國大陸的利益而糾纏難解。當時，列強爭相瓜分蠶食中國大陸，爲了維持列強在中國的既得利益，就由自鴉片戰爭始在中國獨佔列強鰲頭的英國，建立起列強在中國的所謂「國際秩序」。

現在，我們可以通過認識太平洋戰爭的眞正本質來理解，究竟這場戰爭給中國（當然包括台灣）帶來了哪些影響。這些影響可就：(1)戰爭過程及；(2)戰爭結束後，兩個部分來作些整理和詮釋。

戰爭過程的實質和闡釋

起先，日本帝國主義者天眞地以爲從「七・七事變」起的三個月內就可把中國打垮，然而，情勢的發展遠出於他們的想像。日本「皇軍」一天一天地往中國內陸挺進的同時，才發現自己已經深陷泥淖，難以自拔，只能勉強佔據大陸的個別城鎭或要塞，維持點與線的困窘局面，卻無法全盤掌握廣大的淪陷區（他們所謂的佔領區）。而且即連點與線的日本陣地也不斷受到中國老百姓的挑戰及威脅。

石油是近代戰爭的命脈。日本爲了獲取石油及打開窘境而採「南進政策」，故先偷襲美國珍珠港企圖先下手爲強，取得制海、空之權，繼而又增闢東南亞戰場。從此與美、英（包括法、荷在東南亞之勢力）發生正面的衝突，這便形成日後的太平洋戰爭。

日本明治政府自吞併琉球開始追求樹立遠東霸權，已在前節述及。這段歷史包括了幾個重要的內容：第一、它意謂著清朝帝國與沙俄帝國的崩潰；相對地則是日本帝國主義的興起。第二、「九・一八」以後，西歐的英、法等資本主義列強日薄崦嵫逐漸衰弱，代起稱霸的是美國，然後是社會主義蘇聯起而抗衡。雖然孫中山一九一一年的辛亥革命成功了，但卻無力統一中國；一直要等到國共合作後，蔣介石主導誓師北伐（一九二六年七月九日），南京國民政府成立（一九二七年四月），繼於次年六月宣告全國統一，中國大陸才勉強地出現了統一的雛型。其實一九二七年八月，中共自建紅軍，而各系軍閥擁兵自重、割據一方的局面基本上也並未消除。國民黨內以汪精衛爲首的改組派和以謝持、鄒魯爲主的西山會議派，也先後與地方軍閥相互利用，甚至另立中央，與國民黨中央和國民政府抗衡，政局仍然混亂，戰亂頻起。

從太平洋戰爭前夕到終戰期間，中國內部的政情究竟如何？值得吾人一探究竟。先是滿清遜帝溥儀於一九三二年三月在東北成立「滿洲國」；一九四〇年三月，汪精衛又在南京成立僞政權，華北一帶包括北平則已經淪陷於日本勢力之手。至於國民政府則在一九三七年十一月二十日宣言遷都重慶，但辦公中心仍在武漢。

西安事變（一九三六年十二月十二日）後，國共兩黨宣告第二次合作，建立了廣泛的抗日民族統一戰線。但國民政府統治區內仍殘留著閻錫山的晉軍，雲南的龍雲、盧漢勢力，李宗仁、白崇禧的桂軍力量等，尙未被眞正整合於蔣介石委員長統率的國府中央軍之下。此外，不容忽視的則是紅軍及其陝甘寧根據地延安勢力。中共紅軍雖然在國共合作後，形式上改編爲國民政府的八路軍和新四軍，但實質上依然有相當的自主性，並不完全聽命於國府中央。

西安事變後，國共兩黨基於抗日的民族統一戰線而再度合作；但美國在中國戰場主要是支持重慶的國府。然而，令人遺憾的是，當年的重慶政局，國府不同

▲張治中，於戰後軍事委員會改組爲國防部時，任西北行營主任兼新疆省政府主席。

的派系——CC系、黃埔系、政學系、軍統、中統、嫡系、非嫡系軍隊始終不斷的在爭權奪利。縱然不看中間偏左派以及中共系統人物的著作，從許多以美國人爲首的歐美媒體報導，我們也可以看到詳實的記載。在重慶的國府，形式上是蔣介石以軍事委員會委員長的身份專權主宰一切；但現實上，他卻必須要顧及到不同派系的利益來作政治上的平衡，甚至以「分贓」籠絡人心。或許是時代的制限抑或個人的性格，蔣仍然運作傳統的政治手法，拉一派打一派，意圖藉派系之間的競爭、相互牽制而達到穩固並保持他本身的絕對性權力。因此，基本上，重慶的上層是由「裙帶」、「宗親」關係（nepotism）構成的一個半封建——前近代的獨裁、專制統治圈。

所以，在抗戰時期的重慶曾經參與軍事機要，且與蔣有過二十五年親密關係的張治中，在其回憶錄中指摘「抗戰到武漢撤退以後，軍隊的敗壞愈甚，到後來幾乎完全喪失戰鬥力了」。然在一九四一年三月二日，張就政治、軍事與黨內風氣等問題向蔣率直陳詞「政治、軍事各方面，均陷於停滯狀態之中，形成難治之痼疾。群僚百工，中於明哲保身之毒，只求祿位之保持，不圖事業之推展。舉目環顧，已無謇諤公忠之風，轉長唯諾因循之習。內部充滿腐敗官僚之習氣，偷情苟安。所謂革命精神，在黨中已杳不可求，則吾人所肩負抗戰建國之偉大任務，自無任何基礎與根據，能使其步入成功之途徑。迄今則雖臨以全力，已常有無法推動之情形，痼疾日深，振作幾成絕望。竊謂氣象之敗壞，無過今日，同時局勢之艱危，亦無過今日」。（摘要其前言，個別問題從略）縱然，有人會說張治中晚節不保，和談失敗後「乞降共黨」，其言不值一信，但張在回憶錄中披露的陳誠（來台後就任行政院長及副總統等要職）私信足可資吾人參照有餘：（時為一九四二年～四三年間）

……然就過去弟（指信主陳誠本人）在中央服務之教訓而言，不僅對此（指，張屢次向蔣進言，主張陳誠仍回中樞擔負主要任務）深有感慨，亦且極為恐懼。近接渝中友人來函，有云：「夫以中央機構之多，人言之雜，私人利害之叢勝，一議之興，衆口阻之，一事方舉，多方撓之。益以萎靡之人心，模稜之態度，善良者無輔，強梁者得逞，賢者勢孤，不肖者比周，積習已深，來頭甚大，非一朝一夕一手一足所能挽救。」眞所謂慨乎其言之！總之，以今日一般人對於主義認識之不足，遵奉之不誠，實行之不力，正如吾兄（指張治中）

所云「觀念未能盡同，步趨亦不一致」，殆爲必然之結果。

目擊了重慶國府的官場百態，美國一部分的外交官及新聞記者，開始對國府以及蔣介石個人在政治的所作所爲有所批判。

美國《時代週刊》駐華自由派記者白修德（Theodore H. White, 1915～1986）在其暢銷書《*Thunder Out of China*》（一九四六年，中文譯名《中國暴風雨》）中以這樣的筆觸描寫了「蔣介石的悲劇故事」：

▲美國抗戰時駐重慶記者白修德的暢銷書：《中國暴風雨》。

只有中國人能爲自己的人民寫作眞正的歷史。中國戰爭的故事，是蔣介石的悲劇的故事，他對於這次戰爭的誤解之深，和日本或盟國技術專家對勝利的誤解一樣。蔣是革命的產兒，但是他現在除了把革命當作必須加以粉碎的可怕的東西而外，他不能了解什麼是革命。他曾經擁有一切讚許和光彩——強大的盟國的支持，正義的象徵，以及抗戰初期全國人民全心全力的熱誠的擁護。他所領導的人民，本能地覺得這次抗日戰爭是一個對抗久遠的痛苦之源的整個腐敗制度的戰爭。當蔣氏設法一面對日本打仗，一面保持舊制

▲陳立夫，因其兄長陳果夫之故，同掌ＣＣ派。勝利時任教育部長。

度的時候，他就不僅沒有能夠打敗日本，而且無力維持自己的權威了。共產黨人，他從來的死對頭，卻從一支八萬五千人的部隊生長成爲百萬大軍，從一百五十萬農民的治理者變成九千萬人的主人。中共並沒有施用魔術，他們明白人民所需要的變化，他們發動了這些變化。兩黨都説謊、欺詐，而且破壞協議，但共產黨人有人民在一起，而且因爲和人民在一起，他們形成了自己的新的正義。在戰爭的最後一年間，縱然美國的技術力量移來支持蔣介石了，美國成了他的後盾，也並不能使蔣氏重新獲得他在光輝的抗戰初年所曾經擁有過的權力。

ＣＣ派龍頭陳立夫在一九九一年十月號的《九十年代》中説，國共內戰時國府軍「兵敗如山倒」，觀諸四十五年前（一九四六年）白修德在抗戰勝利後不久將重慶國府與延安中共兩相對照所做的描繪，不正是國府潰敗的預兆嗎？

慘勝狂想曲下的中國

一九四五年八月十五日，日本軍國主義終於宣佈無條件投降。中國人民的抗

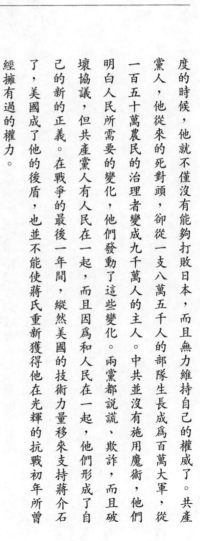

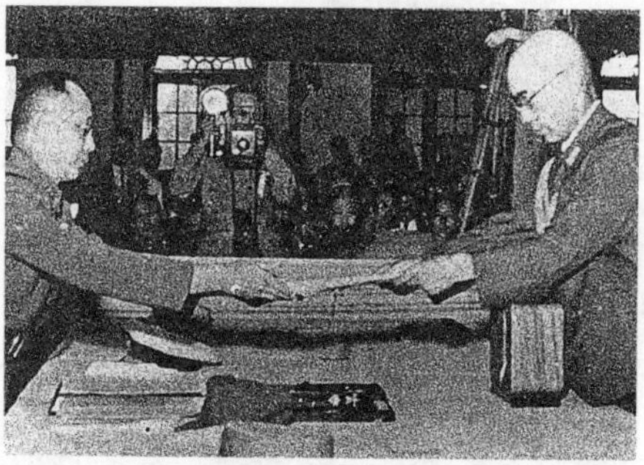

▲中國戰區受降典禮在南京舉行，由何應欽代表接受日本代表岡村寧次的降書。

日戰爭和世界人民反法西斯的戰爭宣告勝利結束。然就中國而言，歷經日本軍國主義蹂躪領土長達幾十年，人民死傷數千萬，全國精華地區淪陷殆盡之後，所獲得的勝利，其實只是一種充滿血淚的「慘勝」吧！既是如此，全大陸人民依然歡欣若狂，興奮異常，到處鳴放鞭炮，充分瀰漫著一片慘勝的狂想曲。

白修德在《中國暴風雨》書中詳實地描述了重慶當時的情景：「當勝利降臨重慶時，正是炎熱的夏天。那是在一個夜晚……城裡的少數幾個無線電傳來了勝利的消息，這消息又從一個電話到另一個電話，從一個朋友到另一個朋友地傳來傳去。重慶就立刻爆發爲一個歡呼和爆竹的城市，起先還是零星的、錯落的，但是一小時之內就成爲一個聲響與狂歡的火山了。」

在日本淪陷區的北平，當日皇無條件投降的「玉音」放送（一九四五年八月十五日正午）之後，人們立即湧向街頭，城裡頓時萬頭攢動，人潮洶湧，高聲呼喊著「勝利」！當天下午，青天白日滿地紅的國旗便飄揚在北平的天空……。在上海，日本無條件投降的消息在八月十日晚上，就由蘇聯僑民（戴按：白俄）傳出，第二天早晨，全市停業，爆竹之聲整天不絕，熱鬧市區曾有幾千人的行列遊行示威，狂呼「中華民族解放萬歲……」。

然而，誠如八月十六日的《中央日報》社論所云：「勝利如果不是最後的勝利，和平就不是永久的和平，勝利就不能算是最後的勝利」。就瀰漫著一片「慘勝」狂想曲的中國人民而言，「最後的勝利」，其實還沒有降臨；當然，更談不上有所謂「永久的和平」了。因為日本的侵略而暫時隱退的國共兩黨之間的鬥爭，實際上，其暗流一直支配著整個中國大陸。就共產黨的立場而言，抗戰勝利後，中國革命進入了「全國解放戰爭時期」（又稱「第三次國內革命戰爭時期」）；因此，從一九四五年八月到一九四六年六月，是從抗日戰爭到國內戰爭的過渡階段。它的主要任務是保持土地改革的成果，以及儘速進入東北。而國民黨的新使命則是重建它在一九三七年前的轄區的統治秩序，以及迅速地進入東北，進而消滅中國共產黨。但是，就中國老百姓而言，由於日本的侵略戰爭他們已慢慢凝聚起民族主義的情感及國家意識，大多數的老百姓缺乏深刻的政治意識與認知，只是停留在憤恨日本慘無人道的殺戮暴行與濫肆轟炸這類感性層次的心境而已。因此，當他們知道仗打完了時，最大的希望就是能夠免除戰爭的威脅，過著安定的正常生活。當時，他們也只知道戰後的中國已經與英、美、蘇三國共同成為世界的「四強」了，一心只期待著國共兩黨能夠合作建設新中國；他們怎麼也沒有想到，

▲勝利後不久，蔣介石在美軍顧問陪同下重返上海，向群衆發表演說。

更不願看到，還要面臨一場國共之間的內戰。

當然一般老百姓無法像白修德一樣看出抗戰勝利後的隱憂：「勝利是來臨了，戰爭是過去了。天明時（八月十六日），重慶城又已恢復寧靜。狂歡很快地就消逝。和平是到來了，但那陳腐的政府，那由來已久的苦難，那照舊的恐懼，全部依然存在。中國並沒有較從前絲毫接近改革，反而是離開國內的和平更遠一些了。戰爭是已經過去了，但是中國還會有長期的大流血和大鬥爭。」（同前，三四一頁）

誠然，老百姓就是讀到這一段，大多數的人民也絕不願意相信，美國記者的預測會眞正的降臨於勝利後中國人民的頭上。

終戰後，以蔣介石爲代表的重慶國民政府獲得了美國的大力支持。爲了不讓八年抗戰的果實落入中共手中，美國陸軍、海軍和空軍都動員了他們的力量支援蔣介石，他們趕緊把國府軍隊遣送到中國最具有政治重要性的華北、華中的沿海城市去接收。這樣，由美國訓練、美國裝備，曾經在緬甸擊敗過日軍的新六軍便帶著解放者和勝利者的姿態去接收首都——南京；然而，曾經在汪精衛傀儡政府統治下的南京市民，因爲對未來的不確定感而沒有表示熱烈歡迎。南京人，先是經歷了蔣介石政府，又遭日本軍大屠殺，接著而來的是汪精衛政府，現在又得迎接復員歸來的重慶國民政府，老百姓給搞得頭昏腦脹，一時難以因應，只好冷眼觀望。到上海接收的九十四軍是一支部分由美國訓練的部隊，當這些瘦弱、襤褸的士兵，以解放者的姿態，從C54巨型運輸機的機門跨出一雙雙草鞋泥足時，他們立即被等在停機坪上那些身著絲綢、足登革履的被解放者的神采及歡呼的聲浪弄得不知所措；然後，這些農民型的士兵們還是在歡呼聲與鼓樂聲的伴奏下畏縮而怯懦地走下陡峭的扶梯。第三支軍隊則從各處的群山深谷中，帶著他們的苦難和疾病，勝利地沿著五、六年前他們潰敗時所曾走過的道路，重聚於漢口的美軍基地，然後飛往共軍心臟地帶的北平；想用刺刀和美國的星條旗來重奠國民黨的權威。

據白修德等人所述：國民政府在未來的內戰中並不單只依恃國軍而已！事實上，它早已儲備了一種政治資本。也就是說，儘管國民政府在表面上反對與漢奸的一切來往，可是暗地裡它卻爲了私利而與南京、北平的僞政府祕密來往。它希望在戰爭的最後期間，僞政府控制的軍隊會在必要時倒戈，攻擊日軍，更重要的是，不論在什麼狀況下也都把槍口對向中共的人民解放軍。終戰後，就在國共決戰的緊急關頭時，整個的僞組織果然都投入了國民政府的懷抱。曾經在汪精衛僞政權擔任過行政院長、上海市長等職的周佛海，搖身一變而被蔣介石任命爲「軍事委員會上海行動總隊總指揮」，打著國府的旗號，繼續在上海招搖撞騙，爲非作歹。在華北，有六個曾經替日本帝國主義打共軍的將官也被收爲國民黨的卵翼，再度高舉國民黨的旗幟，抗拒共軍向鐵道及城市逼進，以等候國民政府來接收。

重慶國民政府雖然在美國的支持下而兵甲壯盛，但黨內長久以來的腐化不但沒有一定程度的反省與總結，反而變本加厲，江河日下。綜觀整個國民黨高層內部，幾乎除了蔣介石、張治中、李宗仁等人外，一般的高官都自我滿足地沉醉於「慘勝」的狂想曲中，不能淸醒地看到緊跟著「慘勝」而來的歷史課題正等著他們去一個個解決。最近，我看了秦孝儀主編，近代中國出版社在一九八九年出版的《史畫史話》。這是一本「爲中國國民黨建黨九十五週年誌慶」而編的官書，其中仍然把抗戰勝利的章節題爲「贏得最後的勝利」。事實上，那根本不是什麼「最後的勝利」，只不過是抗日戰爭剛結束而已！從這一個標題，我們不難看到從終戰到現在，國民黨的官方史家並沒有就抗戰作過深刻的反省與總結；他們似乎依然沉醉於終戰後瀰漫在整個大陸國府統治區內的「慘勝」狂想曲裡頭，並未眞正醒悟過來。

接收糟亂，鑄成大錯

一般說來，一個國家要眞正步入現代化須具備三個前提條件：即社會有一體感，政治上凝聚成強大的整體，經濟上則建構成共同圈。但是，至抗戰勝利時，中國大陸內部的發展仍極不均勻，交通也極不通暢，地方割據的局面仍未打破，地方主義的分歧依然存在，問題甚爲複雜，歷史包袱沉重，因此，在政治、社會、經濟上都難於整合成一體。勝利後，國府派到各地接收軍政的官員充斥著大發「劫收」財、戰爭財的害群之馬，使老百姓對國民黨與國民政府大失信心。當時蔣介石委員長雖然已覺察出紅軍壯大將是莫大的威脅，但他卻沒能實施對付共產黨及紅軍的良策。中外的有識之士，甚至判定蔣介石及其麾下的國府領導集團根本無能力及無條件因應慘勝後的亂局。

然而，國府雖力有未逮，但心卻是有餘的。國民黨上層人士多認爲，國民政府究屬正統，國府軍尤其是嫡系中央軍是淪陷區人民久望的王師。這支王師不單具有美式裝備，且有空軍、裝甲戰車。國際上，中華民國已成四強之一，雅爾達會議的決議與「中蘇友好同盟條約」的訂立，足可保證國軍接收、復員的順利進行。而美、英友邦又竭力支援，國威正盛，「共產黨正可一鍋煮掉」（勝利後任軍政部長的陳誠之言），豈有懼怕共產黨之理？

慘勝的「大好情勢」和自我陶醉，有如曇花一現，轉瞬即逝。

陳立夫在其《四書道貫》述及「大陸淪陷，政府撤至台灣，檢討得失，病在財政經濟之失策，致影響軍事，而黨務亦難辭其咎」。

但張治中卻更明確的指摘「由於黃埔（復興社、力行社）系和ＣＣ的鬥爭磨擦無法消除的關係，使我感到疾首痛心！（中略）ＣＣ系，本來就是個自私自利、腐化黨政、壓制民主、阻礙進步的小集團，是爲一切具有正義感的人們所深惡痛絕的。當然，事實上也沒有哪一方面完全對，所以我後來就由厭惡而至於放任，認爲是黨內無可救藥的不治之症」。（《張治中回憶錄》，三三七頁）

誠然，甚多關心國家的人士，把自勝利，接收，國共內戰，國府一敗塗地至搬遷台灣的主要責任歸咎於國府層峰及其周圍人士的私心、無能、腐敗。但我始終認爲這一類的批判或譴責是只根據印象或形式邏輯而發的皮相之論，不但不夠社會科學，且不夠全面。若要對國府失敗之原因做全面的探討，學界須全盤整理

▲陳誠，蔣介石委員長在軍界的左右手。勝利後就任國防部參謀總長。

分析圍繞當年中國政治家或政客的具體政治、經濟、社會條件，此自不待言。

但，此刻我卻憶起高中三年級時的情景。一九四九年暑假剛結束，來自大陸的同學陸陸續續湧進我們建國中學來。有一天，我問剛插班進來的L君說：「我看過一些大陸發行的刊物，像『擁護國民政府』、『軍隊國家化』、『官僚資本』等辭彙，眞搞不通它眞正的涵義。既然稱爲『國民』政府，爲什麼還需要呼籲我們老百姓擁護？軍隊何以至今還要主張國家化？難道軍隊不是國家的嗎？這在日帝時代是聞所未聞的。而官僚又怎麼會有資本呢？做官的怎麼可能變成資本家？官僚怎麼會與資本黏在一起的呢？」

L君聽後哈哈大笑說：「戴國煇，你這個土包子，我們中國的國情跟人家是不一樣的啦！我以後會慢慢告訴你……」

不過，李宗仁晚年卻代替了L君更詳細地回答了我的發問。

李宗仁在回憶錄中批判蔣及陳誠說：

> 政府在軍事接收上的另一重大錯誤，便是毫無程序，純以私心爲出發點的軍隊整編。（中略）蔣先生自北伐以來，便一心一意要造成清一色黃埔系

▲抗戰時任軍政部部長，三十四年春改任陸軍總司令的何應欽。

軍隊。他利用內戰、外戰一切機會來消滅非嫡系部隊，這種作風在對日抗戰時，更變本加厲。（中略）

據説，勝利將屆的前夕，蔣先生向參謀總長兼軍政部長何應欽索閱全國軍隊番號清冊，見非黃埔系的番號尚有百數十師之多，蔣先生頓感不悅，説：「打了八年，還有這許多番號？」他的意思當然是怪何應欽太姑息了，爲什麼不藉對日抗戰，把這些雜牌部隊消滅呢？（中略）

陳誠就任軍政部長後的第一項重要命令，便是將收復區的僞軍及有功抗戰的游擊隊一律解散。解散的方式，也像日軍繳械一般，由中央指定各部隊集中地點，然後向前來接收的中央軍接洽，聽候處置。而僞軍和游擊隊的原有防地，卻無軍隊接防，於是，共軍又乘虛而入了。這些部隊開到指定地點，而他們所奉命要接洽的中央軍有些還遠在滇、緬一帶。這些部隊長官久候無著落，又奉嚴令不准就地籌借給養，因而，老實的將領便將部隊解散歸農，淒愴情形，難以言狀；狡黠的便另打主意，投向中共效力了。在這種不近人情，魯莽滅裂的辦法下，失業軍官動以千計，以致後來在南京鬧出失業軍官「哭陵」的活劇。而向共軍投奔的，更不計其數。

李宗仁繼續指摘，繼何應欽就任軍政部長時陳誠所實施的復員整編國軍的不是。

陳誠此時實在太自信了，絕不把共產黨看成一個威脅。因而他的主要目標，不是在應付日益壯大的共產黨，而是處心積慮地消滅內部異己。這種企圖又使他想出一個新花樣，就是所謂「混編」的計畫。

前已說過，我國軍隊歷來都有其特殊的系統，將專其兵。這種傳統的壞處是容易造成門户之見，好處是將官知人善用，指揮起來可以如臂使指。當然，這個傳統未始不可打破，但是要國家承平，中央當局大公無私、汰弱留強，才可逐漸消滅門户之見。可是陳誠的「混編」，目的在排除異己，培植私人勢力。所謂「混編」，便是將各集團軍中的軍、師、團等單位對調，其用意即在將「雜牌軍」化整爲零，以便吞併消滅的一種陰險手段。這樣一「混」，原先本甚單純的軍事系統，反而弄得龐雜了，指揮不易、士氣消沉，戰鬥力也因此喪失。似此魯莽滅裂的幹法，當時縱是「嫡系」部隊，也被攪

▲被湯恩伯稱爲「受降專家」，和陳儀同一班飛機抵台的邵毓麟。

得上下騷然。（中略）陳誠藉整編、混編爲名，又處處培值他的私人。（中略）

諸如此類的故事，在勝利後眞是罄竹難書。這些尚是純就軍事觀點立論，至於政治和經濟上接收的糟亂，尤不勝枚舉。例如對僞幣幣值規定太低，即其一例。剛勝利時，淪陷區中僞幣的實值與自由區中的法幣，相差原不太大，而政府規定僞幣與法幣的兌換率爲二百比一，以致一紙命令之下，收復區許多人民頓成赤貧了，而攜來大批法幣的接收人員則立成暴富。政府在收復地區的失盡人心，莫此爲甚。

國家在大兵之後，瘡痍滿目，而當國者卻如此以國事逞私慾，國民黨政權如不瓦解，眞是無天理了！（唐德剛撰述，李宗仁口述：《李宗仁回憶錄》，五五五～七頁）

被湯恩伯「尊稱」爲受降專家的邵毓麟（日本九州帝國大學畢業，歷任橫濱總領事，重慶軍事委員會委員長侍從官少將祕書兼外交部情報司長等）亦寫了《勝利前後》（傳記文學叢書之十七，一九六六年九月一日初版），特別對接收變爲劫收，「五子登科」（劫收以「五子」〔即金子、車子、房子、女子、票子，北方又將票子改爲戲子〕爲對象）等政經層面上接收的糟亂狀況留下證言。

陳儀及其所率領的台灣省長官公署、台灣省警備總司令部等來台辦接收的機關及其人員是在上述一類的時代大背景下形成的。他們的思維、意識、行動模式以及生活方式當然受制於中國大陸當年的環境和歷史文化背景。此爲研究台灣光復史工作者尤應愼知的。

第三章 陳儀的爲人·爲政及治台班底

他是充滿了愛國精神的人，但求治求功之心未免過切，致易爲貪墨者流所利用，又過信鄉愿者流的阿諛，以至用錯幾個人，而不免僨事。也可以說，他的成功，在愛國心切，勇於任事，敢作敢爲。他的失敗，在不能擇善固執，又用人不專。

深入客觀論陳儀

對史學稍有了解者皆知，研究每一個歷史事件都需要把發生的環境與人物之間的有機性關聯作好分析、綜合、歸納並反思，不能只是機械地排比一些史料、了解並考證事實就了事。不經過綜合、歸納及反思以期達到一種歷史哲學或歷史理論的闡釋的話，都是不夠理想的。而且高水平的讀者也讀不出任何創見及歷史教訓來。

但是，從「二·二八」發生到最近幾年前，台灣一直是在威權統治之下，學術研究更受到戒嚴體制有形無形的壓制，對某些所謂「敏感的」歷史事件根本無法作好客觀的學術研究。

我們都知道發生在一九四七年的「二・二八」事件，有一個非常重要而關鍵性的人物，那就是當年身任台灣省行政長官公署長官的陳儀。長久以來，我一直留意究竟人們是如何議論他？據我的觀察，在解嚴以前，五十五歲以上的台灣人可以說都恨他入骨，而且完全沒有任何討論餘地就把他當作十惡不赦的巨奸大憝人。這種社會氛圍最近甚至有隨著「二・二八」事件的政治性炒作，而滲透到年輕一代的趨勢。

這裡，我們暫且把台籍人士對陳儀的議論擱在一邊，我們先來看看外省籍人士對陳儀的看法。據我的調查研究，我認為外省籍人士對陳儀的議論有二種分歧的意見。

首先，就台灣這邊來說，陳儀離職回滬之後又接任浙江省主席之職，後來接受中共有關方面的策反而企圖說服京滬杭警備總司令湯恩伯停止軍事行動，早日呼應中共和平解放上海一帶，因此被逮到台灣來槍斃（一九五〇年六月十八日）。以一般的辭彙來說，在台灣國府有關官員眼裡，陳儀這個人不折不扣是一個準備投

▲湯恩伯，是陳儀一手提拔的，事變後陳儀返大陸任浙江省主席時，湯反而告發陳準備投共。

▲「二・二八」事變當時台灣行政長官——陳儀。

共、背叛國府的叛徒。在這樣的定性之下，台灣的輿論或學者的確也不太容易討論他，陳的親朋不用說，與陳同過事、有過往來的國府有關人員自以不吭氣、不置喙爲妙。其他局外人及御用文人們要罵他實在是太容易了，但那卻是一種反共新八股，有爲有守者並不願意自貶身價。然而想要客觀評價或者討論陳儀這個人，實在不是件容易的事，畢竟在反共戒嚴的白色恐怖時期，討論這樣一個「投共的叛徒」，稍一不愼則有被戴上「紅帽子」之險！「蓋棺論定」的公理，仍然難以適用於當時的台灣。

另一方面，就大陸那邊也有其特殊的問題。中共因爲有「解放台灣」的目標，需要紀念他們的「二・二八起義」，當然不方便公開稱讚陳儀爲意圖促進和平解放上海而犧牲的革命烈士。再則，在「文化大革命」的浩劫中，像陳儀這樣是非難以釐清的爭議性人物，哪能有條件被客觀對待並受應有的學術性評估。在「四人幫」主導的文革時期，所要求的是「無限制的純潔」，像陳儀這種人不但有問題，他的問題甚至是糾纏難解的。文革結束之後，基於對台統戰的政治性需要，對陳儀這種人也不方便作太多的公開性討論。從中共方面的文獻上看來，中共官方認爲陳儀是響應中共的策反工作而被國府槍斃的（其實，陳儀被槍斃的眞正理由，尚待我人深加洞察並研討）。中共有關當局雖也將他定性爲革命烈士，但只是暗中通知陳儀的義女陳文瑛而已，並沒有公開宣佈及宣揚。

近二、三年來，不管是台灣或大陸，言論自由相對於以前都比較擴大了。早年，周恩來擔任政協主席時，便鼓勵那些政協委員把他們所見、所聞、所感的革命經歷寫下來。現在，這些文史資料，我們台灣住民也都能看得到了。解嚴以後的台灣，因爲與陳儀有瓜葛的蔣氏父子俱已逝世，再加上孫立人、張學良等人的平反，以及「二・二八和平日」的運動，整個社會有一種新的氣氛來面對過去的歷史。因此我們現在在台灣，也比較有社會條件把陳儀當作歷史人物來給予客觀的定位。然而，非常麻煩的是有一些抱持所謂「台灣意識」或者是「台灣人意識」而過度走偏鋒且強烈傾向台獨運動的鄉親們，仍然有一種情結牢牢地沉澱於心底，難於釋懷，他們非常情緒化地看待「二・二八」事變及陳儀。甚至於有「被迫害妄想症候群」繼續蔓延全台籍社區之趨勢。

作爲一個學術研究者，我雖不能完全克服並昇華出生在台灣的客家系台灣人家庭之歷史文化背景所衍生的草根性情結，但我仍然願意首先考慮以一個社會科學研究者，或者是歷史科學研究者的立場來對待並研究「二・二八」事變，並且

▲年輕時的孫立人。

▲「二・二八和平日」運動的遊行隊伍。

評估陳儀這個「二・二八」事變的關鍵人物。

我以爲，我們中國人看問題——特別是當今的台灣——有一個很大的問題：那就是只求形式邏輯的表面性成立，而不願意探求它的內涵及其內在諸要素的有機性關聯。不僅此也，還把些術語符號化，叫叫口號就滿意，敷衍了事，人家說什麼我也不加思考地跟著說什麼，人云亦云的習氣瀰漫了整個台灣。因此，貼標籤的不良作風也變得愈來愈嚴重了。另外一個問題是對歷史抱持「成者爲王，敗者爲寇」的傳統看法。無疑地，任何學術、高深研究在某一種程度上是依據常識，從常識出發的，但研究不能拘泥於常識，更不能陷入常識的泥淖而不知自拔。中國的俗語「深入淺出」亦可應用在「二・二八」事變研究。研究「二・二八」應該先深入台灣民間的常識及民怨，加深探討、整理、綜合、歸納然而又要躍出常識的框框，形成具有反思的理論體系來，從而對「二・二八」事變加深認識與作好平實的闡述。任何道德性批判都難於反對，「眾怒」通常亦屬於難犯，但學術研究者卻不能闇然媚俗，嘩眾取寵，而隨俗浮沉，反而該就客觀眞實立論，言所當言，不惜干犯眾怒。

社會科學本來便具有批判的屬性。社會科學家的社會角色及學問的使命在於打破常識，道出並提示一般人士不願聽到或不易看到的史實和眞理。

馬克斯・韋伯（Max Weber）曾經一言道破學術訓練的眞諦說：學術訓練的第一步在於，如何作好面對及確認對自己和自己所歸屬社會具有不愉快感的客觀事實。學術研究工作者，絕不該迴避客觀存在的事實，尤其對自己和自己所歸屬社會具有不愉快感的一切事與物。

一個社會科學工作者是否能扮演好他的社會角色，基本要件是在於能否不被既存的社會常識（先入爲主的觀念）拴住，能否不拘泥於人人都稱謂「傳統」、「信念」並且可歸類於自己所抱持的宗教、道德抑或社會、政治等層次面的偏見，而獨立自主地思考，並自由地從事學術研究工作。

我們常常忽視抑或不自覺地，把一般社會所懷有的主觀願望摻雜於自己的理念性判斷中，並導出自以爲是的「學術性判斷」。其實上述的理念性判斷，往往並非出自學術研究工作者本身經過眞正學術性提煉及掙扎而獲得的獨特的理念和判斷。換句話說，那一類的「學術性判斷」也不過是被換裝過的「常識」或錯覺而已。

在「市民＝公民意識」不夠成熟，「知性的誠實」（intellectural honesty）不十分被尊重的社會，具有偏差及不夠健康的「常識」往往不易被糾正，激情的「眾怒」亦難於克服及昇華。

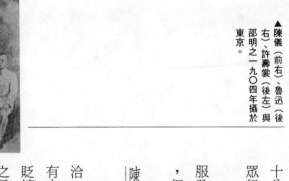

有關「二・二八」的「常識」及「眾怒」，尚待眞正的學術研究來糾正、克服及昇華是不必贅言的。筆者是否有能力承擔這個迫切且艱難的課題，另當別論，但我從事研究的立意是眞誠的。

▲陳儀（前右）、魯迅（後右）、許壽裳（後左）與邵明之一九〇四年攝於東京。

陳儀的早期經歷

陳儀，一八八三年（清光緒九年）生於浙江紹興，曾名陳毅，字公俠，又改公洽，自號「退素」。據陳的義女文瑛說，陳儀自號爲退素的來由係「父親生平自有自己的政治抱負，爲人耿直，清廉方正，與一般國民黨官僚不甚相得，故常遭貶擠，父親不爲所動，以『我行我素』處生待人，故自號『退素』」。這是陳女之言，眞實如何，請拭目待看下文。

他雖在晚清時期生於浙江紹興的世代商家，一度受家人之命當過學徒學過商，一九〇二年，考上浙江省官費留學，前赴日本，進日本陸軍士官學校。赴日時與魯迅、許壽裳、邵明之（後改銘之）等人同船，由而結識，後成知己。一九〇四年，和魯迅等四人尚在東京合影留存紀念。

一九〇七年，畢業回國在陸軍部經二等課員起步，後任陸軍小學堂監督。一九一一年，辛亥革命，武昌起義，浙江起而響應，一九一二年，陳受浙江都督之邀，任都督府軍政司司長。一九一四年應召北上，在北京軍政府任政事堂統率辦事處參議。一九一六年袁世凱竊國，不久陳離職。

一九一七年，經由北京陸軍部派赴日本，入日本陸軍大學，爲中國留日陸大第一期學生，一九二〇年回上海定居。此間無事可做，經人介紹就任墾殖公司的常務董事、上海絲綢銀行總經理等職，但所屬公司、銀行都遭倒閉的惡運。

一九二四年九月，孫傳芳入浙坐定杭州，委任陳儀爲浙軍第一師師長。此爲陳帶兵之始。二五年陳儀奉孫傳芳令攻擊奉軍，擊敗張宗昌部，因戰功被擢升爲五省（浙閩蘇皖贛）聯軍徐州總司令。

二六年，陳儀駐紮徐州時，國民革命軍北伐，勢如破竹，已向武漢推進，陳的第一師參謀長葛敬恩向陳儀建議，陳又向孫建議，並得孫軍總參議蔣百里（方震）的協助，葛敬恩前往武漢了解北伐軍。表面上標榜的是孫傳芳的祕密代表，實際上是陳儀和浙軍第一師代表；十月二十二日，葛於江西省奉新縣面晤國民革命軍總司令蔣介石，達成協議後祕密攜回蔣介石的親筆信和任命陳儀爲國民革命軍第十九軍軍長的委任狀。

早在十月十六日，浙江省長夏超趁孫部的不備，起義響應北伐軍，孫急調宋梅村旅攻浙，夏戰敗被殺。十月二十九日，孫傳芳派陳儀繼任浙江省長仍兼第一師師長，是爲陳儀的第一次主浙，但首尾不足三個月。

當葛敬恩祕密帶著國民革命軍第十九軍的番號趕路返浙時，浙江局勢混亂，軍政各方面接觸頻繁，醞釀著迎接北伐軍的空氣瀰漫，革命氣息卻已風聲鶴唳，草木皆兵。

陳儀匆匆歸浙雖然接了省政，一切尚未布置停當。且眼看著夏超獨立失敗被殺在前，不得不慎重，因此雖然接受了北伐軍的委任狀和番號，但未敢明白表示依附。爲了避免與孫傳芳軍衝突，將所部第一師中的大部分調往寧波、紹興一帶分散駐紮。等著機會想跟孫面談，敦促孫與南方（即北伐軍）合作。

就在這時刻，孫部孟昭月出陳之不意率師潛入杭州，將留杭第一師部隊分別包圍繳械，並把陳儀看管起來，旋又押送南京，軟禁於孫的五省聯軍總司令部。孫大動肝火，恨之入骨。但經孫部左右總參議蔣百里（方震）等陳之舊友婉言向孫傳芳爲陳緩頰，陳儀終得脫險。

陳儀自南京回上海，得知其第一師已被擊潰，殘部不是投奔了他師就是散而不成軍，另一部分散兵則由其舊部第一旅旅長余憲文收容。余不久奉北伐軍東路總指揮何應欽之命宣佈就十五師師長之職。

其後，國民革命軍軍事進展奇速，孫傳芳軍最後經龍潭一役，全軍覆沒。國民黨中央任陳儀爲江北宣撫使，委其收拾孫的殘部，但得不到舊部余憲文的合作，同時北伐軍斯時的紅人何應欽最忌浙人得勢，從中破壞陳儀與舊第一師的關係，因而陳儀不但未就任江北宣撫使，至是從辛亥革命建制起來的浙江陸軍第一師遂成爲歷史名詞。

從上述可見，陳儀在軍界雖具罕有的高學歷，但在辛亥建國、軍閥割據、北伐（一九二六年七月～二八年六月，主要爲國民革命軍與北洋軍閥之抗爭）的整個動盪過程中，陳不但連小軍閥都稱不上，眞正帶過兵的時間也不過是二年多，而且還得依靠同師的舊人葛敬恩來管領軍隊，可知其基礎之脆弱。他遲至一九二六年末才透過葛敬恩與南方（尤其與蔣介石）結緣。

北伐完成（一九二八年六月）前的蔣介石，在其周圍甚少見到像陳儀、孫傳芳、蔣方震等留日出身的軍界前輩和學長輩。其原因除與局勢未分明，識時務的俊傑們皆在觀望風色有關外，他們不願屈就後輩蔣介石之下也不無關係。蔣的甚多前輩和學長都對蔣抱有類似葛敬恩下述的觀感：「以前，我對蔣（介石）印象不是很好，一則我把他看作是當時所謂嵊縣幫（嵊縣壞份子所結合的一派，蔣本人雖非嵊縣人，但蔣母王氏是嵊縣人）有關的人，二則因為他在民國初年生活腐化，覺得他不宜為友。」（葛敬恩：「大革命時期的陳儀」）

一九〇四年冬，浙江的反清革命人士在上海組織光復會，陳儀響應在日本參加，且與會長蔡元培、秋瑾、徐錫麟、蔣方震、蔡鍔、章太炎、陶成章等人結識。值得我們注意的卻是，光復會雖然翌年與孫文所主導的中國革命同盟會（一九〇五年在日本東京成立）合流為一，但逐漸與主要依靠南洋華僑支援、以孫文為首的同盟會不合，一九一〇年重組，由旅日的章太炎任會長。章雖在辛亥革命後返國參加民國政府被委任為民國政府顧問，但與同盟會的矛盾並未化解，孫中山先生就任臨時大總統後，曾致電廣東都督陳競存（炯明）進行調解。一九一二年光復會要角陶成章在上海被刺殺，該會無形中解體。

陳儀為何不曾奔赴廣東，投入南方氣衝雲霄般的革命熱潮？一部分理由，或許可以從其光復會背景來說明。十分有趣的是，一九四五年勝利前夕，光復會的舊人們在重慶居然還來個「死灰復燃」的舉動，一九四七年又要求參加國府立法委員選舉，不但未得獲准，同年四月二十二日（請注意，此事發生於「二・二八」事變之後）還被國府通令取締。一九四九年一月光復會曾發表聲明，擁護中共所提的八項和平條件，並且從旁策動陳儀實現局部和平，事洩未遂，是後話。陳儀與光復會殘餘人士不堪寂寞之舉動是否有過瓜葛，甚難找出其蛛絲馬跡，不過，要知曉陳儀的爲人，絕對有必要瞭解陳在第一次留日期間（一九〇四～〇七年），透過光復會和浙江同鄉富於文人氣息的革命、開明派人士交往相處的背景。

陳儀的爲人

總之，陳儀雖然學的是軍事，但他的商家出身、光復會以及與魯迅等「硬骨派」文人、思想家的交友等背景，使他難於涉足「腥風血雨」的軍事革命舞台。雖然有過少些的人緣和機遇，然而不但遭受了挫折，差一點還送上頭顱。但陳儀可以算是一個反清的愛國主義者，他具有非常強烈的民族主義而且帶有一定的社會主義色彩，對改革中國社會現實懷有熱情和抱負是毋庸置疑的。我們可以從以

▲陳儀在文學界的朋友之一——郁達夫（創造社時代）。

下幾個事例得到驗證。

首先，值得我人玩味的是，陳儀惋惜魯迅謝世之舉。魯迅逝世的時候（一九三六年十月十九日），當時擔任福建省主席的陳儀接到許廣平的電報後，非常悲痛。他認爲「魯迅的逝世是中華民族不可彌補的損失」，同時「出於平時對魯迅先生的敬重」，陳儀當即電告蔣介石，建議爲魯迅舉行隆重的國葬；但蔣介石並沒有接受。（陳文瑛：「陳儀與魯迅、郁達夫的交往」）從此來看，陳儀不可謂不具有軍人、政客難有的稚氣和文人氣質，雖欠缺一般性政治判斷，但他是剛直的。魯迅遭過通緝、國民黨痛恨魯迅都還來不及，有何可能由蔣來主辦國葬？

當陳儀在日文的刊物上看到日本印行《大魯迅全集》的廣告時感嘆地說道：「這件事又給日本人搶先一步了。」於是匯錢給許壽裳編印國內最早的《魯迅全集》。（錢履周：「我所知道的陳儀」）

陳儀的古道俠腸及愛才，對於創造社創始人之一的郁達夫更是照顧。陳儀主閩時，郁達夫曾寫信給陳儀說「想換換環境，請陳儀代他謀職」。陳儀於是邀他來閩，先後委以「省政府參議」、「公報室主任」（郁在此期間，訪日歸閩途中，曾訪台與台籍文人士紳有過相聚）之重任。後來，郁達夫去新加坡任《星洲日報》編輯，

▲長期就任國府兵工署署長及國防部部長的俞大維。

第二次大戰後不久，遭到日本憲兵的暗殺。陳儀於是與義女文瑛共同教養郁達夫托負的孤兒——郁飛，直至大學畢業。（陳文瑛：「陳儀與魯迅、郁達夫的交往」）

一九二七年蔣介石發動了「四・一二」反共苦鐵打（Coup d'État，政變）佔了優勢，四月十八日，另外樹立南京國民政府，與武漢的國民政府對立。同年九月武漢國民政府倒向南京，蔣介石以國民革命軍總司令及政府主席重新整頓了國民政府，逐次得到列國的承認。一九二八年初，陳受邀前赴南京，商討國防建設等問題。同年三月，陳儀奉命率團到歐洲考察，主要目標是德國，接觸了許多留德的中國留學生。這些學生裡頭有許多人是帶有部分開明性格的舊西北軍閥——「基督（徒）將軍」馮玉祥派去的。後來馮玉祥的勢力削弱了，這些學生在德國也感到彷徨、無所適從。陳儀於是與他們建立連繫，除了支援他們繼續進修完成學業外，又督促這些人，讓他們返國服務。早期返國者參與了陳儀開展兵工署的事業及繼後的治閩，「七・七」後才返國者一部分到了重慶，給抗戰前後的國民政府灌注了一股新血。譬如俞大維就是陳儀親自推薦給蔣介石的，先後擔任蔣的祕書及兵工署署長，來台後長期就任國防部長。當時，俞不過三十五歲左右。此外還有一位留德七年多的經濟博士、中國青年黨員張果為，後來也應召到閩，幫助

▲民國三十五年時的汪彝定。

陳儀建立統計及稅務制度，先後擔任福建省統計室主任、財政廳長等要職。

陳儀愛護青年的一斑，我們又可以從汪彝定的回憶錄《走過關鍵年代》得到證實。汪彝定回憶道：光復隨後，他來台在善後救濟總署台灣分署工作時，儘管只是一個二十來歲的小職員，並無特殊關係，卻也先後三次被陳儀接見，聽取他對台灣社會民情的反映。和汪同一時期來台，初在工礦處任技正兼工業科長、後任台大化工系教授兼系主任、又任台灣肥料公司要職及行政院經濟安定委員會委員兼化工組組長、並受王作榮先生推崇為「台灣石化工業之母」的嚴演存，在他的回憶錄《早年之台灣》中，又有述及陳儀為人的一段。

既發生了「二·二八」事變，即使基本原因是由於國勢，但作為台灣行政長官，陳儀脫不了政治上的責任。不過，有人說陳儀貪污腐敗，這是絕對不公平的。

陳儀私人很廉潔，生活儉樸；不住原來總督官邸（今總統府附近的招待所），而住延平南路的一幢二樓小洋房（戴按：嚴可能記錯，該是南昌街，舊台灣電力株式會社日本社長公館）。他存心要善待台灣人民，作風盡量開明，例如長官公署

▲嚴演存，光復時即來台參加接收工作，任工礦處技正兼工業科科長。

門口不設武裝衛兵，對報紙不加干涉。當時若干民間報紙對長官公署的批評甚至攻訐的言論，不僅是當時我國國內所絕對不容許，也是此後台灣一直到一九七八年政治改革止所無。可是陳儀這種對政治開放的態度，也許過份天眞，在政治上可說是犯了錯誤。如果報紙不如此過份放任，同時駐台軍隊不減少，「二・二八」事件不可能如此擴大。

陳儀對部下絕對不容忍其貪污。例如福建來的某機關中某君，曾向某一接收工礦人員關說，要求其在某企業接收文件中，改一、二個字；事爲陳長官所知，陳立刻將某君撤職，趕回福建。故在其影響之下，接收人員之風紀與上海、北平相比，是天壤之別。」

汪、嚴兩人在寫這些文章時（他們的文章先在《傳記文學》等報刊雜誌登載後，再集結成書），台灣的言論空間還不像當今這麼自由，難免有些含糊。同時，文中的一些邏輯亦屬於見仁見智者，但我們從這些文章當可以看到，陳儀的爲人之幾許側面。

除了光復初期來台的外省籍有識人士的證言外，我們還可藉飛黃騰達的「半

▲台灣碱業公司創立會留影，時爲民國三十六年一月五日（事變前），右四者爲廖文毅，左四者爲嚴演存。

山」典型人物黃朝琴的《我的回憶》做為佐證。黃朝琴說：

我就任市長前後，陳長官對他個人有關事項，有兩次指示：其一，他在重慶時曾面囑我抵台北後代覓住宅一所。他說：「台灣總督府將改爲博物館，總督官邸改爲民衆館，作爲民衆集會之用，至於個人住宅，希望只要一棟四五個房間的日式房屋，陳設毋須華麗，惟須有花園綠地。」陳長官決定不用總督府的大樓，作爲長官公署署址，也不用總督官邸作他的官邸，是一項很開明的決定。如此不但袪除了日本統治階級的象徵，同時表示民主自由和樸實的趨向，增強了台胞對祖國的向心力。（中略）

陳長官的公館，經依照他指示原則，覓得台灣電力株式會社日籍社長的宿舍一棟，係以日式爲主並有部分西化的平房，精緻雅潔，設備完整，庭園花木扶疏，環境十分幽靜，私衷以爲當可復命。不料當我陪同長官公署葛祕書長敬恩先生察看時，他說：「爲何覓這種小屋作長官官邸？這事與你前途有關！」我初未料及爲長官服務，竟與前途有關！不禁暗自忖度，降級任市長，有何前途可言？爲免其誤會，遂將陳長官吩咐經過情形告知，他似仍不甚諒解。迨陳長官蒞任後即以該屋作官邸，未聞有不滿之意。旋他在首屆光復節發表談話時還提到日據時期區區一電力公司首長竟住如此富麗堂皇的房子，使他都不敢居住云云。」

黃的回憶給我們帶來二種信息：一爲有關陳儀的爲人，二爲其重要幕僚葛敬恩作官之虛假與無聊。有關葛之一些事蹟，我們將在文末述及。

去年（一九九一年）暑假，筆者在大陸搜取資料及訪問「二・二八」有關人士時，順便又訪問了陳儀的外甥丁名楠教授。丁含著眼淚說道：「陳儀的日籍太太（大多時間住在上海）在陳儀擔任台灣行政長官時，竟然時常因爲陳儀忘了匯寄生活費而面臨困境。陳儀爲官多年，一無存款，二未置過房產地產，當他死後，他那日籍太太幾乎無法生活。」我聆聽時，腦際盤旋著陳儀在「二・二八」事變後的五月四日，贈給丁的一首詩：「事業平生悲劇多，循環歷史究如何，痴心愛國渾忘老，愛到痴心即是魔。」這不可不謂是悲劇性人物蒼涼心情的表露。（戴按：丁斯時在台南縣曾文區任區長，「二・二八」事變時，雖受驚但並未受到騷擾毆打。）

陳儀的老部下程星齡證言說：「（陳儀）身後蕭條，夫人居上海生活困難。

▲翁文灝，於抗戰勝利後任國府資源委員會主任委員。

解放初期，我曾向周（恩來）總理反映，總理立電陳毅市長，優予待遇。後來，上海市人民政府收買了先生的一所住宅（係湯恩伯所贈），夫人得價款後即返日。」（程星齡：「憶陳公洽先生」）陳夫人所得川資來源於湯恩伯所贈房子的賣款，不能不說是歷史悲劇的一大諷刺。

正如陳儀自己在另外一首自作詩所言的「治生敢曰太無方，病在偏憐晚節香，廿載服官無息日，一朝罷去便饑荒」，因而，連在政治上反對他的人士也都不得不承認，陳儀個人是儉樸、廉潔而不貪汚的。

至於陳儀的待人處事態度，我們亦可藉其舊部屬的證言來介紹一些。

當年被福建省國民黨省黨部說是「潛伏在陳儀身邊的共產黨人」之一的程星齡（爲程潛的族弟，後策反程潛，達成湖南和平「解放」），曾經在陳儀主閩時擔任省訓練團教育長，負責訓練全省幹部的程說：「我在（陳儀）先生手下做事，敢於放手，因爲他肯替下級挑擔子。當然，先生用人，有得有失，有時失之偏信，爲小人所誤，但他選拔的人才確實不少。」

包可永，係小說家包天笑的兒子，本爲陳儀在德國發掘的青年才俊之一。經任陳儀主閩時期的福建省公用局局長、建設廳長，後轉進重慶加入資源委員會，

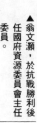

▲錢昌照，當時國府資源委員會副主任委員。

在主任委員翁文灝、副主任委員錢昌照下就任工業處處長。嚴演存在《早年的台灣》中，記述了包可永一段耐人尋味的話：「翁（文灝）先生以部下為工具，且不惜其工具，錢（昌照）先生以部下為工具，而珍惜其工具。只有陳公洽以部下為人。」談到包便須涉及徐學禹。徐是光復會名人徐錫麟的胞侄，既是包的留德同學又是連襟，此人能力相當強，因得俞大維的推崇薦給陳儀。奔閩投入陳儀麾下後，先後任建設廳長及省府顧問，藉此機緣亦介紹嚴家淦參與陳儀主閩運籌帷幄。徐學禹勝利後身任招商局總經理不便離開故不克來台，但藉居招商局要職與陳儀保持連繫是有據可尋的。

徐留德時習電機，時已與張果為有了嫌隙。張果為自德返國後，亦赴閩，獲得陳儀重用，已見前文。但曾幾何時，張身任財政廳長要職，因反對徐學禹等人實施的「管制經濟」，遂離職，奔重慶另尋出路。

張果為在其回憶錄《浮生的經歷與見證》裡留下對陳儀評述的二段文字，值得我人參考。（戴按：包、徐兩人後轉美當寓公。張果為則於一九四九年一月十三日舉家來台，於台大、文化學院（後升為大學）等校專任教職。）

陳公洽（儀）先生那時（一九二八年）來柏林，他不是單純的觀光旅行，他是奉蔣委員長派來研究政治並延攬青年人材的。他在柏林停留有數月之久，他賃屋而居，非常注意女房東的治理家務，女房東問他晨餐雞蛋要吃煮幾分鐘，他甚欣賞，並處處看出德國人工作的準確性，生活的規律性，德國人極守時而重然諾，誠樸而好整潔，他都觀察得十分清楚。他本係在日本士官學軍事，並研究過礮科，因此他的數學不差。他完全係軍人出身，但留德學生會曾請他講演，他講中國的國際收支，有理論有實際，講得井井有條，聽講者有數十人，其中有楊繼曾等，我亦參加聽講，大家均佩服他的學識。

陳先生離開福建時，其所乘座車所經之處——南平、建甌、浦城等縣——老百姓不少用銅盆盛水跪地歡送他，這不是表明他是明鏡高懸的省主席嗎？陳先生在福建約十年，實在也有不少成就，諸如財政的改革、縣政的清明，都是不可抹煞的事實。老百姓眼睛是雪亮的，肩挑等事，福州一帶受害較多，閩北較少。有一次他在省府紀念週會主席台上說，外面有不少人誤會我，我希望有人剖開我的心，看看血液所凝結的是不是「愛國」二字。他是充滿了愛國精神的人，應是毫無問題的，但是求治求功之心未免過切，致易爲貪墨者流所利用，又過信鄉愿者流的阿諛，以致用錯幾個人，而不免僨事。也可以說，他的成功，在愛國心切，勇於任事，敢作敢爲（他在軍政部次長任內也有不少成就）。他的失敗，在不能擇善固執（因他歡喜高遠見解），而又用人不專（因他發展慾強）。我隨從他服務近十年，深知他的生活與爲人情況，如今不怕誤會作此概括的觀察與評述，完全摒除意氣而出諸客觀，非敢有所訾議，亦非欲有所標榜。讀者對我寫這一段的心情，當可瞭然罷！

陳儀主閩以來的重要幕僚，勝利不久後到台就任善後救濟總署台灣分署署長的錢履周（宗起）說：「陳儀對他的手下總抱定『用人不疑』的老調，有人告發貪污，他就要求『拿證據來』。陳自己不搞錢是可被人相信的，但他的手下就以這一點來做貪污的掩護，並利用陳的『用人不疑』來保持他們的職位權勢，取得貪污的便利。」（錢履周：「我所知道的陳儀」）

陳儀的軍政經歷

首先，我們得整理陳儀從政大概的經歷。陳儀在歐洲考察了半年後，取道美

▲張群，政學系頭頭，為第一任兵工署署長。

國、日本返回上海，時值一九二八年十一月。翌月十日他親自帶上《歌德的書信與日記》（袖珍二卷本），當為訪歐小禮贈送魯迅。這一舉，乍看平常卻不尋常，恰恰告訴了我人，陳儀有異於一般武人，有既念舊又耿直的性格。

一九二九年四月，因首任軍政部兵工署署長張群調任上海市長，陳儀被派接任遺缺。任中他延聘了俞大維、陳介生為首的留歐美精英，不但樹立了制度又準備擴廠大量製造大礮、機槍等武器，逐漸確立國產武器生產體系的雛型。陳廉潔且新穎的作風和不凡的建樹頗得蔣介石賞識和器重，翌月受命兼任軍政部常務次長。不久再升為政務次長，兵工署署長即交給俞大維，俞任此職十來年。陳儀日漸在國府軍政界獲得受尊重的地位。

由此機緣與張群（晚陳五期的日本陸軍士官學校同學）增加了交誼的機會，陳開始被人列為政學系巨頭之一。政學系本是一個縱橫捭闔的高層官僚政客集團，創始人黃郛，浙江紹興人，和陳儀除了是小同鄉、留日學友外，亦是陳任浙江第一師師長時的參謀長葛敬恩的親戚（葛是黃郛夫人的親娘舅）。有此三重、四重的關係，加上陳素與CC集團政見作風不合，軍令界及黨務亦不是陳儀能涉及和所喜好，陳自然而然地親近政學系是不難想像的。

一九三三年十一月，曾在「一・二八淞滬戰事」堅持抗日的國民黨第十九路軍將領陳銘樞等人，在福建成立中華共和國人民革命政府，公開宣佈抗日反蔣（史稱「閩變」），但在翌年一月旋即倒台。

一九三四年春，陳儀就任福建省主席，一九三五年奉國府中央之命率團前往台灣參加日本當局舉行的「台灣始政四十週年紀念博覽會」（十月十日〜十一月二十八日）。陳儀帶領了省府顧問沈仲九，建設廳廳長陳體誠及省府各廳局的技正級技術人員一團人。他們趁機考察了台灣日月潭水電站、嘉南大圳、基隆港等港口設備、礦山、糖廠、台北帝國大學、氣象台等機關和現場。返閩後，由沈仲九主編了《台灣考察報告》一大册。考察團同時自台灣總督府獲得《台灣法令匯編》等有關資料。

日本帝國主義，自「九・一八」前後以來咄咄逼中華，雖然陳是遵照蔣介石及國府中央（時汪精衛任行政院院長）的旨意，奉行對日「緩衝」的方針而有台灣一行，但激情的輿論及國人不知內情，群起指摘陳儀的不該及不是。陳儀被國人普遍地視爲「親日派」，聲名因而敗壞不堪。其時在福建省政府擔任公報室主任的郁達夫評論陳儀說：「許多人都說他是親日派，其實我知道他是會抵抗到不惜身

▲孔祥熙，陳儀從福建省主席下台赴重慶任行政院祕書長時，孔任副院長，陳常因看不順眼孔的作爲而與之起爭執。

殉的。」後來輿論洶洶，陳不得不把蔣要他「對日本應採取緩衝態度」的電報公諸於眾。這麼一來，當然惹怒了蔣介石，但不曾公開翻臉。一九三七年，陳以陸軍中將加上將銜。

陳儀主閩七年有餘，先後延攬了不少人才，嘗試了甚多新政，以強悍的作風推行政策，得罪了奸商與土豪劣紳，也得罪了特工。他創「公沽局」（收購糧食），成立生產局、運輸局（管制貨運）等實行管制經濟，致奸商趁機囤積，貪官從中漁利，米荒嚴重，物價飛漲，民怨沸騰。遭致閩籍僑領陳嘉庚激烈抨擊及南洋一帶閩籍華僑的怨聲載道，終使陳儀不安於位，一九四一年九月黯然離開福建到重慶。

蔣介石委員長一度邀陳就任後勤總司令職，陳儀力辭不就。閑住了兩個多月，此期間曾造訪成都四川省主席張群（斯時黃郛已去世，張就代政學系龍頭多年）處作客數日，暢談國事。於同年十二月二十三日，陳被任命爲國府行政院祕書長兼國家總動員會議主任。蔣介石自兼行政院院長，實際院務則全託副院長兼財務部長孔祥熙主持。陳看不慣孔的作風，孔怕大權旁落於陳，因而在會議上互拍桌子爭吵，蔣只好把陳與張厲生對調工作。陳儀於一九四三年一月，就任黨政工作考核委員會祕書長，主任一職亦由蔣介石自兼。其後，蔣再委陳儀兼任中央訓練團教育長及高級班主任和陸軍大學代理校長。這些不是閑職就是賞面子的虛銜高位，自不待言。

一九四三年一至二月間，德國最精銳的三十萬大軍受困於蘇聯，全軍覆沒，英法的抗德國法西斯運動高昂，同年五月史達林企圖與同盟國建立更親密的「對德・義兩法西斯國家」的共同作戰，自動解散了第三國際。並由於義大利的無條件投降（同年九月八日），在如何開展第二戰線的討價還價的折衝中，第二次世界大戰在歐洲戰場的戰鬥逐漸接近尾聲。在亞洲戰場的戰鬥，亦因美軍在太平洋諸島嶼的反攻攻勢大有進展，及我方英勇抗擊日軍的攻勢亦逐步見效，遂有中、美、英三巨頭，即蔣介石、羅斯福（Franklin Roosevelt）、邱吉爾（S. W. Churchill）參與的「開羅會議」（Cairo Conference）之召開。會期為一九四三年十一月二十二日～二十六日，二十七日互簽「開羅宣言」而閉幕。翌月一日公佈了宣言。宣言中規定，日本投降後，日本必須把中國東北（滿洲）及台灣、澎湖列島歸還中國。

國府於一九四四年十月成立台灣調查委員會（簡稱台調會），開始作接收台灣

▲開羅會議中的蔣介石夫婦和美國總統羅斯福、英國首相邱吉爾合照。

的準備。台調會隸屬於中央設計局，有委員九人，台籍三人，即謝南光（春木，國際問題研究所）、游彌堅（財政部）、黃朝琴（外交部）；浙籍三人，即陳儀、沈銘訓（仲九）、錢宗起（履周）；另三人是國際問題研究所所長王芃生（湘）、夏濤聲（皖）、周一鶚（閩）。陳儀任主委，夏、周、錢兼常委。

一九四五年八月十五日，日本宣佈無條件投降。二十九日，國府任命陳儀爲台灣行政長官；九月一日，公佈「台灣省行政長官公署組織大綱」，七日，任陳儀兼台灣省警備總司令。

陳儀在國府軍政界的經歷大略如上述。他就任軍政部兵工署署長後兼常務次長及專任政務次長的期間，一共四年。主閩期間則較長爲七年有餘，赴渝就任行政院祕書長僅有一年，除了與孔祥熙衝突爭吵比較突出外，乏善可陳。至於繼後就任重慶國府中央機構黨政工作考核委員會祕書長、高級幹部訓練班主任、陸軍大學代理校長，不但是閑職，無權，任期又甚短，值得我人討論者無幾。

陳儀的爲政理念

我們對陳儀的爲政懷有莫大興趣的，當然是在於他的閩政。

一般而言，任何國家和社會在革命和建國的大時代裡，愛國創業人士難免都將投入「一面學，一面做，邊做邊學」的大環境中奮鬥、掙扎。陳儀主閩當然也難免這一種境遇。

遍查資料及遍閱諸家回憶錄，我們不難了解陳儀主閩時的福建景況和不得不面對的各種挑戰。

蔣介石委派陳儀主閩，實出於下列數種理由：⑴借重陳儀有魄力、勇於負責、開明且清廉儉僕的威望，來收拾「閩變」後的「爛攤子」。⑵福建素來地方豪紳權勢大，派系多且根深柢固，本地奸商、流氓與日本浪人及台灣歹狗（台籍浪人、老鰻〔流氓〕、攀附日帝狐假虎威的歹徒之通稱）勾結作惡，因爲有日本背景甚難對付。只有請出對日具有望重威高的陳儀才能壓眾。⑶斯時，蔣介石依然在考慮如何對日緩衝，虛與委蛇，借重陳儀之處甚多。

至於陳儀必須面對的難題及挑戰亦可略舉一二。

第一，福建省除了沿海一帶及僑鄉外，還停留在交通閉塞之境。土匪、海寇以及「民軍」勢力仍在，魚肉百姓頻生不鮮。

第二，閩省疊嶂重重不易相往來，方言多種難於整合亦是千真萬確的現實。

▲軍統局的頭頭戴笠。

民國肇造至陳入閩主政僅有二十三年，此間歷經軍閥割據，南京國民政府成立，國府軍剿共與紅軍反圍剿的激鬥，「九・一八」、「一・二八淞滬戰爭」（一九三二年）、「閩變」等民國史發展的程序是不能忽視的當然趨勢。由而閩政的一切，和國勢同樣百廢待舉也是可以想像的。

爲了對付福建複雜的景況，陳採取了「集權」主義，入閩不多久，又取得綏靖主任的權位，在法律上（也就是形式上）他獨攬了軍政大權於一身。不過法治尚未上軌道，法治觀念不普遍時，這一種大權實難於有效地發揮的。

蔣委員長雖然借重陳儀派其主閩，但並不是完全信任。蔣並沒有忘記他一貫的作法，他安排了CC派的陳肇英坐鎮省黨部監視並牽制陳儀。陳肇英和蔣鼎文、徐桴結成派系形成一股勢力。

眾人皆知，政學系與中統的關係一向不好，陳儀有需要拉攏軍統來對付CC勢力。

據曾在福建軍統公開單位服務多年的余鐘民證言：「一九三四年軍統勢力開始在福建伸展的時候，也正是陳儀統治福建的初期，軍統和陳儀需要互相支持。軍統頭子戴笠和陳儀在南京時已有連繫，彼此間有密電本，以後戴笠還來福州同陳儀晤談三次。本來陳儀對福建警察機關抓得很緊，幾個重大警察單位都委派了他的親信任主管，但戴笠提出安置軍統特務以建立基礎的要求時，陳儀盡可能滿足了他的要求。」（余鐘民：「陳儀槍殺張超的前前後後」）

不少人道及陳儀因故於一九三八年六月十八日把福建老軍統頭子張超槍斃後，陳儀與軍統之間遂衍生了緊張及嫌隙，始終沒有消除，此說只有其一半的道理。但陳儀與戴笠之間並不是衆人所想像的那樣。理由有二：⑴既然戴係大特務頭子的話，他就不至於爲區區一個地方性小部下之死，而斤斤計較且記恨。⑵一九四五年十月二十四日，陳儀從上海虹橋機場飛台北，來送的名人中，不見CC派人，但見戴笠陪著顧祝同（時任第三戰區司令長官）、湯恩伯和邵毓麟送行，亦可藉而驗證。雖然，特務頭子和大政客們是以「笑裡藏刀」待人爲常。（邵毓麟：《勝利前後》）

接著，我們來探討一下有關陳儀爲政的想法。

基本上，陳儀標榜的政治思想是：「三民主義」。當然，「三民主義」也有好幾種解釋，但陳儀信仰的是他認爲眞正國父孫文所主張的「三民主義」，尤其是其中的「民生主義」部分。他的確有心想爲人民做點好事，因此，他網羅了不少人才。他的周圍也包含了幾種不同的人，有國家（社會）主義者（青年黨人）、無政府主義者、臥底的共產黨人及其同路人，陳具有兼容並蓄的氣量和作風。他用人的原則在於：要用廉潔者，要不拘一格，不可爲派系所束縛等。這一種用人態度還遭過蔣介石的批評。

蔣對陳儀說：「你平常主張用人只要求廉潔不苟，泥塑木雕的佛像水都不喝，最廉潔而不能做事，所以必須廉而有能。我以爲這一類人最容易被共產黨吸收過去。中國人多賺了外快，還是多數在中國置產業、做買賣，不過轉換所有權罷了。至於能做事，咱們國這樣大，誰也做不完，也不易做好的，更不怕沒有人做。今天，只要他不做共產黨，傾向咱們，就不會過搗亂的日子了，餘事不必深究咧？」（錢履周：「我所知道的陳儀」）

陳重用了無政府主義者沈仲九，共產黨的同路人程星齡，及國家社會主義者，也就是青年黨人，如張果爲、夏濤聲、方學李（省法制室主任）通過這個線索我們可以大膽地判斷，陳儀本身似乎不太瞭解國家社會主義與馬列主義及無政府主義間有什麼差別？信仰三民主義的他只要是帶有不貪污、不封建的社會主義色彩的人材都敢大膽取用。因此，他在主閩時對整理統計、統制經濟、土地政策已經

▲黎烈文，陳儀主閩時主持改進出版社，後隨陳儀來台任新生報副社長兼總主筆。

有相當的概念，並搬來試用。

另外，他也建立了人事制度。中國的舊式官場向來盛行裙帶之風，每換一個省主席時，必定也帶走一批官僚；針對這種「樹倒猢猻散」的官場現象，陳儀在主閩時還規定每一個縣長派任時只能帶一名祕書長或文書上任，其他的行政幹部一定要由在縣政人員訓練班受過訓的人員充任。可以這麼說，在國民政府的官僚系統中，縣級人員的由省府統一分發而不隨縣長進退（祕書除外），陳儀是第一個實驗者。陳儀的福建省人事制度大概成形於一九四〇年，後來得到國府中央的嘉獎並被推廣成爲「全國性」的制度。

因爲陳儀非常注重人材的培養，所以他也非常重視文化與教育工作，不但積極推行國語運動，而且也重視出版事業。斯時，教育廳長通常是由CC派人士擔任，但陳儀打破了慣例。另外他還找來了眾人認爲是左派文人、與魯迅有交誼的黎烈文主持「改進出版社」，出版《改進》和《現代文藝》兩雜誌，同時公開銷售郭大力、王亞南譯的《資本論》及艾思奇的《大眾哲學》等進步書籍。在黎烈文之前，陳邀請郁達夫主持省府公報室已在前文述及。公報室編印了省政府公報外，還出版《閩政》、《公餘》（後合辦爲《閩政與公餘》）等刊物，以配合新政之推行及公務員的訓練，不可不謂極爲新鮮的嘗試。

陳儀的治台班底

一九四四年十月，國府中央設計局成立了台調會已介紹於前節。主持台調會的陳儀利用兼任中央訓練團教育長的機會，在該團設置台灣行政幹部訓練班，招考了一百二十名各機關的在職人員，施予四個月的訓練。訓練及授課內容除了三民主義、建國方略、建國大綱等必修科目之外，最重要的，而且佔時間最久的是研討日本人編的《台灣法令匯編》。這是陳儀一九三五年訪台時帶回來的。這個訓練班只招收了一期學員即因終戰而停止。

另外，台調會在福建永安也設立了一個台灣警察幹部訓練班，由胡福相（來台後就任警務處處長）主持。

後來，在這兩個訓練班受過訓的學員全部被陳儀帶來台灣，成爲長官公署所屬官僚系統的中下級幹部。

台灣省行政長官公署設祕書長一人（等於軍隊的參謀長），其下八個處（由陳儀親擬）。第一榜的人選如下：祕書長葛敬恩、祕書處長錢宗起、民政處長周一鶚、

▲柯遠芬，警備總司令部參謀長，被認爲是鎮壓行動的主導者。

財政處長張延哲、教育處長趙乃傳、工礦處長包可永、農林處長趙連芳、交通處長徐學禹、警務處長胡福相（由國民政府於九月四日任命）。

第二榜人員有些更動，祕書處長改了夏濤聲（錢宗起調任善後救濟總署台灣分署署長），交通處長改了嚴家淦（徐學禹在招商局總經理任上離不開），教育處長改了范壽康。警備總司令部的參謀長是柯遠芬（原福建保安處參謀長）。

十月二日，台灣省長官公署及台灣警備總司令部前進指揮所成立，由長官公署祕書長葛敬恩兼任主任。

陳儀帶來台灣的人中有幾個値得特別注意的。

首先是長官公署祕書長葛敬恩（一八八九～一九七九）這個人。據我長久以來的追索，葛敬恩這個人背景非常複雜。據他自己說，日本敗戰的時候他人在昆明（葛敬恩：「接收台灣紀略」），但是，據錢宗起的回憶，抗戰期間葛敬恩始終未到過後方，他一直待在汪精衛政權裡頭。但陳儀卻認爲他只是掛名而已，並沒有實際任職。葛敬恩早歲入浙江武備學堂，至於早期與陳儀、蔣介石之間的關係可參考「陳儀的早期經歷」一節。

葛敬恩雖當了長官公署的祕書長，但値得注意的是他與陳儀主閩時卻一點關係也沒有，另外他帶來的人，包括他的弟妹，後來也有很多人貪污。「二・二八」後他一度返大陸，中華人民共和國成立後，在香港幫中共做對美貿易工作。所以，我認爲這個人背景甚爲複雜，身份並不是很透明；因爲他在汪精衞政權任過職，有可能爲了立功而來謀取補償亦說不定。不管如何，葛的行動模式包括在大陸發表的「接收台灣紀略」，並無一句眞誠的交代，他與「二・二八」事變的關係只是輕輕一筆帶過，眞是怪事。

接著，我們要談的是，主閩以來最重要的智囊人物沈仲九（銘訓）。沈爲陳的正室沈蕙（於一九四一年謝世）的堂弟。

沈仲九先留日後留德，在上海勞動大學教過書。據國民黨的有關人士的看法，他是共產黨員，但我卻認爲他不過是個左傾文人，最多也不過是無政府主義者而已。我的理由是，如果他果然是一個共產黨員，那麼他回大陸以後應該受到相對應的待遇或歸隊，然而據我在北京採訪丁名楠的訊息卻是，沈仲九回大陸後潛心研究哲學，寫了不少文章，但因觀點不同於馬克思的唯物史觀，沒有獲准出書；後來死於文革時期。據大陸新近出刊的《將軍在黎明前死去》，也說「沈信仰的是西方的無政府主義，而且一度是上海無政府主義者的小領袖」。

▲法治委員會主任委員，青年黨人士方學李。

從資料上看來，沈仲九早在五四運動時期就站出來發言了，也編過革命雜誌《浙江潮》。沈仲九和陳儀一樣是個想做事、不貪錢的讀書人，態度誠懇，沒有官僚氣；因此一直對陳儀有很大的影響力。沈在教育界有一定的地位。陳儀主閩時沈便負責辦訓練團，來台以後也一樣，而他所請的講師則以青年黨人與左派人士為主。據周一鶚說，赴台接收的重要職務的人選，大都由沈仲九推薦；如專賣局長任維均，人事室主任張國鍵，省訓練團教育長韓逋仙，法制委員會主任方學李，以及後來的教育處處長范壽康等。范壽康早年留學日本，受日本馬克斯經濟學泰斗河上肇的影響頗深，一九三三～三七年在武漢大學講授馬克斯主義哲學，抗戰初期轉入國府政治部第三廳負責對日宣傳工作。

當年的中國大陸，國民黨內部也有好幾個派系——軍統、CC、政學系、孫科系、桂系、汪精衛……等等。蔣介石向來是扶持各種勢力，然後從中操縱。然而除了這些派系之外，當時還有一個值得注意的黨派即是青年黨。一九二三年十二月二日，由曾琦、李璜等留歐的中國知識份子在巴黎創立。其創黨精神效法「少年義大利黨」、「青年土耳其(黨)」和「朝鮮青年黨」處頗多。當時，黨是祕密的，表面上以「國家主義青年團」的名義活動，標榜國家主義，民主政治，

▲陳儀在德國發掘的青年才俊——張果爲。

社會福利，內除國賊、外抗強權，反對一黨專政，追求國家獨立……等政治口號，吸引了一群沒有投入共產黨陣營而又對國民黨政權抱有一定程度懷疑的愛國知識青年，並且結合一些政治活動不很表面化的、左傾色彩較淡，或者曾被逮捕入獄的左派份子，形成中國政治的所謂第三勢力。

在福建時，國家主義派已經是陳儀手下的一股力量；其中又以陳儀在德國考察時認識的張果爲爲代表。當時張負責創立統計制度及改革稅收制度，這些都是準備搞計畫經濟所必需的大前提。終戰後，陳儀帶來台灣的人中即有夏濤聲、李萬居、沈雲龍等人。

夏濤聲（一八九九～一九六八年）是安徽懷寧人。一九二一年十一月，就讀於安徽蕪湖第五中學時即通過該校教務主任，也是早期中共黨人高語罕的推薦，與張國燾等人同赴蘇聯，參加第三國際召開的「遠東勞苦人民會議」；但在會場卻發表反共言論。一九二三年下半年入北大政治系，其後投入共產黨的對立陣營——醒獅派，並毅然加入以反共爲標榜的中國青年黨，先後擔任「國家主義青年團」北京團部的內務部主任、執行委員會委員長。一九三二年「一．二八淞滬戰爭」之後，夏濤聲以青年黨上海特別市市黨部執行委員會委員長名義，號召組織「抗日急進會」、「鐵血義勇軍」。同年夏天，青年黨第七次全國代表大會在北平召開，曾琦、李璜、左舜生等放棄連任，成立新的中央黨部組織，夏濤聲被選爲中央執行委員會常務委員會委員，並兼政治部部長。

一九三四年秋通過張果爲的介紹入閩，供職福建省政府，後來奉派到日本考察研究二年。三七年春返國後任福建莆田縣縣長。第二年調任主席辦公廳，當陳儀的主任祕書。終戰後奉調爲台灣省行政長官公署宣傳委員會主任委員。一九四六年冬，青年黨提名夏濤聲爲該黨制憲代表，出席南京的制憲國民大會。閉幕後，回台辭去宣委會職務，改任立法委員。四九年大陸變色後再度來台，並於五〇年十月創辦《民主潮》半月刊，以及與李萬居、郭雨新、吳三連、高玉樹、雷震……等人籌組「一個新的反對黨來辦好選舉」；但是新黨胎死腹中。之後，夏濤聲幾乎停止了政治活動，直至一九六八年八月，溘然長逝。

陳儀主閩政時延攬徐學禹爲建設廳長，但徐卻因在浙江公路局任內的貪污案發而不得不辭去建設廳長之職，另保薦嚴家淦繼任。徐學禹卸任後卻仍在幕後操控建設廳。他不僅掌握建設廳，同時也想抓財政、糧食，因此與原有舊隙的財政廳長張果爲鬥得不可開交。徐的政治手腕畢竟還是略勝一籌，經過一番活動之後

▲自由中國事件的主角：雷震。

▲魏建功，推行國語運動的權威學者，時任台灣省國語推行委員會主任委員。

▲何容：國語推行委員會副主委。

，嚴家淦調任財政廳廳長，原建設廳的主任祕書包可永升任建設廳廳長。這樣，徐學禹便一手掌握了福建省政府的財、建兩廳，與陳儀的另一顧問沈仲九形成對峙之勢。另一方面，自從徐學禹派得勢之後，國家主義派的地位便一落千丈。據錢履周言，「張果爲轉投軍統的東南訓練班（在建陽）當特務」。（錢履周：「陳儀主閩事略」）。終戰後也沒有隨陳儀來台接收。而徐學禹派的嚴家淦與包可永則分別擔任長官公署的交通處長與工礦處長；徐學禹自己則留在大陸擔任招商局的總經理。

另外，陳儀帶來的治台班底還包括一個陣容頗爲堅強的文教班底。當官者爲范壽康，已如前述。范在晚年所寫的一篇簡短自述中提到，針對日本對台灣的皇民化統治的時弊，他「乃以一切『中國化』爲號召，組國語推行委員會，普及國語教育，創立師範學院，積極培養合格教師……」因爲這樣，中國兩位重要的國語推行專家：魏建功（一九〇一～一九八〇）與何容（一九〇三～一九九〇）也於一九四五年十一月抵台，並分別擔任國語推行委員會的主任委員與副主任委員，在台中、新竹、高雄等八市、縣設立「國語推行所」；一九四八年六月又將北平《國語小報》（三日刊）移台辦理，易名《國語日報》。

至於教育處副處長宋斐如則是一個左傾的台籍知識份子，在「二・二八」時不幸遇難；其妻區嚴華（廣東人）亦在五〇年代白色恐怖時期犧牲。

另外，長官公署的宣傳委員會，陳儀委由青年黨的夏濤聲來主持；主任祕書則是沈雲龍。長官公署所屬機關報——《台灣新生報》的社長也是青年黨的台灣人李萬居，副社長則是留法的黎烈文。黎烈文曾主編上海《申報》副刊「自由談」，刊登了不少魯迅的雜文。國民黨一直把他視為左派，他後來自《新生報》轉到台灣省訓練團高級班任國文講師，「二・二八」後再轉入台大外文系任教授，雖然有機會，但黎始終沒有返回大陸，讓許多親朋驚奇，一九七二年十月三十一日在台北逝世。

▲李萬居，青年黨人，事變時任新生報社長，並被選任為台灣省參議會副議長。

最後，必須提到的是，早歲與陳儀、魯迅同船渡日留學的紹興同鄉許壽裳（一八八二～一九四八），原先陳儀是想邀聘他當台大校長的；但是，台大校長的任命必須經由部（教育部）聘，而CC的陳立夫（時任教育部長）不答應。因此，陳儀只好改聘他為台灣省編譯館館長。一九四七年夏，許壽裳應台大陸志鴻校長之聘，任中國文學系主任。一九四八年二月卻死於「小偷的斧頭」之下。此外，通過許壽裳的邀聘，曾是魯迅領導的「未名社」（一九二五年九月成立）成員之一的李霽野

▲事變時的台大校長陸志鴻。

也到台灣省編譯館任職，然後李霽野又引介同是「未名社」成員的安徽第三師範同學，在李公樸與聞一多被殺後，也列入雲南省黑名單的李何林（一九〇四～一九八八）到台北「台灣省編譯館」任世界名著翻譯室編審，通過英譯本翻譯了十九世紀俄國作家阿卡沙可夫的小說《我的學校生活》。

「二・二八」事件後，台灣省編譯館被新任省主席魏道明裁撤，許壽裳應陸志鴻聘，擔任台大中文系主任已述在前，許壽裳也聘任李何林爲該系教授。四八年二月，許壽裳被殺；四月，李何林即因「民盟」在台負責人身份暴露而隻身離開台灣。順便提一下的是，許壽裳主掌下的台大中文系，還有一位著名的臺靜農教授。臺教授受過魯迅的推崇，已爲人熟知。

小結

最後，讓我們來看看陳儀接收台灣當時，究竟有哪些政治勢力也同時進入台灣。

首先，我們看到陳儀自己可以控制的勢力不外是他的班底：以沈仲九爲中心的主閩時期的班底，在重慶台灣幹部訓練班所培養的中下級幹部，以及台灣調查委員會裡頭的幾個「半山」及其關係人物；但這些「半山」在接收初期，基本上只是政治上的花瓶，最多不過是扮演橋樑的角色，與現實的高層政治權力可以說是無關。

其次，跟隨陳儀來台的是警備總司令部參謀長柯遠芬。柯在陳儀主閩時曾任省府保安處主任祕書；保安處與憲兵第四團是當年福建軍統勢力最爲集中的二個單位。事實上，政學系的陳儀與中統（CC）的關係一向不好，因此只要軍統沒有做得太過份的，他還是能夠接受；可以說這是他「拉一派打一派」的政治運作手法。來台接收的陳儀儘管沒有實際的軍權，但他卻有警備總司令的頭銜，所以就把廣東梅縣籍的柯遠芬帶過來當參謀長。除了陳儀身邊的軍統份子之外，從大陸回來的台籍軍統成員有擔任軍統台灣站站長的林頂立，以及後來轉入銀行界的劉啓光（侯朝宗）；劉啓光原本是日據時期的老台共，日帝檢舉台共時逃到大陸，後來不知怎麼地加入了軍統。

相對於軍統的組織則是以台灣省黨部主任委員李翼中爲首的中統（CC）系人物。中統的工作主要是搞情報，建立檔案。歸台的「半山」中與CC有關聯者據說不少。光復初期怕遭陳儀之忌，人人爲了自保不願表露。不多久，他們找到

▲劉啓光，老台共，後來到大陸投效軍統。

▲左起依序為陳重光、謝東閔、連震東，有人戲稱他們為「半山三劍客」。

了甚愛出風頭的蔣渭川做為他們枱面上的代表。順便一提的是在上海時與中共系統的李應章醫師對立的楊肇嘉，因為戰爭期間在上海的日本淪陷區作日本生意，終戰後害怕被以漢奸之名整肅而投入CC陣營，尋求政治上的庇護。這些都是丘念台親口告訴我的。至於自大陸返台的柯台山、陳重光、張邦傑、連震東等名士，也有甚多傳聞，有待我人深入瞭解。

除了軍統與中統之外，陳誠為了培養自己的班底而組成的「三民主義青年團」，也在終戰後通過台北蘆洲人李友邦將軍，在台灣發展組織。第一個回台灣的三青團成員是台灣義勇隊的副隊長張士德（張克敏）。張士德曾經在日據時期在謝雪紅開的國際書店當過店員，所以，他回台後第一個去找的就是陳逸松，陳是留學東京帝大期間著名的左傾青年領袖。於是有許多老台共（如王萬德）及其同情者（如王添灯、陳復志……等）後來都投入三青團各地分團的籌組工作，有些人甚至在「二・二八」時犧牲。

據我的瞭解，李友邦可能是在黃埔時認識陳誠和周恩來的，基本上在國民黨派系裡頭是陳誠系的人；至於他在五〇年代時期被槍決是不是與中共地下黨有關聯則不甚清楚。當然，站在蔣介石的立場，他從來都不希望團跟黨的矛盾、衝突擴大化，蔣一直在提防陳誠發展其個人勢力。特別是三青團的擴張。

我們針對戰後台灣各派系做粗略介紹和分析，主要的是想釐清並理解陳儀究竟帶來了哪些班底，他準備如何開展他的治台抱負及政策。至於陳的治台方針及其具體內容，將於下一章中介紹及探討。

第四章　官場百態與台灣百姓

在飽受半個世紀日帝的殖民欺凌統治的台民眼裡，舊日制總督換成行政長官，總督府改稱長官公署，不過是換湯不換藥而已。光復了，回歸了祖國，還依舊受到歧視壓制，怎麼能忍受？此非只換了老闆的殖民統治爲何？

「二·二八」研究的陷阱與困擾

有關「二·二八」事變發展過程的全貌，我們將在第二篇詳述。此章主要探討延平路查緝私煙所引發的星星之火，爲何在幾天之內便燎燒了全島。當然所謂「全島」主要只指各縣、市的市街區，並不包括農村與山區，這點必須首先釐清的。

一般而言，任何社會、任何民族當政治紛爭擴大爲暴力流血事件，而責任攸歸又爭訟不已時，各個政治勢力常會言過其實或掩飾眞相的。統治者爲了本身的政治利益以及迴避政治責任，有關當局和人員對外是會遮遮掩掩含糊其詞，扭曲事實。這是常情，在此我們可以不必去多談。另一方面，屬於弱勢抑或被迫害的反體制者，爲了造勢，爲了訴求，常常又會誇大一些數字及誇張一些情況。

「二・二八」事變的有關報導、回憶錄、口述以及口傳也難免有虛構，神話甚至於衍生出「創作」（虛構，fiction）部分的「回憶」等情事。需要補充說明的是，四十多年來台灣的戒嚴體制把「二・二八」事件列爲「政治禁忌」，因而小道消息及口碑、傳說之類特別興盛。由於官方懸爲厲禁，不准探討，「二・二八」事變的眞相未明，以訛傳訛的事例更是不勝枚舉。學術研究的自由既受到限制，只好聽任以訛傳訛的事例漫衍流傳，難得有糾正的機會。

事過境遷，戒嚴令解除（一九八七年七月十五日），「二・二八」的政治禁忌及其「黑影」亦因而日益消失，任意逮捕、殺頭的狀況不復存在。因而有一些事件關係人及自稱爲知識份子者，開始由一個極端（沉默、懦弱）走向另一個極端（饒舌甚至於誇口、逞強、逞英雄）。

台灣社會的市民（公民）意識不夠成熟，知性的誠實（intellectual honesty）既不受尊重又不被愛惜，沽名釣譽之輩就非常容易結幫跳梁。老百姓長期受到壓制及迫害，積怨已深，似乎「賭爛」（台灣系閩南話，極度的不愉快感）性反彈情緒瀰漫了社會。台灣老百姓遂易爲說大話者、逞英雄者流所利用，容易聽信鄉愿者流的嘩眾取寵之言，更不吝送給「曲學阿世」之輩掌聲。

通常，僞知識份子喜歡標榜自己的學歷及頭銜，更喜歡附會、炫飾，多爲不學無術之徒，只空擁其虛銜，很難作出夠水平的社會科學層次的分析及詮釋。

圍繞著「二・二八」事變的言論、研究已經呈現上述一類的病態。有良心的有識之士能不深思？能不警惕？

爲了追索眞實的史實，我們需要十分愼重，十二分警惕。更應該抱持，知之爲知之，不知爲不知，錯誤爲錯誤，眞實爲眞實，也就是說「就事論事，實是求是」的態度來正視有關「二・二八」事件的報導、回憶、口述，以資累積我們判斷的素材，不但便於我們的學術研究，更可藉而強化我們「勇於追憶」的道德性社會行爲。

星火與乾柴

直接參加了「二・二八」事件，然後「亡命」於中國大陸的一些左派人士抑或中共黨員（入黨雖然有其先後之分），他們述及「二·二八」事件的具體過程時，常常會提到罷市、罷課、罷工等情景，他們同時會附帶表明，那些舉動並沒有什麼人出來發動的，而是自然發生的。

究竟，這些行動自然發生的契機是什麼？據我當年的見聞及了解，眞正根據高度醒悟的政治意識而興起的抗議或抗暴行動，在事變初期並不多。從事抗議活動的多是烏合之眾，他們的衝勁及活力主要又得靠敲鑼打鼓來維繫。（請參照《歷史的見證——紀念台灣人民「二·二八」起義四十週年》中吳克泰、周青等人的憶述）

因爲，反政府方尙無眞正成形及成熟的政治團體（中共地下組織還在初組階段），所以台北的「二·二八事件處理委員會」，每一次開會都是亂哄哄的，會場秩序甚難維持。當然，我們不會不知道，有當局派進來的便衣及線民等人在搗蛋，但若有強有力的反對派政治團體存在的話，搗亂份子自然難於囂張跋扈地攪局。

他們又報導緝私煙引發命案後，憤怒的民眾包圍了警察局及憲兵四團本部，喊著「嚴懲兇手」、「交出兇手」、「殺人償命」等口號，這些口號以及民眾的群情激憤，我們當然可以理解，但是我們不便更不該苟同。因爲那些要求被接受時，可能就有人會遭受民眾的「私刑」（lynch），這種野蠻且封建的報復行爲，在文明社會、法治國家是不被容許的。這個毋庸置疑的道理，事變發生後已有四十多年的當今又甚少被擺在枱面上來議論，是值得我們深思的。事件進行中，群情沸騰，不易說理還情有可原；但事後四十年，頗多人士仍怕干犯眾怒，爲了明哲保身而持鄉愿態度，不去研討則屬不該。爲了落實民主，我們時時刻刻都需要有當「傻瓜」的道德勇氣，拿出社會科學工作者的敬業精神及使命感，去打破常識、去冒犯眾怒，追求眞實和眞理。

傾向台獨的台籍人士，往往會大聲的喊著，「二・二八」事件的初期，全體台灣人民都起來反抗！這個不是事實，他們沒有眞正認識當時的實況，因而產生幻覺，高估了情勢而不自知。

只要懂得社會科學ABC，都知曉任何國家及社會，在戰爭結束不久，以糧食爲中心的農產品價格（特別是相對價格）必然會高漲。除了農產品價格對農民有利外，農村秩序又會鬆懈，呈現短暫性的「無政府狀態」，農民可以由而獲得「喘一口氣」的良機。「二・二八」事變前後的台灣農村與農民也不例外。糧荒益趨嚴重之際，直接生產糧食的農民，可趁機獲得「小利」，有何理由參加抗暴和抗議運動!?「二・二八」事變過程的抗暴和抗議運動是以市街區青壯年及學生爲核心而開展的，他們的權益基本上與農民的權益沒有直接關係。

至於大地主階級就不必多言，連中小地主階級都在觀望，他們並沒有積極支持抗議運動，更重要的，他們也並沒有眞正支持過政府當局。他們期待的是抗議運動若適可而止，抗議運動反而可以給他們帶來更大的政治活動空間。中上地主及士紳們中的積極份子抑或「愛出風頭的」，有的是被推出，有的是自薦而出，參與了各地的「二・二八處理委員會」和有關的臨時團體。他們絕大部分是出自於「善意」，意圖扮演「調解人」的角色，尙且希望事變早日平息，當局能夠秉公處理，推進政治改革，不管在政治抑或經濟的舞台開放給他們參與的空間。但事與願違，騷動迅速波及全島的市街區，抗議及抗暴的民衆與政府間的鬥爭愈來愈尖銳。

有關「二・二八」事變參加份子的說法甚多，見解不一。根據筆者的目擊及事後的調查研究，認爲楊亮功的說法最爲接近史實。（《調查「二・二八」事件報告》的第三部分「參加事變份子之分析」）楊舉出：(1)流氓；(2)海外歸僑；(3)政治野心家；(4)共黨；(5)青年學生；(6)三民主義青年團；(7)高山族；(8)皇民奉公會會員；(9)留台日人等九種份子，爲構成此次全台暴動之主力。此外，他又附述「工廠及交通電信機關之工人，各機關之本省籍公務員，亦有少數參加者。惟全省農民，則均持安靜之旁觀態度。總觀全台，當事變高潮時，各地盲從附和者，當不下五、六萬人，然直接與國軍搏鬥公然蠢動者，則又僅數千人而已」。

上述的排列順序，當然反映了楊的價值判斷，大致可以接受，但涉及到各份子之內容時，有些地方深度不夠，有些地方甚至於是錯誤的。其理由很簡單，調查時間過於短促，對台灣內情的認知又受到了時代的限制，差錯是難免的。

下面，將楊對流氓的敍述全文照錄，再加以評論，以供讀者諸賢的參考。

一、流氓：台省流氓之含義與形成，較之國內其他各地所包括者爲廣，幾上自豪紳鉅賈，下至販夫走卒，均有其份子之存在。當日人統治時，對於台省流氓，故意任其存在，或任其爲地方之爪牙，或縱入中國沿海各地，以爲浪人間諜，戰時更將其編練入伍。全台無正當職業爲流氓生活者，據估計不下十萬人。故其勢力平日已及於全省。二月二十七日晚，被警員擊斃之陳文溪，爲大流氓之弟，故首先於台北發動大規模之騷動，搗毀台北專賣分局，衝擊專賣總局與長官公署，毆打外省人員之主動者，均爲流氓。台省當局，曾以各地流氓，有礙地方安寧秩序，於去年夏命各縣市政府加以逮捕，解送台北，予以集中訓練，名曰勞動訓練營，於六個月中予以各種職業與知識之訓練，期滿後發給證書，放回原籍，希望以此化爲良民，先後共二千餘人。不料回籍後，其組織更爲嚴密，各地更有連繫。事變中，各縣市均普遍參加。至其參加事變之目的，並無政治意義，純粹爲報復行動，與窄隘之排外運動而已。

近代法治的制度化和議會民主主義尚待充實的國家以及市民意識尚未成熟的社會，統治者往往會對outlaw（被放逐者、亡命之徒、惡徒、罪犯、脫序人士），outsider（在外之人、圈外之人、局外人、不能參加上流社會的粗俗之人、秩序外人士），乃至lumpen proletariat（破落户或缺乏階級意識的無產階級），不加判別地一概歸類爲「流氓」加以管制或處分。當局者這樣處置，當然在於支配的方便，甚至在於逃避公權力應該承擔的政治責任。

眾人皆知，英國傳說中的俠盜羅賓漢（Robin Hood）的故事。另外我們又可以憶起魯賓遜漂流記（Robin-son Cru-soe）的主角魯賓遜的事蹟。兩者不但可以當

▲共產黨人胡邦憲（允恭）以筆名張琴發表的「台灣眞相」原件。

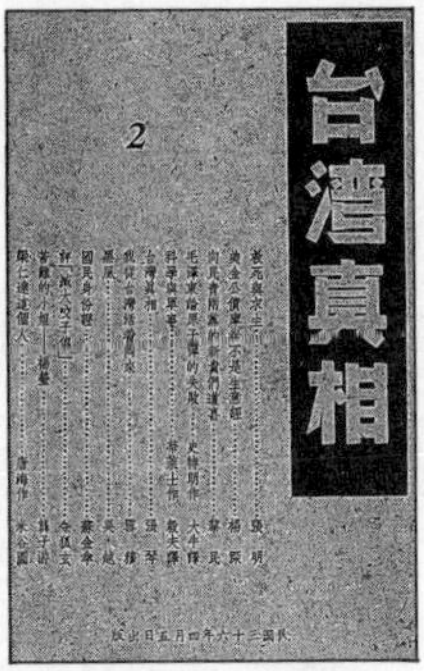

爲outlaw和outsider來看，還可以視爲正面人物的呢！因而英文詞彙裡的outlaw和outsider除了負面性人物外還有正面人物的含義在。

因而，我們認爲楊對台省流氓的看法是值得存疑的。當年的台灣，眞正可以歸類爲「流氓」＝老饅者數目有限。沒錯，「二・二八」事變騷動是由他們首先「點火」及「發動」的，但這些無組織、無明確政治目的的騷動爲何在數日間蔓延到全省的市街區，且抗議行動又逐漸擴張到搗毀官營事業機構，打「阿山」以及要求官軍方交出權力及搶奪武器……一路惡化下去，到了難於收拾的局面。

這種發展趨勢，若沒有「乾柴」的存在是難於解釋的。

乾柴是憤怒是怨懟

當年中共地下組織在上海發行的《文萃叢刊》第二期（一九四七年四月五日）刊登有二篇文章：一爲張琴著「台灣眞相」，一爲雪穆著「我從台灣活著回來」，頗堪注意。雪穆爲何許人尙待追查，但張琴已淸楚係胡允恭（邦憲）的筆名。根據胡自己的回憶文章「台灣二・二八起義眞相」（刊載於胡允恭著《金陵叢談》）、「陳儀在浙江準備反蔣紀實」（刊載於《陳儀生平及被害內幕》），以及大陸發行的一些刊物，我們可以推想，胡來台（一九四六年四月）時已是中共黨員，他所以被派來台並不是來作群衆運動或組織工作，「放長線在陳儀身邊臥底」似乎才是他的本份工作。

胡早在陳儀治閩時，由他在上海大學唸書時的教師沈仲九（銘訓，教的是中國哲學史，專門批判胡適的學術思想）引薦，受陳儀任用爲縣長等職，是老牌的祕密共產黨員。胡到台灣立即被陳儀委任爲台灣長官公署宣傳委員會委員。胡利用了宣傳委員（完全是虛職）的特殊身份和持有特別通行證到處走訪，很可能胡還在走訪了解台灣具體情況時已被逼面對「二・二八」事件。由而可以窺知，胡本身因是中共黨員當然另有所圖。胡與陳儀的治台並沒有實際上的利害關係，站在中共地下黨員的立場上，他反而可以盡其客觀地描寫當年的有關情況。

胡在其「台灣眞相」文中提出了三個問題而自答如下：

㈠台灣人與外省人何以竟會成了對等（戴按：應該是「立」的誤排）**的名稱？**

台灣接收後，國內同胞渡海前去的漸漸多起來了。良莠不齊，自然是難免的事，原也不足深怪。無如台灣在日本帝國主義壓迫下數十年，人民被日人鎭壓得不敢不守法，因而在日常生活上的守法，已變成人民的習慣了（對日人守法，在某種意義上說，原是要不得的奴隸行爲。但從另一角度來看：人民與人民相處，能互相守法，原也是需要的事），一旦看到國內同胞中有少數毫不守法的人，便誇大其詞，因而引起台灣人民對國內來人的誤會，甚至無例外的視國內來人爲不守法，這也是事實。

起因大半因爲小事，例如台灣的脚踏車店常備有十輛八輛車子，租與客人使用，取費很廉。出租既無擔保更不需先付車資，客人多是在約定的時間內送還原車，並繳納租費。國內同胞初到台灣，向車店租車，店主爲表示親愛，往往不肯收受租費，不料後來有少數敗類，竟然不守信用，把車子騎出永遠不再送還，有的三五天後才送還。於是車店主人也就毫不客氣，對國內來人，一律不肯租車。再如旅館中的主人也常備普通雨衣三五件，掛於旅社門首，以備無雨衣的客人出外穿用，在台灣早習以爲常了。國內的同胞少數不良份子，往往借著看友人，把旅社雨衣穿去永不送還，於是旅社中爲客人常備的雨衣，便一齊收去，不再掛置門口。凡此等小事，在下層社會中傳播最快，且迭次相傳，又不免故意誇大事實，不加分析，以眞傳訛，或以訛傳訛，遂使台灣人民有輕視國內來人之不正確的意念，這是一。

此外在各機關中，不獨首長皆爲國內同胞（絕少機關是台灣人），且祕書、科長、股長一律皆爲國內同胞。台灣人民自然不免有嫉妒的心理（或許台灣人民不肯承認，但這是事實）。國內同胞又不知道台灣同胞的心理，往往頤指氣使，官架子頗大。且因台灣同胞不懂「等因奉此」，便視爲無工作能力，加以輕視。以致在機關中常常發生台灣人與外省人的派別，甚至發生磨擦爭鬧，這是二。

最爲台灣同胞所憎恨的是在同一機關中擔任同級工作，待遇相差過鉅。例如郵電局國內同胞在原薪外每月有六千元台幣的津貼，台灣同胞則一文津貼也沒有。一面花天酒地，一面衣食不濟，因而台灣同胞極仇視這些國內同胞，這是三。

綜合這些原因，台灣同胞常曰國內同胞爲外省人，國內同胞也常常公然説某是台灣人，大有不與同中國的氣概。台灣人與外省人遂因此在台灣成了一個對等（戴按：如前應該爲「立」）的名稱。開始雖不致有深大的仇恨，但台灣（人）與外省人的界限，是因此劃定了。可是政府對這些事，視爲小問題

▲嚴家淦，事變時的財政處處長。

，一向不予注意，任其發展下去，遂鬧成初步的內外省人的不調協。

㈡台灣人民爲什麼仇恨台灣省政府？

台灣人民對長官公署開始是存著極大希望的，但他們的希望也是平淡近於人情，可以說並沒有奢望。他們希望生活安定，物價不要太波動，政治上軌道，社會秩序安寧。可是事實都違反了他們的心願，由於工廠不能開工，接管工廠的小職員以及技術人員，多用國內人，失業人民增多，生活不能安定。物價波動厲害，生活日趨困難。政治腐敗，日益顯著，沒有上軌道的希望。不獨偷竊之風甚熾，人民不能安居，且省會所在地的台北，白晝常常發生大規模的搶案。人民對政府由希望到了失望。然而政治腐敗更糟糕下去，負政治全責的陳儀長官天天坐在長官公署大樓的第一層，受著葛敬恩（祕書長），包可永（工礦處長），嚴家淦（財政處長），周一鶚（民政處長）等包圍。耳中所聽到的是政治如何上軌道，人民如何歌功頌德，京滬的輿論如何的讚美，他老人家眞有點飄飄然。

台灣的士紳（如蔣渭川、林獻堂等）也有人看到政治太腐敗了，貪污橫行，不得已向陳儀略略談到，他臉一紅，極不客氣的說：你所談的有什麼證據呢？語氣挺硬，拒人千里之外。其實證據全有，但誰人肯做傻瓜呢？即令硬將事實指出，辦不辦還未可知。但四兇（葛、包、嚴、周等，台灣人稱之爲四兇，一般貪污官吏多是他們的爪牙）的勢力是炙手可熱的，因此台灣士紳便也不敢再多事了。

其實台灣的貪污有沒有證據呢？我們舉出幾件事在下面，請看，這能不能算證據？

(1)省專賣局長任維鈞，貪污被《民報》登出。任大怒，在各報大登啓事，限《民報》三日內舉出證據，否則依法訴究。《民報》在第二日即在報上公開舉出有證據的貪污約有五百萬元台幣之多。並云尚有若干證據不完備未舉，堅決的要求任維鈞打官司，任不敢置答。陳長官見報大發脾氣，把任維鈞叫去，要他打官司，任遲遲不答，陳看出他的心虛，大聲斥他說：既不能打官司，便不應該登啓事，迫人家檢出證據，丟自己的臉呀！糊塗！你回去自殺吧！任退出後，請假兩星期！又回到局內辦公，不但未自殺，且不肯辭職。此事鬧得滿城風雨，無人不知。

▲台灣省貿易局局長于百溪。

(2)葛敬恩的女婿李卓芝，在任台灣省紙業印刷公司總經理時，把幾部大機器（當時値千萬元台幣）廉値標賣，暗中自己以四十萬元台幣買下來。迨改調台北市專賣分局長時，被繼任總經理查出，拚命向他追索，他不得已行賄台幣五萬元。後任收下寫一報告，連同五萬元賄款送與長官公署，事被葛敬恩知悉，把五萬元賄款批令繳交省金庫（省會計處有帳），報告按下不辦。李卓芝若無其事。後來被陳儀長官查知，僅罵了李卓芝一頓，仍准他做（分）局長，直等他荷包刮滿後才離開台灣。

(3)貿易局、專賣局貪污舞弊，既爲台人所憤恨，有憑有據（《民報》於去年八月間舉出甚多），陳儀皆不肯辦，台人雖譁然不服，惟毫無辦法奈何此輩。幸好中央清查團劉文島等來了，各報（除李萬居的《新生報》）要求打老虎，劉也表示，蒼蠅太多，不管它，只打老虎。大家舉出千萬的貪污證據，劉清查後認爲貿易、專賣兩局局長于百溪、任維鈞貪污證據確實，遂備公文附證據移送長官公署辦理。並公開招待記者（去年九月事），聲明至低限度，要求陳長官先把于、任撤職，即刻移送法院審理。後來劉走了，于、任遲遲不撤，依然花天酒地，台北人民幾次想搗毀兩局。直到劉文島在上海發表談話，

如此舞弊！
貿易局知法犯法
漏稅四十餘萬元
倘不嚴加追究，將何以慰民心？
臺灣糖業公司
旅專臺胞遣送返籍
政院准撥二億元

▲左派刊物《人民導報》報導貿易局貪污案。

希望陳長官迅將兩局長撤職，以免遺憾，陳不得已才把兩局長撤職，移送法院。法院認為案情重大，即予拘捕。長官公署反出來替他們說話，說移交未辦，不能即予拘捕，于、任因此遂得具保釋出（直到現在還在辦移交，未審）。于、任於釋放後，以為靠山有力（于為嚴、包私人，任為沈顧問銘訓太太私人），不但不悔過，又於移交時，大舞其弊。一面把日人移交他們的清帳銷毀，說沒有清帳，以便抵賴。一面把倉庫裡的存貨，以多報少（如任移交案中，列報食鹽被人民搶去一萬擔，紅土——好鴉片土被白螞蟻吃掉七十公斤，糖損失數十萬斤等。公署人員全體大譁，認為如果食鹽被搶，在何時何地？一萬擔需若干人才能搶去？多少白螞蟻才能吃掉七十公斤鴉片？且螞蟻是否吞食鴉片，亦待研究。開始大家主張徹查，後來一想，他們來頭太大，不敢多事。因此于、任移交文案，無人敢負責查，現在仍擱在公署），又大發其財。好在于百溪的後任局長于熹（？）是他自己的主任祕書（戴按：應該是于瑞熹，為副局長非主任祕書），任維鈞的後任局長為陳鶴聲（原包可永的祕書（戴按：應該是主任祕書）），都是同路人，自無不了解的手續。

(4)轟動全國的台北縣長陸桂祥貪污五萬萬元台幣的案子，長官公署起頭說要派大員徹查，結果台北縣政府起了一次大怪火，先把會計室的帳簿單據，燒得一乾二淨，再把稅捐處燒光，縣政府的一切接收、稅據等原始證據都被火神收去了，怎麼徹查呢？台北人民街談巷議，縣參議會也忙著開會，像煞有介事的在討論「怪火」，但結果呢，永沒有下文了，長官公署查了沒有？只有天才知道。

陸縣長聽說在福建也做過縣長，與嚴家淦、包可永爲徐學禹先生的三大幹部，手段是夠高明的。他在台北有沒有貪污，雖未查確，但據他在台北縣政府招待記者席上報告，台北有貪污的人員則是事實。如他說：外面傳他貪污都是區長裘某的造謠，實則裘某在台北縣的區長任內，確確實實貪污六十餘萬元台幣，被他查出，正要拘辦裘某，然而裘已逃走了。事實如何，外面不能詳知，即令陸縣長不曾貪污五萬萬元，裘某貪污六十餘萬元，經過陸縣長查明則爲事實（此事在去年十月發生，台北各報皆有登載）。

這不過略舉幾件大的貪污案，其餘貪污案件層出不窮，不勝舉例。政治如此，人民安得不怨恨政府？台灣人民怨恨政府是由於貪污政治所激成。我們若果武斷的說：台灣人民受奴化教育太久了，他們的思想根本仇恨中國，這未免太不合客觀事實，誰都不肯承認。

㈢台灣省政府是怎樣對待台灣人民的?

講一句天理良心話,陳儀長官自到達台灣一直到「二·二八」事變前,他個人對待台灣人民都是相當良善的。尤其是他個人不貪汚不舞弊,台灣人民都能深深了解。可是他不是以個人資格僑居台灣,他是台灣的政治首長,政治上逼著人民不能照舊生活下去,個人對人民表示親善,人民是不會感激的。台灣的省政府是否有妨礙人民生活的措施,我們且看以下事實:

⑴工廠大半停閉,失業人數增加:台灣在日本帝國主義統制下五十一年,殖民地式的工業是相當發達的,固然日人由此吸食了千萬億台人的膏脂,然而台人都有工可做,他們可以維持最低限度的生活。到了接收以後,所有的工廠幾乎全部停閉了,經過數月,若干工廠雖然開了工,然而那僅是部分的開工,用人不及從前五分之一,而且技術人員以及廠中的職員,百分之八十是國內來的,因此失業人數驟增,政府始終沒有辦法解決這個問題。

⑵各業統制,斬斷人民的生計:例如在日本帝國主義統制時代,准許人民開礦,因此台灣私人石炭礦場是極其發達的。勝利後人民私營礦場依然開工,炭產極富。省政府以爲有利可圖,要加以統制了,他們組織了一個燃料

▲工礦處處長兼石炭調整委員會主任委員——包可永。

調劑委員會（戴按：正式名稱應該是台灣省石炭調整委員會，以下同），以工礦處長包可永爲主任委員（這是專賣局以外的專賣機構）。所有私人炭場產炭，統統規定要賣給調劑委員會，不得私人買賣，價格由官方規定。據我所知，去年春夏每噸石炭，官價是五百元台幣（合法幣一萬七千五百元），包可永先生轉一下手，賣給上海市燃料委員會（聞係徐學禹負責），價格是十萬元法幣。去年冬天收購私人石炭每噸價格是一千元台幣，他們賣到上海是法幣三十萬元，今年春天聞已略予提升，但每噸不及一千五百元台幣。即此一項獲利，據私人統計約有二萬萬至三萬萬元台幣了，但利潤到「二・二八」事變並未解送省金庫，此項鉅款到哪裡去了呢？此是台灣人民的膏脂，所以台人時時關心不忘（若說獲利是貼補公庫，何以年餘不繳庫？以此款存銀行，拆息也可觀了）。

此外人民生產的食糖，政府也統制專賣，定價不及成本，有許多人民因此把蔗田犂毀。長官公署爲表示自身生產有進步，廉價收購食糖十五萬噸，贈送中央，更有糖業公司某要員勾結商人，私運食糖三千五百噸裝台安輪運滬，在基隆被查獲（去年十一月事），各報及人民皆有反對之聲，以爲人民種製食糖不能自由運賣，反讓這般貪官藉以發財，要求嚴辦。鬧了一陣，以爲至低限度可以打擊他，使他不能運走了。可是事竟出人意料，某要員不知憑藉什麼力量，居然把船開走了。台人簡直恨得發瘋，大毀蔗田，表示不再製糖。

上所舉例，僅指其大者而言，小的方面也是如此：例如日常用的毛筆、文具、教科書等統統由教育處主辦的台灣書店專賣，各機關團體，不向台灣書店購買此項文具書籍，會計處不准報銷用款，並限制私人經營此項用品。總之與民爭利是無所不用其極。

(3)大量走私，米糧外溢，引起糧食的恐慌：台灣是有名的產米省份，且一年數熟，米糧充足。但因走私之風太盛，以致米糧外溢，引起民食恐慌。走私的並不一定是商人，各報既大登武裝走私消息，其實官吏也在走私。如花蓮縣政府，本年一月即有四隻大汽船走私，由財政科長黃某出面，不料太大膽了，一隻在高雄被海關扣留，一隻到了日本被盟軍扣留，一隻被花蓮民衆扣留，一隻開到上海，後來沒有下文。此案發生後，轟動全台，全台報紙及人民皆要求把主犯縣長張文成撤職送法院審辦，但張也是有來頭的（聽說是周一鶚的同鄉），不但未撤職，且官運正紅，據聞僅把財政科長撤職了事。

到了二月中旬全台米荒發生了，公務員食番薯，市民食番薯，一斤米四十五元台幣（合法幣一千五百七十五元一斤）尚無處可買，以致全台騷然。於是政府也著慌了，但他們有他們的政治八股，一面說是奸商屯積居奇（假使食米不外漏，吃不完，何人做傻瓜來屯積呢？屯積是果不是因），到處搜查米商，結果並沒有大發現。一面評定米價爲二十二元一斤，勒令米店以米應市，結果還是沒有米，終至全省陷入糧荒狀態（糧荒到現在還未解決）。

⑷限制進出口商，使商業停頓：黃金風潮到了台灣，經濟大恐慌籠罩全台。政府不了解恐慌的原因，硬抓住一個片面的理由，說這是游資作祟，游資所以能作祟，完全是商人搗鬼。於是限制進出口商的辦法來了，明令規定：進口商須向基隆交通管理處登記，把所有貨物先移存指定的倉庫中，候財政處估價後，自由出賣或由政府收買。存貨租金既貴，日期又不限定。出口商，須繳納全貨總值百分之二十保證金，到了上海把貨物全部售清後，須由台灣銀行上海分行匯回百分之四十到台灣省銀行（這是硬性的剝削商人，蓋台幣係由政府規定一比三十五，僅公務員可由薪俸中抽出三分之二以此比例匯出，商人匯款，僅能以一比二十四匯出，且手續極多。由上海匯回台灣則以法幣三十五元作台幣一元），百分之六

▲桂永清，事變時海軍代總司令。

十款子購貨，然貨到基隆，仍須受進口商辦法限制。這個辦法公佈以後，正當商人均惶惶不知所措。

(5)煙、酒、印刷業的統制：台灣在日人時代，雖然煙酒是專賣，但是私人小規模的經營並未廢止。勝利後台灣長官公署，則完全廢止私人經營，即台人向日所存的煙酒也不准私賣了，必須到專賣局去登記，把舊的牌號上重貼台灣專賣局出品字樣始准出售。不僅取費過重，且須加上額外需索，手續尤其麻煩。此項舊貨售完後，各店家以及小販須向專賣局領購煙酒，該局出品極壞，如紙煙則霉辣不能入口，酒則清淡如水，一般人皆不願吸食。

桂永清司令前此在台北遇到長官公署科長二人，皆食美國煙，桂問他：「你們何以不吸專賣局紙煙呢？」答道：「那種紙煙拿來作戒煙藥品是可以的，吸食則不可以。」桂從衣袋中取出一包紙煙，反駁他們說：「這就是專賣局的出品，眞正是價廉物美，你們看，不好在什麼地方？」該二科長看了一下，笑著說：「不錯，這是專賣局出品，但是這種紙煙是爲長官特製的，作爲長官招待貴賓之用，而且以此欺騙長官。至於賣的紙煙則不是這樣了。」於是桂司令才恍然大悟。

桂返到台北見了陳長官，把這件事淡淡的談了一下。桂走後，陳長官在紀念週上大罵這兩個科長說：你們是明明的反對我的政策，專賣局的內幕情形，如何可以向貴賓說破。究竟專賣局送與我的紙煙是不是特製的，我還要查，如果不是事實，定要嚴辦你們。後來此事便擱下了，大概這兩個科長尚非造謠。紙煙是這樣，酒也是壞到不能飲，一般的酒等於白水加火酒，既要專賣，又以劣品害人，所以專賣局在台灣是無人不罵，無人不恨。

此外台灣的印刷業是相當發達的，私人經營印刷業的極多。長官公署明令各機關學校，所有一切印刷的東西，皆須送到工礦處經營的台灣印刷公司去印，否則不准報銷。因而各私人經營的印刷業皆受到絕大的打擊，許多印刷廠歇了業。

煙、酒、印刷大半是小有產者所經營，靠此業吃飯的人數也最多。政府這樣一統制，千萬人的飯碗，完全打得粉碎了。

右舉各例，是台灣省政府對台人致命的打擊。其他事實尚多，爲得節省篇幅，不再列舉了。

胡允恭的上述報導，道出了長官公署的惡政帶給台籍紳民的憤怒及怨懟的一般性來由，頗爲確切，尤其他對一般外省籍人士所云「台灣人民因受奴化教育太久了，所以他們的思想根本仇恨中國」的看法反駁道：「這未免太不合客觀事實，誰都不肯承認。」是中肯的認知。

沒有擔當、欠缺見識的官僚以及短視的新聞官，他們最善於玩詭辯術，又最會找藉口，責任及原因永遠向外找，找出代罪羔羊既好「交差」又可偷安，甚至於還可大拍胸膛自鳴得意，自欺欺人。

他們遭到台民的指摘和批判而理屈詞窮時，就會套上一句陳腔爛調說：「台民受了五十年的日帝統治，奴化教育過深，沒有我們抗日，我們的犧牲，台灣哪裡來的光復。」

哎!!眞是天曉得，說這些大話者，往往非但不曾抗過日，很可能是與日本合作過的漢奸狗腿子，混進台灣來避風頭的大壞蛋。

公權力尙未整頓好是個原因，但大陸來台官僚的無能失政，更是個大原因。他們沒有能力阻擋及管制走私進口的私煙於海上或入台前，無能的官警只會找小商販來治標和裝門前，因而招惹出星星之火。

胡允恭說的好，台灣本是有名的產米省份，且一年數熟，米糧充足，若不是大量走私，米糧外溢，哪來的糧荒？他還指出，假使食米不外漏，吃不完，何人做傻瓜來屯積呢？屯積是果不是因。他又非常具體地指摘，專賣、貿易局及台灣省石炭調整委員會的高級幹部的貪污舞弊和與民爭利的事實，那麼早期胡就能說出石炭調整委員會是專賣局以外的專賣機關，可不容易。

心有餘力不足的陳儀

轉型期台灣社會特有的政治性激情逐漸消褪，民主落實過程的特定陣痛現象又呈現無遺。

現在，正是還原歷史眞貌的時候，乍看我們的台灣社會似乎已開始具備條件，可以拋棄「一切以政治爲手段，一切爲政治服務」的非正常且負面的學術研究環境。

關於陳儀來台主政，我們首先有必要探討一下，第二次大戰勝利後，蔣介石爲何選派陳儀來台接收而不是別人。

有些人士認爲，蔣所以派陳，恰恰反映了蔣介石對陳儀的信任和重視。眾人皆知，對迷於玩弄權術的一切獨裁者來說，幕僚以及周圍人士一概都只是他的「棋子」，因而「信任」或「重視」也只是相對的形容詞而已。

事實上，將要收復的台灣，對逐鹿中原的蔣介石來說，還不過是一個僻處邊疆的海島。從蔣介石企圖掌握中國革命領導權以及穩固國府政權的「雄略壯志」展現過程來看，當年的台灣並不佔有樞紐的關鍵性戰略地位。台灣的地位對蔣相對地重要起來應該要晚至一九四九年年底，國府中央撤到台灣，尤其是韓戰爆發以後的事。

然而，我們也不能因此就說蔣介石一點也不重視戰後的台灣，那也不十分正確。畢竟，就中國對外關係來說，台灣為大陸外側的戰略要點大島，居歐亞航海之要道。據台即可控台灣海峽，台灣不可不說是海空軍的戰略要區，對這些，蔣應該有所認識的。所以抗戰勝利後，蔣委員長考慮到台灣曾經被日帝殖民統治五十年，因而起用二度留學日本（日本陸軍士官學校及日本陸軍大學）並娶日本婦人為妻的陳儀往台，與日本軍政當局周旋遂行接收等工作。主持台政的人選，在當年的國府中央陣營裡，除了陳儀可說不作第二人想。

蔣介石之所以感到主台非陳莫屬除了陳儀具有上述背景之外，還可舉如下兩個理由：第一，陳爲非嫡系人物，蔣雖認爲「公洽（陳儀）人是極好的，辦事認眞、忠誠勤勞」（對白崇禧言）但經常與蔣的親信頂撞，將陳調開至台灣，對蔣不可不說是一種選擇。第二，則是陳儀備有主閩七年有餘的經驗，福建緊鄰台灣，台灣漢族系居民大多由閩省遷入，和福建省人可以說是同祖同宗，氣質類似，語言亦有相通之處，並且陳儀主閩時不但訪過台並作過調查研究，他主閩時期，對日交涉重用過的李擇一與台灣首富林本源家及辜顯榮家都有不淺的關係。這些，當然都有可能成爲陳主台時運作的良好條件。

當陳儀被蔣介石任命爲台灣調查委員會主任委員（一九四四年十月）開始作接收台灣的準備時，我們不難想像陳儀是欣然欲試頗具信心的。

筆者已在上一章言及陳主閩七年有餘，推行了不少實驗及新政，雖然因以陳嘉庚爲首的閩籍華僑的抨擊及抗日戰爭擴大化而黯然中途離職赴渝，但他的成就感是大於挫折感的。

顯然，陳儀和以沈仲九爲首的智囊團對重慶的國府中央的前景並沒有抱過太多希望。一直被國民黨的ＣＣ認爲是「潛伏在陳儀身邊的共產黨人」的沈仲九顧問，其實並不是中共黨員，但他具有濃厚的無政府主義色彩的社會主義思想卻是毋庸置疑的。有充分的理由可以揣測陳、沈兩人都與毛澤東等人一樣，不曾想到過由美國支撐的中央軍與國府會「兵敗如山倒」（陳立夫言，參照「訪國民黨元老陳立夫，歷史見證：中共應以『以大事小』求統一」，《九十年代》一九九一年十一月號）般地，在第二次世界大戰結束後不出四年半就敗在中共之下。

這一種推測能夠被接受的話，陳儀和他的治台班底其實是企圖在台灣一展他們的政治抱負，開創在國府中央與中共之外的第三條路線。換句話說，陳儀一夥是立意把台灣當爲他們心目中的「三民主義實驗區」來實踐其政治抱負的。所謂他們心目中的三民主義，當然與CC主流派所主張、所詮釋的三民主義不同。

沈仲九眞正意圖實施的當然是社會主義式五年經濟計畫，沈動員了留用日本人與僚屬，花了不少精力完成了大册《台灣省五十一年來統計提要》，陳、沈早在重慶台灣調查委員會就有其計畫殆可斷言。沈除了親自擬定五年經濟計畫外，還利用收回的日本人農地和農場，初步實施了「平均地權」和「合作農場」，可見他是準備「作事」，決不是在「作官」。陳儀到任不久，在第四次國父紀念週（一九四五年十一月二十日）就以「幹部訓練與經濟建設」爲題作過講話。在講話中陳儀宣佈組織經濟委員會，翌年（一九四六年）四月九日向經濟委員會作下「關於

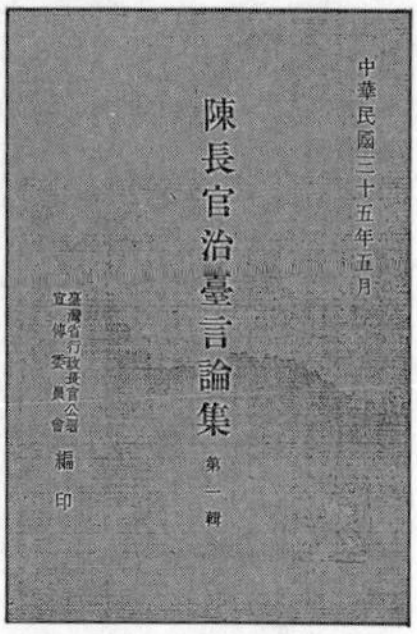

▲陳儀治台時的言論集。

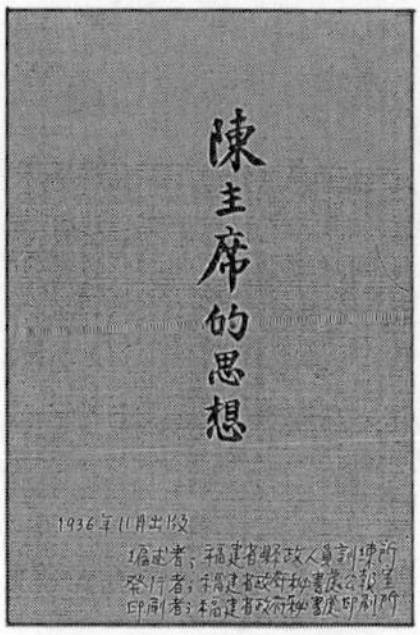

▲陳儀治閩時的言論集。

台灣經濟建設計畫的指示」。陳儀為了避嫌標榜的當然是實行三民主義，並督促經濟委員會，務於一九四六年九月以前完成五年經濟計畫的擬定。

從陳儀來台後的一系列的演講（《陳長官治台言論集》第一輯，一九四六年五月）和主閩頭三年半的演講及訓話（《陳主席的思想》，一九三七年十一月）相驗證下，我們可以窺見陳儀準備沿襲閩政的經驗在台灣開展他的政治抱負的一斑。

根據治閩的經驗，陳和他的智囊不難發現台灣實施計畫經濟和政治的條件遠優於福建。

眾人皆知，數據是擬定經濟、政治計畫的基礎，陳主閩時在萬難中力求樹立統計制度是有其理由的。日帝為了有效地管制、經營殖民地的人口和經濟，日據時期台灣有些統計制度比日本國內設立的還要早、實施的還要精緻。陳儀早在一九三五年訪台時就發現其重要性。陳儀斯時發現的還有當年大陸普遍欠缺的產業基本設施（Infrastructure，如交通、運輸網、上下水道、電力等經濟的基石）及法律制度（雖然，這些是日帝強制於台灣人民的，但就主政者的立場來說，只要能活用的話，有比沒有來得好）。

陳儀和沈仲九還發現台灣沒有土著的特大地主及大資本家，舊日據時代台灣的特大地主及大資本家主要是日系的糖業公司，陳儀及沈仲九認爲可以把這些「日產」（日本人遺留下來的產業）接收下來並轉化，方便推行其計畫經濟的絕妙的「火車頭」。陳儀早在重慶主持台灣調查委員會已下令部屬，研究訪台時攜回的《台灣法令匯編》，藉資治台時活用，已在上文述及。

爲了有效地實施計畫經濟及政治，必須確保充裕的財源並確立近代預算及審計制度。從鴉片戰爭一直到國府遷台之前的中國，不曾建立依據現代管理方式來運作的預算、審計制度，財政、稅務的弊端叢生是有目共睹的。値得我們留意的是國府未施行中央審計法以前，陳儀已在福建實行了審計制度。治閩時陳還引進台灣總督府的鴉片專賣制度，興辦統一土膏（鴉片）行，以濟財政之急需。據說爲了興辦統一土膏行，牽涉到包商之權益，還導致留在榕城（福州）林本源家的某人冤死於獄中，這是題外話。

「二・二八」事變前後，長官公署及陳儀受到輿論及台灣紳民激烈抨擊的是長官公署制度、專賣局和貿易局的建制。

筆者沒有任何義務和意思爲陳儀的治台事蹟辯護，但只要我們理性、客觀、公正地從與大時代的脈搏對話中，來給陳儀的治台方案定位的話，我們可以代陳

▲陳果夫，陳立夫之兄，爲ＣＣ派的創立人。

儀解釋清楚，他爲何要採取與行省制不同的長官公署制度，以及施行專賣局和貿易局的特殊建制。

只要立意搞社會主義計畫經濟的話，陳儀就需要獨攬大權。主要由沈仲九草擬的「台灣省行政長官公署組織條例」（台灣調查委員會提出，一九四五年九月二十日，國府中央發佈），行家一看便知，這個條例是泡製日本台灣總督府有關條例的。因它與國府一般行省的建制有差別，人人批評說是台灣的「特殊化」。台灣的特殊化尤其陳儀除了行政長官外還兼有台灣省警備總司令一職遭忌，招致攻訐四起，誹言不絕。反對陳儀的人士及非政學系人士，攻擊陳儀在搞「台灣獨立王國」。其實，在蔣介石獨攬軍事大權下，不曾掌握過軍事實權並且本身沒有一兵一卒的陳儀，哪有可能在台灣搞獨立王國。要是陳有野心且有條件搞獨立王國的話，蔣也不會授權給陳儀，這才合乎情理。恰恰相反，形式上和制度上，陳儀雖然獨攬大權，其實他的權力基礎非常脆弱，他指揮不動黨及軍隊。這個也是陳儀不願「叫花子」雜牌軍駐紮台灣，願蔣把它調返大陸的理由之一。

屬於政學系的陳儀，一直與陳果夫、陳立夫兄弟控制的ＣＣ不合，因此無法介入在台的黨務，至於管制中統就更不用談了，所以只有沿用治閩時的老套拉著

▲宋子文，事變時任南京國府財政部部長。

軍統（斯時有形者係張慕陶所指揮的憲兵第四團，至於劉啓光及林頂立都是著名的台籍 agent〔代理人〕）來對付CC派。不必贅言，陳儀對軍統也僅止於「拉」而已，軍統本身有其「家法」、有其龍頭＝戴笠，另與陳儀存有治閩時的舊隙（軍統在閩的站長張超被陳儀槍殺），其不易駕馭是可想而知的。

陳儀與以孔（祥熙）宋（子文）爲首的江浙財閥的關係，不管在想法或作法都是水油不相融，格格不入，互採敵視態度。

陳赴台就任前，要求蔣介石爲體恤剛光復的台胞，爲穩定台灣經濟、防止大陸的惡性通貨膨脹波及台灣起見，暫緩中央、中國、交通、農民銀行等四大銀行在台設立分行，並禁止法幣在台流通，准許日據時代的台灣銀行照舊營業，仍用台幣。這種想法和作法，本是正確無比的。

長官公署除了上述金融、幣制措施以外，還留下日制專賣局並另新創貿易局。陳儀對他的貿易局長于百溪說：「我們搞統制貿易有兩個目的：一是要使台灣的重要進出口物資掌握在政府手中，避免奸商操縱，牟取暴利；二是要把貿易所獲的盈餘，全部投到經濟建設上來。這樣做，一定會引起商人們的反對，但我們不怕，因爲我們不是爲私，而是爲公。我們所追求的不是要肥少數人的腰包，而是要使台灣人民的食、穿、用等民生問題逐步獲得解決……」（于百溪：「陳儀治台的經濟措施」）。

等到重慶中央各派發現台灣是個美麗富裕的大島，是大塊肥肉時，當然無不垂涎欲滴了。除了陳儀一夥外，大部分的派系頭頭，在政治局面上，本來都志在主導大陸政局，經濟上當然意在上海、南京、天津、青島、武漢三鎭等地而不可能在意區區小台灣。很可能他們仍然認爲台灣只是「蕃人」棲息，野蠻荒蕪之島。當他們知悉，日軍爲了備戰而貯蓄的大量糧食和蔗糖尚存台灣，各派的歪念頭來了，都想從中分一杯羹，如今爲「獨攬大權」的陳儀一派掌握，當然心有不甘，由而怨誹之言四佈，迅速擴張至島內外。

對陳儀的非難、抨擊有：陳儀搞台灣獨立國，搞台灣特殊化，實施「門羅政策」（源於美國第五代總統 James Monroe〔1758~1831〕的門羅宣言，可轉釋爲「台灣與大陸的相互不干涉政策」），違反中央的建制，台灣長官公署利用龐大的權限爲非作歹，妨害正常商務活動，致使上海市場和台灣市場格格不入，好像大陸與台灣互爲異域，陷台灣省民生活於困苦，使其對祖國產生惡感和隔膜。

下面，我們再選錄當年具有代表性的二篇文章以供讀者諸賢參考。

㈠台灣鱗爪——章英（《觀察》第一卷第九期，一九四六年十月二十六日）

〔本刊台灣通信〕雙十節前夕，蔣主席向全國廣播，特別強調這勝利的大收穫——淪陷五十年一旦收復的台灣。同時在最近，外電頻傳琉球被美蘇重視的消息，我們站在一個中國公民的立場，更應如何關心這剛剛投歸祖國懷抱的台灣！在法理上，台灣是今日中國行省之一，但依目前台灣政制與實況來說，似乎已漸與內地隔離。是自治領？是聯邦之一？是封建的郡府？還是獨立國？

過去凡想到台灣來的內地人民，除公務人員奉命差遣，另有公事文書證明外，一般人是都要取得「派司」的。現在聞已稍示「寬限」，但一旦離台，卻仍要「出境證」。

*

光復後，爲體恤台胞，穩定台灣的經濟，不得不沿襲保留舊有的通貨「台幣」，這或許是政府的一番苦心。可是在前一個多月，央行宣佈外匯調整的消息，甫傳此間，負責財政的首長，立採緊急措置，明令台幣也跟著「放長」，提高爲一比四十。難怪當時的貝總裁發表反對的談話，這驟然的措置，顯示自外於中央體系。

這一比率的紛擾，一直給悶了好些時候，經過了多少要人的飛來飛去，在九月末才由台灣銀行掛牌爲一比三十五。這一次既無明令，也無談話——因爲業已「明令」「談話」過了。最有趣的是既非一比三十，也非一比四十，來個不偏不倚，極盡中庸之道。

*

關於台灣與內地經濟的流通，已瀕於壅塞停滯，所謂「比率」也好，「匯率」也好，簡直是徒具虛文。普通老百姓想匯些生活家用，三申五請，多方挑剔，甚至於公務員的家屬津貼，有四五個月未能如數提取者，所見不鮮，更何論商業匯兌！多少正當的內地工商企業者，如何熱望向此間開發，鑑於目前的情勢，也只好裹足不前。據說這樣的故示限制，爲的是防止「入超」。

現在此間大宗的物產，由「專賣局」專賣，輸出的由「貿易局」經營，這種統制經濟政策，這裡的解釋是政費賴以自給。因此而演進台北市政府也主辦起娛樂游宴事業的「國際大飯店」，而「新台百貨公司」也屬於貿易局管轄之下了。

＊

自從以不僅打蒼蠅而且連老虎都敢打的劉團長蒞台以後，雷厲風行一些時，結果是利之所在的「專賣」「貿易」兩局長，因貪污有據，經劉氏商請行政當局，立予「行政處分」，然後交由法辦。傳說接收的八百餘兩的煙土，竟短少了一半，說是統被螞蟻蛀光了，可見台灣螞蟻的厲害！

＊

這裡有一位傳奇式的人物「沈顧問」，也可以說是台灣實際的執政者，舉凡行政、教育、設計、技術各部門機構，隨時都有他的足跡，「顧」而「問」之，實至名歸！而且出沒無常，行蹤飄忽，眞正做到能者無所不能；最近台灣的「五年計畫」，便是此人的手筆。

假使照目前台灣政治的施爲來下一個分析的話，那麼我們這裡的當局是南非的史末資？加拿大的金首相？卻都不是！就統制經濟的政策而論，卻有些地方類似閻百川之治晉，就如「沈顧問」之流人物的登場，又好像昔日韓青天之治魯，他只是尚未干涉到司法而已。

筆者所以特提這許多現實情況，無非對今後台灣將如何的演進，表示懷慮。也是凡我國人都應該關心。固然光復至今一年，政績良多，不能全然抹煞。而由日本人依法炮製來的「特殊化」，似乎今後在國防上，在意識上，都有重加考慮的必要。

*

在台胞裡，除了五十歲以上的老年人，曾身親甲午亡土之痛，和久居祖國目睹或躬參抗戰，知道備經艱難困苦才獲得勝利之果外，率直說一句話，現在青年的台胞，實有徹底再教育的必要。在過去日本統制時代，和戰時的種種動員，台灣的女人已盡其用，遑論壯年男子。他們各有職業，雖吃不飽，也還有飯可吃，他們從來愛著「皇民化」的教育，以致數典忘祖。這些都不能怪罪他們。但祖國愛撫匡導的效果，又在哪裡？他們最切身最嚴重的是物價的高漲，和求生之無所。於是他們開始怨望，他們不像他們的弟弟妹妹的熱心學習國語，把他們的記憶牽引到「昭和年代」，索性他們開口就說那熟極而流的日本話，由此而發生了「你們中國人」，「我們台灣人」的可悲畛域來！

*

且再舉一個例：我在台南碰到一位台籍青年，他曾被日寇強迫徵召學習航空機械，最初在日本青森地方，受過嚴格訓練，以後又輾轉「滿洲」北平各地，勝利後，在服役北平的敵部軍隊裡，被脫羈遣送回台。但是一年以來，他曾拿出許多被日本甄別航空及格的證明書，幾次三番想投效祖國的空軍充任修理匠，而始終不能得其門而入，結果他十分絕望。據他告我，不久要和我們分別了，因爲他已再利用日本的姓名，參加今秋的末批遣送，隨日僑去日，另投生路。像這個青年因憤激現實而產生的狹窄觀念，固不可取，而類似的情形還有許多，是值得重視的。

收復後的台灣，我們的理想以爲應儘量使我們的台胞瞭解祖國，與祖國共休戚榮辱才是道理，而現在此間一切的施爲，形同化外，對祖國相視若秦越，這不能不歸咎於這一時「門羅政策」（?）的錯處。

近日頗有一二內地的考察團來台觀光，一則時日忽忽，忙於游宴酬酢，一則迷惑於日本人遺留下來這種現代都市的規模，甚至於北投草山溫泉區的風景，和日月潭的奇觀，而疏忽了今日台灣內在的情況和隱憂！

(二)台灣與祖國（《觀察》第一卷第十三期，一九四六年十一月二十三日）

編者先生：

讀貴刊一卷九期通信版所刊「台灣鱗爪」一文，頗有所感。近幾個月來，在京滬一帶報紙的記載中，台灣似乎已成爲了一個「獨立國」，就是貴刊所刊「台灣鱗爪」一文，也懷疑台灣是否已經成爲了一個「獨立國」，並把台省同胞的疾苦及其對祖國的隔膜歸咎於台省當局的「特殊化」和「門羅政策」。我是貴刊的忠實讀者，願本台灣人民的立場，對此發表意見。

先說陳儀。第一：陳氏剛愎自用是事實。軍人出身，今年六十幾歲了，自信心極強，聲威極盛，事必躬親，民主「風度」自然差一點。但他治事之勤，自奉之儉，就不是中樞某些風度翩翩的新貴們所及得上的了。第二：陳氏受知於蔣主席，不受宋院長的節制是事實。他和蔣主席是日本士官學校的同學，還比蔣主席長兩歲，這種關係是旁人沖不淡的。在陳儀調職的消息傳播最盛的時候，陳氏只一笑置之。有一次他在省訓團對學員訓話時說：「主席叫本人來此主持省政，自有他的需要。」何況在行政院例會上通過的省長官公署組織法上，明文規定著他龐大的權限。因此省當局的種種經濟措施，完全和宋院長背道而馳。至使上海市場和台灣市場格格不入，好像成了兩個國家的疆土。

我們現在所要研究的問題，是在台省當局利用龐大的權限，是爲非作歹呢？還是富國利民？我們先檢討台省當局的經濟措施，也是「台灣鱗爪」一文中所最非難的一點。

第一，根據民生主義中發達國家資本，節制私人資本之義，規定大規模工廠一律國營或省營，其餘小工廠始標售民營。並設立貿易局和專賣局，推行統制經濟政策。這一措施在原則上是無懈可擊的。不必論三民主義爲我們建國的最高指導原則，且看老牌企業自由主義的英國，自工黨執政後，也開始採用統制經濟政策。民主主權之政治和社會主義之經濟二大標的，乃今日時代潮流所趨。我國中樞當局採行什麼有計畫的自由經濟政策而制定的第一期經建原則，乃是爲了遷就現實，爭取時間而開的第一段倒車。相反地，台灣的社會條件足夠，爲什麼也要跟著開倒車而背棄三民主義呢？如所週知：台灣迄今沒有大地主和資本家，以前全省財富都集中在日本統治者手中，現在被省當局完全接收過來，六轡在握，正是實行民生主義的最好時機，難道此時省當局撒手不管，反而讓省外的所謂民族工業資本家越俎代庖嗎？在官僚資本猖獗的今日，民族工業資本家也許是和我們小百姓站在一邊的，可是我們不要短視，在人民力量的前面，官僚資本這畸形的東西總有一天要倒下去的，到那時候我們就不敢指望民族資本工業家和小百姓站在一邊了。所以站在我們台灣人民的立場上講，我們是極端擁護這項措施的。我們實在不歡迎省外資本家的「開發」。我們認爲反對者只有兩種人，一種和省外資本家有些瓜葛；一種是戰時在後方看盡了國營事業、專賣機關的黑幕，因而談虎色變。其實政策和管理方法根本是兩回事，我們不能混爲一談。

第二，穩定台幣幣值以穩定物價。此點在原則上是不會有人反對的。且看事實，今年上半年度因爲財政收入減少，復員支出驟增，物價漲了數十倍，這漲勢幾乎叫小百姓驚駭欲絕。以後從七月份開始，物價開始穩定了，迄今未有什麼大漲跌。九月中正是成效初著的時候，中央宣佈調整外匯匯率，省當局自動調整法幣和台幣的匯率，因此開罪了貝總裁是事實，但台灣物價果然因此未受影響也是事實。我們小百姓只問切身之事，所以對於此項措施也是極端擁護的。「台灣鮮爪」一文中物價不提，卻說此舉是自外於中央體系，猶之乎説父母害了時疫，子弟不准隔離，一定也要傳染得了病方算孝子賢孫，否則就是自外於家庭體系。

第三，藉交通工具的控制，減少外貨進口，保護本省工業。這一點是不成其為正式措施的。以後船舶多了，美國貨仍可能大批湧進。但目下市場上美國貨確很少見，即使有也很昂貴，本省工業可趁此時機趕快改良品質（敵人實施殖民地經濟政策的結果，本省工業產品大多為粗製品），將來庶可與外貨相競爭。某些靠美國貨活命的高等華人對此怨不絕口，但在我們小百姓們看來，又是擁護不暇的。

相反地，對於此等措施，省當局能否實行到底；我們比省外人士更其關心。例如國營省營事業中是否滲入官僚資本？每年度的財政預算是否合理分配；我們要求中樞主管機構的徹查和監督。我們更希望人民的力量結合起來，透過輿論的力量（於此更歡迎省外輿論的協助）或民意機構，予以嚴密的監督。對於貪官污吏，直接吮吸我們的血，我們比省外人士更其痛恨。希望輿論界隨時督策當局依法嚴懲，但我們也有足夠的理智，不能把政策和執行二者混為一談，因枝節而懷疑根本。

和內地各省相較，台灣的確是特殊化的。台灣人民對祖國情形的隔膜及其他文化方面的特殊性，可以敵人五十一年的佔領史爲說明。我們深感省當局的文化工作仍然做得不夠。在經濟方面的特殊化，我們卻是引以爲慰的。我們以爲這是「特殊好」，不是「特殊壞」。這是中樞許可的「特殊」，不是自己槍桿子造成的「特殊」，所以無妨「特殊」。至於「門羅主義」「獨立國」等與祖國分庭抗禮的名詞加之於台灣，我們却感到大惑不解，痛心疾首。記得這是一位美國記者在一篇聳人聽聞的新聞報導中倡用的。他的結論是：台灣民意一致希望獨立，受美國的保護或受日本的保護云云，我們原諒他的荒謬和無知，因爲他是美國人啊！我們中國自己人是自卑感在作祟嗎？也樂用這些動人聽聞的字眼！今日的祖國仍陷在分崩離析之中，台灣這一塊土重歸祖國版圖，明明毫無問題，舉國滔滔中，就此一片乾淨土，值得我們寄以希望，何忍於再橫加汚蔑呢？

汪留照謹上・十一月十一日於台北

《觀察》雜誌是當年最具水平的週刊，執筆者多爲自由派和左傾文人學者據了解，當年看到這二篇小文的在台台籍人士不多，就算看得到，能看懂的也寥寥無幾。

冷靜地瀏覽，那些對長官公署及陳儀的非難和抨擊，表面上相當堂皇，但他們的意圖似乎既不單純又不甚純粹。我認爲署名汪留照所作的反駁小文「台灣與祖國」是值得一讀的。風水輪流轉，若我們把汪的主張與當前台灣反「一國兩制」的主流言論對照，就會發現歷史的一大諷刺，不是苦笑一聲，就是笑而頷之，眞是耐人尋味。

國府各派系爲了搶台灣肥肉或大餅的內鬥從而激化，京滬的輿論有意無意地助長了這些歪風。歪風不單單向大陸吹，還吹回台灣內部，相互爭鳴愈煽愈大。

本來，台籍紳民對長官公署、專賣局、貿易局等建制以及長官陳儀獨攬大權的非難與批判的觀點，有異於京滬一帶反對派人士。飽受半個世紀日帝的殖民欺凌統治的台民尤其是中上層的士紳，不管陳儀一夥所揭櫫的理念、目標、政策如何堂皇有理，他們在感情上根本就不能接受。在他們的眼裡舊日制總督換成行政長官，總督府改稱長官公署，不過是換湯不換藥而已。光復了，回歸了祖國，還依舊受到歧視壓制，怎麼能忍受?專賣局，本是束縛台灣土著資本發展的制度，

▲周一鶚，陳儀的行政智囊，時任民政處處長。

台灣紳民詬病良久，現在不僅留存專賣制度，又添個貿易局與民爭利，此非只換了老闆的殖民統治爲何？

陳儀有心在台施展「鴻圖」不必存疑，但他缺乏「力量」來支撐並推行其鴻圖。他唯一能掌握並指揮的只有警察而已。警務處長胡福相雖然是陳儀自主閩時代就培養的，但來台時尚年輕（三十九歲），經驗不夠，更欠缺統率能力，濫竽充數地讓他高就了獨當一面的處長。走私無法杜絕於海邊，但又企圖以貿易局專攬出入口，當然流弊百出，利之所在，走私變本加厲。

拒用法幣而用台幣與拒絕四大銀行來台設分行本是防禦大陸惡性通貨膨脹波及台灣的好主意，奈何無法徹底抗拒中央，宋子文之壓力不得不以宋所屬意的嚴家淦代替張延哲主掌財政處長。爲了此事，深夜十二時許陳儀電召周一鶚（陳儀行政業務的智囊之一，斯時任民政處處長）至私邸，陳深有感慨地說：「台灣原有的生產事業，多未恢復，社會財富又長期遭受日本掠奪，已屬外強中乾，虛有其表。但當局（指中央）惟眼前利益是圖，只想殺雞取蛋，用各種名義和方式，從中搜到一些東西。應付這種局面是複雜而艱難的，但我們必須沉著，非到萬不得已決不退讓。張延哲被迫調動，自然令人痛心，不過想做一番事業，一定要肚量大，要經受得住委屈，要吃得下冤枉。」他希望我（指周）對此事保持沉默。（周一鶚：「陳儀在台灣」）

一位自任的財政處處長都無法保住，陳被稱爲獨攬大權的實質內涵就值得大家懷疑了。

干預並拖住陳在台大展鴻圖的，其實不止是外面的雜音及反對派的插手和攻訐。

陳儀來台前，雖有過準備，但時間不足（自一九四四年十月成立台灣調查委員會至一九四五年十月二十四日陳儀由上海飛台受降僅僅一年），他招募開辦的台灣行政幹部訓練班（設在重慶中央訓練團內，實質業務由周一鶚主持）和台灣警察幹部訓練班（設在福建永安，由胡福相主持），只辦了一期就迎接抗戰勝利，光復台灣的佳訊。

基本上，陳儀本身認爲人才不夠，臨時還要周一鶚前赴福建省借調。這些情況周一鶚留下了重要證言：

> 至於接管人員的準備，陳儀主張必須專業化。當時的情況是要人無人，要錢無錢。陳儀利用兼任中央訓練團教育長的機會，在該團設置台灣行政幹

部訓練班。第一期招收各機關在職人員，經考試合格錄取者一百二十人，依其專業分爲六個組，進行四個月的訓練，訓練期滿仍回原機關工作，聽候召喚。陳儀對該班極爲重視，自兼班主任，派我兼副主任，他親自對學員講課，親自與學員個別交談。一九四五年八月，第二期招訓尚未開始，日本宣告投降了。

接管台灣需要大量人員，單靠幾個處長和一百二十名訓練班學員是不夠的。陳儀決定派我去向福建省主席劉建緒借用一批人，並授權各處長邀約所需要的人員。各方面向他推薦的人也分別交由有關各處量才選用，他自己不加可否。

他原來打算把台灣劃分爲台北和台南兩個行政處，各設特派員一人，擬議中的人選爲程星齡和連謀。程星齡是時爲福建的案子正被軟禁於福建省銀行重慶辦事處中。陳儀平素深愛程的才幹，想借此機會向蔣説情，把程解脱出來。連謀是福建閩南人，高級班畢業，算是陳儀的學生。連謀雖隸屬軍統，但陳儀頗讚賞他的才幹，説他應付日本「浪人」很有辦法。陳儀派我去徵求程星齡的同意，程堅決辭謝，後陳儀請蔣准許將程帶去台灣「監視」。

十月初，陳儀派祕書長葛敬恩和警備總司令部副參謀長范頌光（戴按：誦堯）隨帶各處代表組織前進指揮所，進駐台北，與日方洽談受降事宜。

同月，又派我攜帶台訓班學員二十人，專機飛閩，向劉建緒商調接管人員。名單由我與沈仲九擬定，經他審閱批准。臨行時，陳還囑咐我，調用或邀約的人員不必以名單所列爲限，只要需要，可以便宜行事。謝東閔和劉啓光就是由我決定調往台灣的。（周一鶚：「陳儀在台灣」）

總而言之，陳儀、沈仲九、周一鶚等首腦，著力於台灣，想把在福建以及大陸上所不能實現的理想實現於台灣的心是有餘的。但他們一夥的力量卻是非常不足的。

據外省籍大師級學者王作榮教授憶及，當年國府中央發表陳儀就任台灣行政長官時，在重慶一帶後方的輿論界及學界人士概認爲上乘人選，鮮有反對聲音。

就大陸的實況來說，陳儀及其班底爲一時之選並非誇大之辭。但這些都該是相對而論者。大陸的歷史包袱沉重，傳統政治文化之惡劣，除了台籍人士因「隔膜」而不知道外，可以說已是大陸百姓的常識。人人司空見慣，見怪不怪。大陸仍然深陷在封建傳統的壓迫和外來強權的欺凌下，老百姓依然在掙扎求存。雖然日寇剛敗退，對外戰爭剛結束，民命稍甦，但其他強權之經濟、文化、價值觀等層面的影響力＝黑影子，依然如故。

就是懷有其志，但能眞正跳出晏陽初所言的四大病症＝愚貧弱私的範疇及費孝通所剖析的皇權與紳權之束縛的人士並不多。

背有上述的時代背景及歷史文化的大陸來人，尤其是軍警諸官，哪有可能人人清廉、無私、公正、敬業，能少貪污，少魚肉老百姓，少徇私誤公已值得國人稱慶的了。但與大陸隔絕有半世紀且光復不久的台籍人士，本來就對中國大陸的一切，缺少正確認識，不管是正面，還是負面。台灣省民除了少數媚日派和自願爲皇民的一小撮人外，差不多都沉醉在自今以後可免於殖民地壓制，更不再虞戰爭的解放感，還強烈地期待回歸祖國不久，可有璀璨的無限遠景將展開。當今，人人都知道，這些是個美麗的誤解，但是，在光復當初，絕大多數的台籍人士是抱有那種想法的。

所以才有如下歡迎祖國來人的熱烈場面：

▲慶祝光復大遊行中的台灣女學生。

載了前進指揮所人員去台灣的美軍飛機回程時帶了幾千斤白糖，是台胞贈送陳儀及長官公署和警備總司令部處長以上幹部的，每人一百斤。收受的人們天良發現，說道：「我們的脚還沒踏上台灣土地就已刮台灣的地皮了！」後來，當登陸艇駛進基隆港口時，只見兩岸站滿台胞，男女老幼一手持國旗，一手拭眼淚，「萬歲」的歡呼聲震響海空。戰時，台灣全省的海港都被美機炸毀炸傷，只基隆港口受災較輕，海關的房屋沒有倒塌，被美軍留作自己登陸時用，所以接收人員一上岸就能坐下來休息。桌上擺滿了香蕉、柑子等各種水果和餅乾、蛋糕，還加咖啡和啤酒。負責招待的台胞笑面相迎，遞熱毛巾，送茶遞煙，穿梭般地往來。上了火車，一路慢慢行駛，歡迎的人擁在軌道兩旁，持國旗，拭眼淚，喊「萬歲」，比在港口時人更多，場面更熱烈，使接收人員感動得說不出話來。火車走了一個多鐘頭才到台北，車站上一樣擠滿了歡迎的人。接收人員住在一所小學校和昭南閣旅館裡。出去逛街，遇見的台胞沒有一個不露笑臉的，有的還舉手打招呼。去理髮，從鏡裡看到理髮師邊工作邊流淚。問要多少錢，不肯說；把錢硬塞進裝錢的盒子裡，還倒出來送還。吃點心、喝茶也如此。言語不通的用手指胸口，表示由衷的歡迎；又用手指天，表示從天上下來的。面對台胞發自內腑的種種感人之舉，誰能無動於衷？但又有誰能想到一年多以後就起了劇變呢？（錢履周：「我所知道的陳儀」（一））

劫收百態

前節，筆者節錄了共產黨人但卻是治台幕外閒人胡允恭的「台灣眞相」，呈示台籍人士爲何對外省籍人士及長官公署產生仇恨的來由。

現在，我們再摘錄陳儀的親信錢履周的證言，以窺知劫收百態。

錢是陳治閩至重慶時代以及第二次就任浙江省主席時的重要幕僚。他本來列名來台的高層班底中，可能是基於接收事業的整體運作上的考慮，錢到台就任了善後救濟總署台灣分署署長。救濟總署不參加接收工作，主要的業務在於賑濟，運送麵粉、奶粉及一般性藥品贈給民眾，民眾當然對之不生惡感反而懷有好感。錢來台時已五十二歲，可說已達圓熟之年華。

(一)「接收」種種

(1)前進指揮所的中美人員朋分台灣銀行存金：

行政長官公署祕書長兼前進指揮所主任葛敬恩（浙江嘉興人，黃郛的妻弟）是陳儀留學日本陸軍大學時的同學，因此陳儀當師長時他做了參謀長。葛後來做青島市長多年，貪污發財，蓋了一所大屋。市長卸任，賣屋得了六萬元，在上海另置一所住宅。陳儀從兵工署、軍政部到福建、重慶都不找葛幫忙，在接收台灣時卻重用葛了。前進指揮所的任務，無非作些接收的準備，並向日本台灣總督傳達一些維持秩序、保存公物、聽候接收……等命令。葛眼快手長，公事告一段落之後，看中台灣銀行，去檢查倉庫時見有黃金十幾箱。可是埃文斯也看到了，葛不能獨吞，就和埃在晚上密商如何朋分。這樣大的事不能長期隱瞞，終於走漏消息了。前進指揮所幹部中，華籍的懾於葛的權勢不敢表示什麼；美籍的則不客氣地向埃伸手，要其分羹。指揮所任務終了回重慶，隨葛去的中國人員仍不敢聲張，陳儀一直蒙在鼓裡。美籍的向總部魏德邁告了一狀，埃文斯被撤職回美了。埃不甘心，到華盛頓法院申訴，說這完全是葛出的主意，不能歸罪於他。法庭通過中國駐美使館，由外交部行文到台叫葛去美對質，陳儀才如夢初醒。葛若無其事，只說：「金子沒有分。」長官公署英文祕書鄭南渭（留美出身）去美國代表葛和埃對質。究竟金子是否眞的沒分，法院如何判決，連陳儀都搞不明白，只有鄭灰溜溜地回台了。葛的祕書長做到底，埃則始終沒回美軍總部。

⑵「五子登科」：「五子」即金子、銀子、車子、房子、女子，是大多數的接收人員要抓爲己有的，於是接收便成了「劫收」了。日本戰時通貨膨脹，所以經濟部門儲存的是硬幣和金、銀。日本人到台任公職的除有津貼外，還給住宅（官邸）、家具、交通工具，可是一卸職或他調，這一切就原封不動地移交後任使用，不能帶走。這樣，房子、車子也成爲接收的對象了。房子搬不動，就把地毯、椅墊、沙發，甚至玻璃窗的窗帘、廊下掛的吊蘭花、院子裡種的好花都運到在大陸上的私宅去了（葛敬恩卸任祕書長時只移交一所空屋，他上海家裡的吊蘭花和窗帘全是從台灣運過去的，去過他家的都見過）。至於女子，因日本本土給美國炸得凶，生活苦，在裕仁天皇未詔示日民回國之前，不少人捨不得離台，想方設法要我國「留用」，婦女也願嫁給中國人留下來。於是接收人員中的漁色之徒便趁此亂搞男女關係了。如警備司令部某軍法官納日本下女爲妾，並因此而大學日語；救濟分署副署長也納一琉球女子爲妾，

▲抗戰勝利後等待遣返的日本戰俘。

等等。台胞看了這些怪事，怎能不氣憤呢！

(3)私吞海軍運輸艦和農場：接收海軍的某要員侵吞了一艘海軍運輸艦，把它改名爲「台南號」，與福州巨商王梅惠合作經營，常川行駛台福（福州）、台廈（廈門）、台滬間運貨載客，生意興隆（這件事陳儀到杭州後才當做新聞告人）。台灣農林處中被派接收農場的人，以收多報少的辦法吞沒了一個大農場，把它當做私產租人耕種。

也許有人問：這樣胡作非爲，公文書中如何交代得過？其實辦法很簡單，日人造移交清册來，接收人員照册點收後，在册上將自己想「吃」的那一項或幾項劃去，交還日人重新造册就萬事大吉了！至於怕不怕日人譏笑，那就顧不得啦！

(二)遣送日人業務時的醜行

日佔時期在台日人除海、陸、空軍人員二十萬人外，其他各部門連家屬共三十餘萬人。這三十餘萬人除極少數被我留用（以大學教師、老醫師居多）外，悉數遣送回日。因爲日人多，須分多批運送，於是誰先誰後，又給辦理遣送的中國官員一個索賄斂財的機會了。負專責的民政處長未必了解具體情況，陳儀更一無所知，但這些官員的醜行劣舉未能逃過台胞的眼睛。

㈢物資運濟大陸

台灣物產豐富，就以糖論，原先儲存的加上光復後生產的，數量頗爲可觀，國民黨政府將大量的糖運往大陸。至於接收的物資，除公家運走的外，被接收人員私自一批又一批地運往大陸的更是無從計數。台灣儘管物產豐富，也幾被公私搶搬一空了！一九四八年魏德邁視察國民黨軍隊的前後方，從東北到台灣兜了一個大圈子。到台北時，在時任省主席的魏道明面前批評國民黨政府接收台灣「give less than take」（拿走的多，給的少）。這話雖出於外人之口，卻打中了國民黨的要害。陳在台期間，政府給台胞的，除台灣救濟分署收到的十五萬噸化肥（當時全國用作救濟的化肥只十八萬噸，所以農林部長周詒春說「台灣吃化肥的胃口太大了」）和舊衣服、牛乳、麵粉、冰淇淋粉、藥品之外，便沒有多少其他物資了。

㈣貪污、走私等案

上述的「劫收」就是貪污，下面所舉的是「劫收」以後，在日常行政中貪贓枉法的事例：

⑴**專賣局貪污案**。國民黨政府接收台灣後，把日本帝國主義在台施行的種種秕政也接收了下來，有的還變本加厲。這其中，專賣制度居於首位。某次，一家報紙載文揭發專賣局長任維鈞（湖南人）貪污，任在別報上登啓事，要這家報館「三天內舉出證據」，否則他要向法院提起訴訟。三天後這家報館在報上宣稱，任「有證據的貪污台幣五百萬元。尚有證據未完全的，一時不列舉，願意和任在法院見面」。任不敢囂張了。陳儀把他訓斥一頓，堅決要他提出訴訟，弄個水落石出。任不敢答覆，只請假兩週不到局。一個貪污案就此悄寂無聲了。

在專賣局經營的日用品中，煙、酒是大宗，但所製產品粗劣到不能入口，因而私煙（美國煙）充斥市場。海軍總司令桂永清來台，聽人說專賣煙太壞，便拿出陳儀送他的一包煙試吸，覺得很好，給別人吸，也說很好。於是就說：「謠言靠不住！專賣煙質量好，有眞憑實據的。」他哪裡知道，他吸的其實是拆開後換裝了專賣局煙紙的美國煙，是專供陳儀並爲他招待賓客用的。酒原本只是開水加酒精，缺香少味；但供給陳儀的是換裝在專賣局瓶內的眞正的好酒。這些黑幕，陳儀始終不知。

任維鈞卸任局長後的交代不附日本人給他的清冊，說日人沒有清冊給他，只請他點收倉庫。清冊實際是有的，不過被他銷毀滅跡了。在他自己的移交冊內，則不乏荒謬到令人氣憤的記載。例如說：「食鹽被搶去一萬多擔，紅土（好的鴉片煙，當時也是專賣的）被白蟻吃了七十公斤，糖損失幾十萬斤。」試問：一萬擔的鹽，多少人才「搶」得完？這麼大的「搶案」何以一直沒有人知道，也不報警察查追？白蟻吃鴉片煙土大概是生物學上的新發明，要多少隻白蟻才能吃完七十公斤紅土？幾十萬斤的糖更要多少人、多少車才能運走？任維鈞居然說得出，也居然有後任（陳鶴聲，原是包可永的祕書）肯接收下來，不加駁詰，都非世人所能想像！

(2)台北縣長貪汚案。台北縣長陸桂祥貪汚了三億台幣（戴按：前揭「台灣眞相」說是五億，數額差額甚大，待查），當時轟動全國。陳儀正要派員查究，忽報台北縣政府內起了一場大火，把會計室的帳簿單據和稅捐處的單照存根統付一炬，還查什麼？後來，陸在記者招待會上說，是某區區長裘某造他的謠。可是當時裘某已離開台灣，此案就不了了之。

(3)**紙業印刷公司的貪污案**。公司總經理李卓芝（葛敬恩的女婿）把公司生產用的幾部大印刷機器標價一千萬元台幣賣出，自己以四十萬元台幣買下其中一架，伺機再以高價賣出。後李調任台北市專賣分局長，後任的總經理向李追查機器，李送他五萬元。後任打報告連同五萬元台幣直送長官公署。葛敬恩把五萬元批交省庫，報告歸檔。陳儀知道後，只把李卓芝叫來訓斥一頓，沒有再追究下去。

(4)**僞組織的電影片出租案**。當時，台胞出於愛國熱誠，普遍歡迎國產電影片，電影院場場客滿，收入可觀。葛敬恩的女兒葛允怡看得眼紅了，就把上海淪陷時漢奸僞組織所製的電影片運台出租放映，想撈一筆黑財。這些充斥著「共存共榮」、「王道樂土」一類鬼話的電影上映後，台胞議論紛紛，民營報紙也登了不少影評抨擊。這事給長官公署宣傳委員會主任夏濤聲（祕書處長做不久，遭葛敬恩排擠，調任此職）知道，報告陳儀，下令禁演了。葛敬恩恨夏打破他女兒發財的好夢，大罵「閩派」（葛對陳儀在福建的部下的稱呼）有意和他過不去。

⑸**燃料調劑委員會**（戴按：正式名稱爲台灣省石炭調整委員會）**貪污案**。日佔時期大的煤礦全部被統制，不許民營，可是小的石炭（即煤）礦還允許民間開採。接收以後，工礦處組織燃料調劑委員會（處長包可永自兼主任），委員會將民營小媒礦的產品以官價全部收購。開始時（一九四六年春末夏初）收購價爲每噸台幣五百元（合法幣一萬七千五百元），轉手賣給上海市燃料委員會（頭頭徐學禹），價法幣十萬元。到冬季，收購價增爲台幣一千元，賣到上海價法幣三十萬元。一九四七年初，收購價增了一些（不到台幣一千五百元），賣出去當然不止三十萬元了。這筆盈利估計在法幣二億至三億元，直到「二·二八」起義前，沒有繳台灣省庫。至於是存在上海的銀行放息還是買貨囤積，無從查考也無人追究。

⑹**基隆私運食糖案**。日佔時期台糖雖也專賣（戴按：日據時代砂糖不曾專賣過，但受過戰時管制是有），但日人仍許民間種蔗製糖（初接收時，陳儀曾令收購十五萬噸糖分送南京中央要人）。接收後將民間所製全部統制，比日佔時榨取更凶。一九四六年十一月，糖業（公司）一個「要人」把三千五百噸糖裝上「台安號

」船，企圖由基隆私運上海。事被查獲，船被停開。各報對此多有報導，輿論嘩然，都以爲這些糖將要從船上卸下處理了。哪知時隔不久，「台安號」竟載著糖安然啓碇駛出了基隆港。

(7)台灣書店統制書籍印刷及文化用品。書籍印刷及文化用品在日佔時期是（可以）民營的。接收後教育處設台灣書店經營毛筆、紙、墨和教科書等，並和省會計處勾結，規定各機關、學校購買上述文化用品，不是台灣書店的收據不准報銷。這家書店的出品一天比一天粗劣，它的盈利落於何處，沒有人知道。

(8)花蓮港私運糧食案。台灣素以產米著名，日佔時期日人每年運往本土的大米在九百萬擔左右。接收後，水利失修，化肥缺乏（後來救濟分署對這兩事有所措施），再加以大米大量走私外運，台灣幾乎要從餘糧省變成缺糧省了。一次最大的糧食走私發生在一九四七年一月。花蓮縣政府由財政科長黃某出面，將四大汽船的米公然外運。一艘汽船在高雄給海關扣留了；一艘被花蓮民衆抓住；一艘開到日本後被盟軍扣留；一艘據說是駛向上海的，但不知其下落，可能是上海有人接收了不宣揚。因有這些曲折，事情就鬧大了，各報

▲黃仲圖，事變時任高雄市市長。

都登載消息，輿論希望陳儀對縣長張文成有嚴肅的處理，結果只是把黃某撤職抵罪。

(9)高雄市長連謀大量走私。高雄是台灣南部的大港，曾被日帝作爲「南進」的出發點，所以港口一切設備較基隆有後來居上之勢，接收之後成了大量走私的出口之地。市長連謀（閩南人，久在福建的軍統特務）到高雄後，連街上的瓦礫（高雄曾遭美機轟炸）一塊也不掃，只一心忙於走私。在他任內，常有運載私貨的船從基隆駛往泉州、廈門、汕頭、上海等地，也有運至煙台、青島的。台灣盛產木材，連謀便大量砍伐，走私得暴利。連謀劣跡昭著，衆所週知，但懾於軍統的凶焰，報紙不敢揭露，更無人出頭告發。救濟分署怕救濟物資被連謀用於走私，遲遲不辦理對高雄的放賑；而連謀知道救濟物資中有合於他走私胃口的，一再催促。陳儀也問：「何以災情重放賑偏居後？」救濟分署只得據實告以「怕走私」。連謀走私致富的賬一直沒有算。後來市長換了一個姓黃（戴按：仲圖）的，救濟物資就運去高雄了。

(10)樟腦廠長劉熾章貪污案。劉和一個女台胞戀愛，給妻子五十萬元台幣逼她離婚，她不肯，出而告發劉做廠長後貪污了幾百萬元台幣，「飽暖思淫，喜新厭舊」等等。經搜查屬實，劉被撤職，關入獄中。這是犯貪污被處罰唯一的例。

以上所述僅是貪贓枉法中最爲人所知的事例，大多已登在報上（長官公署機關報《新生報》不肯登是例外）；至於情節較輕的，或未被告發的，還不知有多少。陳儀對他的手下總抱定「用人不疑」的老調，有人告發貪污，他就要求「拿證據來」。陳自己不搞錢是可以被人相信的，但他的手下就以這一點來做貪污的掩護，並利用陳的「用人不疑」來保持他們的職位權勢，取得貪污的便利。國民黨政府和國民黨中央黨部也派過劉文島（監察院委員）、李文范等「大員」到台清查，檢查檔案，招待記者發表談話，搞得煞有介事。哪知空雷無雨，這些大員匆匆來又匆匆去，一切仍然照舊。

㈤米荒

如前所述，由於水利失修，水肥不足，加以大量糧食走私外流，台省接收後不久即米價飛漲。「二・二八」起義前夕，四十五元台幣還買不到一斤大米，台胞只得吃番薯了。政府不禁止走私外運卻搜查米店存糧，又爲檢查的人開了勒索敲詐的綠燈。陳儀想不出具體改革的措施，只強調「要證據、要嚴禁造謠」。（錢履周：「我所知道的陳儀」，文中有些省略不錄，小標題由再錄者所新加）

天眞無邪的台灣民衆與陳沈唐．吉訶德

當我讀到黃朝琴回憶「二．二八」事變情形中的一段：「旋陳長官立即請我進去，承告昨晚發生事件的經過，及台北各界欲在中山堂開會組織『二．二八事件處理委員會』，請我到中山堂安慰大眾，說明政府對查緝人員必予嚴重處分，各界代表要冷靜，勸民眾勿再毆打外省人，處理委員會所提合理合法意見，他當盡量接受，務使事件不要擴大，最後並說：這種事件如在大陸，民眾司空見慣，不感痛癢，而台省民眾一遇不平，就起激動，其志可嘉，其性急的情形是將閩南人的特性表現無遺云。」一時，我腦際重新浮現了事變當時的一些怪異景況。

日本據台時，惡劣的日本人常以「支那人」、「清國奴」辱罵我們台人，而「二．二八」時，部分憤怒激動的台籍人士居然也用「支那人」、「清國奴」辱罵起應該是同胞的祖國來人＝外省人。甚至於還有本省青壯年人，仿效日本人以

布巾纏頭，揮舞日本軍刀高唱日本軍歌。更叫人痛心的是，抗日剛勝利，人人痛惡還來不及的日本國歌卻有一部分台籍人士爲了辨別本省人和外省人，而逼迫人唱，並叱罵戰慄的外省籍小孩「清國奴的忘八蛋」還施以毆打。縱然這是在騷動中發生的，也未免過火。過去，我一直把這一種景況單純的視爲人心的荒廢而感到毛骨悚然，看到陳儀在事態未擴大前，居然尚可以平常心看待事態進展，對黃朝琴說出「這種事件如在大陸，民眾司空見慣，不感痛癢，而台省民眾一遇不平，就起激動，其志可嘉云云」的話，不由得深有所感。

沒錯！台民的憤怒激情，不是可以當爲 innocent child（天眞無邪的小孩）在其「戀母情結」受到挫折後所發出的反彈來解釋嗎!?

顯然，甚多台灣鄉親，將會抗拒我這一種解釋。他們爲強調自己的尊嚴，自己的面子，自己的形式邏輯，絕對不肯把自己「降格」爲天眞無邪的小孩般來對待。

「二·二八」事變前後台民對稗政不滿的表激憤之情與社會行爲模式，基本上不脫「天眞行爲（包括思維）」——（innocence）的範圍，所可嘆者，歷經四十年，今天反對派學、政界人士中的思考與行爲模式尚未對此範疇眞正有所超越、克服

▲日據末期被日皇勅任貴族院議員的許丙。

▲辜振甫：事變時正好在獄中，因而逃過一劫!?

，甚至於處處猶見當年痕跡。

著名的右派抗日領袖林獻堂，在台灣省行政長官公署前進指揮所（主任為葛敬恩，一九四五年十月五日抵台成立）未成立前幾天，冒然率領一批人馬進駐台北火車站前日人經營的大旅館，以「台灣王」的口吻宣佈要接收旅館，下令日人老闆一家搬至後院。據聞，光復後，林一直把台灣與中國大陸的未來關係設想、類推為愛爾蘭和英國的關係。但陳儀抵台（十月二十四日）後，台灣政局變化迅速，許丙、辜振甫等十多位台籍名士被逮捕，理由是涉及日軍參謀策動的台灣獨立陰謀。還傳聞另有百數十位列入預定拘捕的名單，其中還包括林獻堂。許丙是日據時期林本源的大掌櫃，顯然，過去與日本人周旋的方式會和林獻堂有所差異，但兩人在戰爭末期同被日皇勅選為貴族院議員，辜振甫即是許林兩人前唯一被勅選的台籍貴族院議員辜顯榮之子。顯然，政治危機急迫在眉睫，林只好退縮台中霧峰老家觀望。俟時局稍見明朗穩定，他久藏的政治企圖心重新抬頭，有意與黃朝琴爭逐台灣省第一屆省參議會（一九四六年五月一日）的議長。丘念台深怕林獻堂不諳大陸政情及中國傳統政治文化的惡劣、複雜和玄虛，鬧出不易收拾的麻煩，不但林本身受害，還可能波及並阻礙台灣社會秩序的重建，力勸林獻堂退出角逐，林勉強答應，終於出現議長黃朝琴，副議長李萬居，而長官公署選派連震東爲祕書長的局面。

同年六月，丘籌組台灣光復致敬團，立意疏解台灣上層士紳與大陸國府領導層間的隔膜。我們可以藉其回憶來重新呈現斯時的狀況：

▲丘念台，抗戰時任第七戰區少將參議，勝利前被委任爲國民黨直屬台灣黨部執行委員。

台灣的接收工作，於民國三十四年十一月一日開始，至三十五年四月底完成。雖然一般經過還算順利，但是由於最初接管期間，各種措施未盡適當，以致造成上下隔膜，甚至引起台民的蔑視抱怨，那是十分遺憾的事。

台灣光復之初，民間熱烈擁護政府，爲什麼在長官公署接管政務的初期階段，會和民間發生不很融洽的現象呢？就我個人當時的觀察，不外基於下列的兩種因素：

自然因素方面：⑴新舊法令轉變時期，省民不明祖國各種法律，即時要遵照去實行，難免不很習慣，遇到做不好、做不通的事，就發出怨言來，這在當時是很普遍的現象。⑵中年以下的台胞，大多不諳國文，不懂國語，以致和外省同胞感情隔閡，且有因語言上的阻礙而發生誤解者，這是一時無法補救的不幸事情。

人爲因素方面：⑴派來接收人員素質不齊，間有少數人員違法逞蠻，引起台民側目。在不安定的環境下，大衆輿論往往是以偏概全的，他們看到接管機關中的一些「害群之馬」，卻不分黑白的諷責政府人員個個都不好，傳說日久，便形成一種反感。⑵當時駐台部隊中，有一部分是由大陸新補充的壯丁，沒有經過嚴格的紀律訓練，到了台灣這個新環境，竟得意忘形地做出許多越軌的行爲，也招致了民間的蔑視和埋怨。

在上列的人爲因素中，我不妨略舉一二事例，以供參證：有些單位接收了日人移交的現款，竟然託辭留用，不肯登帳，以後便轉彎抹角地括入私囊了。又鄉間商店看到駐軍初次光顧，爲了表示歡迎而不收錢；但他們卻從此有了優越感，往後常去該店買物便不給錢了。這些笑話傳播開來，對於政府官吏和駐軍名譽是有很大影響的。

這一時期，陳儀長官在用人上標榜所謂「人才主義」，不管所用的人的來歷如何；在施政上保持其軍人作風，但又表現出頗有「民主自由」的傾向，壞就壞在這一尷尬的態度。他對於地方實情既不盡瞭解，而其周遭的幹部

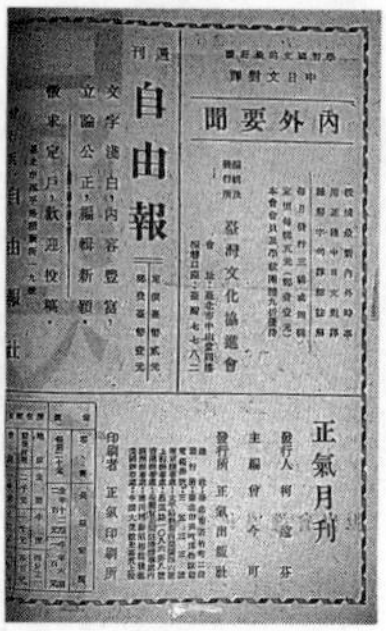

▲事變前台灣言論相當自由，此爲半官方的《正氣月刊》上反對派言論報刊的廣告。

▲事變前，大陸來台與台籍自由派及左派人士在台成立的「台灣文化協進會」所辦刊物《台灣文化》。

又各憑個己主觀，沒有完全給他説實話，自然要受蒙蔽了。

另一畸形的現象，就是大小報紙的出版，有如雨後春筍，新聞報導和評論都很自由。不過在我個人的感覺，除了一二家大報能夠保持平穩立場外，其他類多超越「新聞自由」範圍而趨向於「濫用自由」。他們平時誇大報導，用刺激性方言做標題，藉以吸引讀者；在評論上，更是隨便攻擊政府。他們表現出這樣的態度，自然有其個別的立場和目的。還有由日治時代傳來的習氣，以爲敢用言論攻擊政府就是能幹，沒有想到光復後的政府是我們自己的政府，不能和從前相比擬了。

但是報紙濫用自由的結果，卻逐漸給社會形成一種輕重不分、是非不清的公衆輿論。因爲大衆面對某些問題，有時是盲目的，容易接受外間影響的。握有宣傳武器的報社主持人，若本客觀而公正的立場，應該在某一重大問題上，爲讀者剖陳利害，比較得失，以引導公衆輿論走上正途，納入正軌。尤其當群衆心理失常，情緒激動的時候，惟有報紙可憑其在讀者群中間已建立起的信心與地位，運用言論以發聾振聵。然而當年台灣的若干報紙，卻意圖刺激讀者，使群衆心裡日趨不安，這無異是製造亂源，給政府增添困難。

農民經濟異常困難
鄉村房捐籲請減免
貿易局足致人民經濟崩潰
省參會第六日
糖消費稅最不合理
接收窮片究如何處理
田賦征實有甚麼標準
省參議會

▲事變前宋斐如主辦的左派刊物《人民導報》的報導。

我自回台後，由於黨務及監察工作的需要，對政府施政和民間動態，特別注意考察，尤其當社會心理日趨反常之際，一切不良現象，都隨時可能發生。經過深入審察的結果，發現上下不瞭解，內外有隔膜，馴致誤解愈深，怨憤愈大。自上看下，認爲故意撒野，而由下看上，則詆其自私無能。這樣對立下去，那就不成樣子了。

爲了消除這些不良的現象，我自動到各地去旅行訪問，實際即從事奔走疏解，做溝通官民情感的橋樑。我在孩提時代，本來會講閩南話，後來返回蕉嶺故鄉就慢慢忘記了。當年回到台灣，由於工作上的需要，不得不重新勉強學習。

那時台北廣播電台，每天定時用閩南語向台胞教國語，我卻反而利用他們的講授來學習閩南語，不到四個月工夫，我已逐漸會講一些，此後便不用日語演講了。接見本省訪客，除非遇有辭不達意的時候，才偶爾說日語，否則，我是不願再講日語了。直到民國三十七、八年，我已完全懂得閩南話，可以和台胞自由對談，當然方便多了。

我到各地去進行疏解工作，多少是有收效的，最低限度已給地方各階層人士解答了許多疑問和誤解；同時希望他們冷靜忍耐，對人對事都放寬心胸來看。雖然當時我們很熱心地在做這一工作，但卒未能消弭往後的「二・二八」變亂，內心感到極大的歉憾。

民國三十五年六月起，我爲促成一項理想而奔走本省各縣市，就是籌組台灣光復致敬團。準備邀集各界知名人士到國內去訪問，讓他們瞭解中央和國內同胞對台灣實有深厚的民族愛，在這個大範圍之下，原諒部分地方接收人員的過失；同時也讓中央瞭解台民的熱心愛國，以及台民對政府的擁護與敬意。用以加強上下的連繫，進而疏通日據時代所遺下的長期隔膜。

這個理想中的計畫，終於獲得各方的良好反應。於是進一步印發辦法，徵求各地士紳自費參加，領隊或團長由大家公推，我則願任顧問，以避免所謂出風頭的議評。團體名稱原是「台灣光復謝恩團」，後來改爲「台灣光復致敬團」；本團任務有三：⑴謁拜中山陵。⑵晉謁　蔣主席及中央各首長致敬，並獻金撫慰抗戰陣亡將士家屬，救濟戰亂災胞，暨充實教育設備。⑶恭祭黃帝陵。

當我發起組織這個團體時，雖曾通知省黨部同人，但不願早事驚動各方

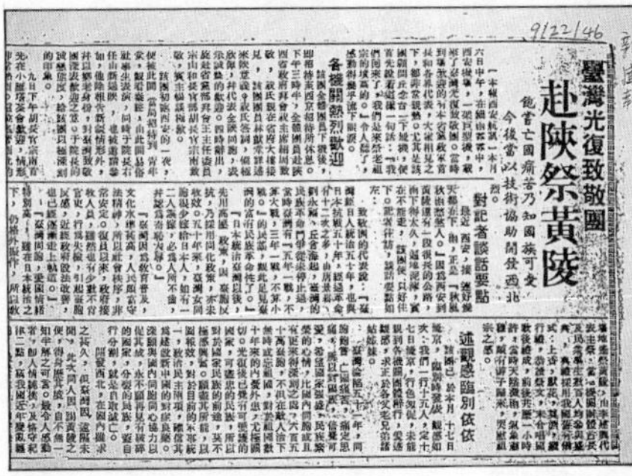
9/22/46 新聞報

臺灣光復致敬團赴陝祭黃陵

飽嘗亡國痛苦乃知國族可愛 今後當以技術協助開發西北

各機關熱烈歡迎

對記者談話要點

述觀感臨別依依

▲大陸《新聞報》報導台灣光復致敬團的拜會活動。

面。爲的是一面要表示純粹發自民衆意志；一面顧慮内外變化，免貽虎頭蛇尾之譏。所以沉著進行，不事張揚。

台省長官公署對於籌組致敬團這件事，表面上雖不加阻止，但内心是不甚贊成的，因爲害怕地方人士到中央去説他們的壞話；但省黨部方面卻極力贊成。經過兩三個月的聯絡折衷，始獲順利成行。可見要眞心替國家做些有意義的事，也不是很容易的呵！

不過其間因爲省縣參議會選舉分心，以及募集獻金尚未足額，也是致敬團成立延滯的原因。關於後一原因，是由於當時社會上存在有兩種不正常的心理：

第一、有些淺見頑固的人士，由於不滿省政現狀，遂誤以爲上下政府都一樣，沒有表達致敬的必要，所以不願獻金。這實在是大大的錯誤，難道台灣光復不好，還是做日本奴隸較好？台中有位耆老説過兩句寓有眞理的方言，他説：「不要因爲一兩個和尚不好，就連佛祖也誹謗。」又再比喻説：「子女不能嫌父母長輩的醜惡，要知道國家民族本位是永不分離的，官吏可以請求調換，政制可以隨時修改的。」可謂語重心長，見解遠大。

第二、各地獻金情況，出現一些奇特的現象：最有錢的人，往往最不肯出錢；尤其是那些做過日人御用士紳的富户，不僅不肯解囊捐獻，甚且有人出而煽阻他人獻金。比較肯出錢的，多屬有智識的世家，或熱愛國族的清寒者，且於答應後不到半月，即已集齊捐款，使我深受感動。

到了八月下旬，致敬團一切準備事項，已經大致完成，只待安排出發日期，長官公署和省黨部也向中央聯絡好了。不過長官公署提出了五項奇怪的條件：⑴不許做過日本貴族院議員的林獻堂出任團長；⑵不許曾受公署拘留過的台紳陳炘做團員；⑶必須自台北直赴南京，不得在上海停留及先接受台灣人團體的招待；⑷不可上廬山晉見　蔣主席；⑸不必前往西安祭黃陵。我們只好都答應了，一切待到南京再相機而行。

八月二十四日，本團全體人員計：團員爲林獻堂、李建興、鍾番、林爲恭、姜振驤、黃朝清、葉榮鐘、林叔桓、張吉甫、陳逸松，財務委員陳炘等共十五位，顧問爲本人，祕書是林憲、李德松、陳宰衡，集合前往長官公署晉謁陳長官，報告致敬團飛京預定秩序，並面聆指示。

陳長官微笑地說：「從來台胞少往內地，此次大家發願上京觀光，是台

▲台灣光復致敬團在南京與監察院于右任院長合照。

胞熱烈愛國的表現，那是很有意義的。但要明瞭國內情勢，必須認清其優劣點，加以比較研究：中國的優點在於眼光遠大；中國的劣點，在於小處不注意。中國人用望遠鏡看事，日本人卻用顯微鏡看事，各有長處，各有短處。我們應該利用望遠鏡來觀摩整體的優點，不宜利用顯微鏡來僅窺局部的劣點。」這一段比喻和分析，倒是非常恰當的。

過了一會，陳長官又說：「日本人奴役本省五十一年，當年不能像和祖國骨肉一樣的親愛精誠。至於大家到南京晉謁　蔣主席時，對於台灣政情和民意，儘管率直進言，好的說好，壞的說壞，不必有所顧慮。」聽畢略作寒暄後，即行辭出，當晚全體接受省黨部的餞宴，賓主交換意見，十分歡洽。

在台北等候飛機時間，大家仍然忙於趕辦公私事務。出發前的一個晚上，陳長官在台北賓館設宴招待全體團員，並邀地方人士黃朝琴、黃國書等作陪。席間互談此次赴京致敬的一些枝節問題，餐後又在庭園小憩，陳長官以閒話家常的態度和大家親切懇談，頗覺輕鬆愉快。因為前幾天我們去晉見請教時，他對本團此行已就原則上說了不少暗示性的警語，此時當然不好再說什麼話了。

八月二十九日下午二時，致敬團一行十五人，搭乘班機飛滬，大家極感興奮！有些同伴一路倚窗眺望，不稍休憩，或沉醉於朵朵飄拂的雲靄，或鍾愛於白浪翻騰的大海，自然有其不可言喻的趣感。既抵閩浙上空，俯瞰大地，則阡陌縱橫，山陵綿亙；偌大的河流，只像一條散置陸上的蜿蜒的銀帶，在夕陽的斜照下，閃耀著不規則的萬線金光，又是大自然的另一奇景。

四時許抵達上海，下機後即見人群麇集，高舉白布橫標，寫著「歡迎台灣光復致敬團」，原來是上海台灣同鄉會的接待行列。楊肇嘉、陳煌以及頗多鄉人友好都在場，大家把晤暢談，不勝親切。（丘念台述著：《嶺海微飆》）

▲丘念台的祕書林憲和作者戴國煇討論丘念台與「二・二八」。

記得一九六〇年代初期，丘老訪日，順便安撫台灣留學生時，我與之有深談的機會。他略述了與林獻堂交往的一些事蹟，他明告我：像獻堂先生這樣德高望重，有過訪大陸及歐日經驗，國學修養相當深厚的台灣同胞都不易通解中國政情，你們相比起來雖然前途無量，但尚年輕。「台獨」是絕對不可能的，國煇你要好好思考，好好唸書，絕不能輕舉妄動。我故意挑逗他老人家說，丘老先生，還沒有作，你怎麼知道不可能成功？他非常嚴肅地說，別當傻瓜了，你多看中國史書就可以知道啦！

在我多次接觸丘老的經驗，他深感無奈，無法把他理解的中國政情（當然包括台灣）暢所欲言，他明知台籍人士的政治判斷力尚稚嫩，但無力協助其提升。甚至有一次，他道出眞心話說，我以棉薄之力幫些小忙，爲了顧全大局，給獻堂先生提過不少意見，他雖對我虛與委蛇，但我知道，他不是衷心受我折服的。背後還說我，故意壓抑他出頭，聞之令人傷心。

熱情歡迎光復，人人喊萬歲，人人趕著學習國語，人人都認爲日本人一送走，回歸祖國一切都可順利，一步登入「烏托邦」，這一股熱情，固然純樸，既可愛又可敬，但從另一方面說，又可當爲 innocent 來看。天眞無邪與率眞，另一面卻也可解釋爲無知、愚昧或沒有常識。像這樣天眞無邪的一些思維與行爲在「二・二八」事件過程也流露無遺，甚多犧牲的精英們，被勸告躲開，避避風頭時，他們常常會說，我沒有作錯事，沒有犯法，關我何事？然而他們被帶走，一去不復返。眞是個悲情例子。

鐘逸人的《辛酸六十年》，古瑞雲的《台中風雷》這些書裡都可發現類似的問題。從事抗暴軍事行動的一些「領導人」，錯以爲曾經受了些日本式軍事訓練就可指揮軍隊、就可把國府軍迅速打敗。他們受了日本教育的影響，僅從外觀衡量國府軍，蔑視國府軍，視之爲日人所慣稱的「支那兵」，天眞無邪的藐視「祖國」爲「支那」，認爲「支那兵」是一聽槍聲就會繳械的烏合之眾。有些缺乏政治細胞，只有激情慣於喊空洞口號的人，像蔣渭川等人，誤解有CC在後支撐，「陳儀這個阿山，一嚇就會把政權交出來的」。

innocent的激情演出了鬧劇式的悲劇＝民族病變，迄今，許多台籍人士因爲「二・二八」前後的憤怒及激情概是出自天眞無邪的行爲，所以沒有任何人，對自己所做的行爲會有罪咎感，會有內省，會有反思，會自我檢討，因爲innocence本來就係天眞無邪，係率眞，當然它又是無罪、淸白的緣故。

理所當然，「二・二八」應該是台籍人士克服innocence的契機，台籍人士有否藉機透過反思「二・二八」自我提升，只有等待讀者諸賢自身來驗證或判定了。

我追索陳儀和沈仲九治台的種種事蹟，已有三十五年。終於能浮雕出，他倆合爲一的唐・吉訶德（Don Quixote）像來。唐・吉訶德不必多言，是西班牙的名作家塞凡提斯（Cervantes）所著小說的主人公，他雖俠義但不切實際，他有理想但不能實現。他代表的是理想主義，而唐・吉訶德的隨從桑丘・潘沙，他代表的卻是物質主義。

陳儀也罷，沈仲九也罷，單獨一個人是當不了唐・吉訶德的。只有兩人合爲一體，才能成爲唐・吉訶德。這位中國浙江省所產的唐・吉訶德，爲了在台灣實現他不曾在主閩時實現的鴻圖，他根本沒有考慮到利用台籍舊有的大小地主和士紳階級，陳沈唐・吉訶德只想運用「半山」爲橋樑來建立治台秩序，但「半山」的橋樑角色不彰顯，甚至於失去了人心，後來陳沈遂失去了憑藉。只有流於「畫餅」而自討苦吃，不但害己又害及芸芸眾生。

那麼，陳沈唐・吉訶德的隨從桑丘爲何許人？不可謂不多，他們是來自於「皇權與紳權」所支配的大泥淖＝中國大陸，外省籍桑丘們不像塞凡提斯原著中之隨從那樣只是單純的物質主義者。他們不但背上了四千多年累積下來的中華帝國的歷史大包袱，多年來在戰亂中，在封建傳統和外來強權雙重壓迫欺凌下「愚貧弱私」之「醬缸」（柏楊語）中掙扎並討生活，使他們變得貪婪，更有無窮盡的物質欲望。

這些桑丘們一逢上天眞無邪的「小朋友」們爲光復而興奮，感激涕零，喊著萬歲返「家」來，桑丘們中的「害群之馬」豈有不把他們的劣根性原形畢露之理？不是天眞無邪、率眞的「小朋友」們的「無知」抑或「愚昧」，才給他們桑丘以侵瀆壓榨的方便!?値得大家留意的是，桑丘們中還有被稱謂「半山」的一群，和一批藏身其後的「番藷仔」（台灣人）混混。

饒有興味的是陳儀治台失敗返滬，再度主浙時仍然堅持「用人不疑，疑人不用」的原則。沈仲九依舊仿效蘇聯幾個五年計畫擬定了「浙江十年建設計畫」欲求再展鴻圖。陳沈唐・吉訶德的面目依然栩栩生動。

「二・二八」事件中犧牲的冤魂，或許現在仍然在 innocence 中徘徊，而不知所以然。

行文至此，筆者忽然想起紀念珍珠港事件五十週年時的一篇評論。著者爲日裔美國人哈羅蘭芙美子，是一位我舊知美國白人敎授的夫人。

她夫婦被邀請參列了一九九一年十二月七日（美國時間）的珍珠港五十週年紀念大典。五十年前的同一天，早晨七時五十五分，日本轟炸機的第一波一百三十五架開始向珍珠港猛攻，因而傷亡約達一千二百人。這些乘員的遺體事後並未打撈起來，尙「躺在」被炸沉的戰艦「USS Arizona」裡。橫跨此「亞歷桑那」

號戰艦上建立有紀念館。

美國總統布希在紀念大典上演講。他說：「聽到珍珠港受攻擊時，我正是十七歲的高中生。好不容易捱到十八歲的生日，就在那一天，我志願加入海軍，當上了轟炸機的駕駛員，一共出擊了五十八次。某一天，在父島（太平洋上的島嶼，在關島和硫黃島附近）上空被擊墜，美軍潛水艇把漂流中的我救起。珍珠港遭受攻擊的那一天，改變了我的人生觀，成爲我往後生涯的決定性契機。當今的我，心中不曾懷有對德國、日本人的絲毫憎恨。我希望在場的諸位也跟我一樣。」

布希所呼籲的諸位裡面，甚多是珍珠港倖活下來的老戰士們。他們帶有繡上「珍珠港生存者全國協會」字樣的帽子，有人在「默禱」，有人在拭淚聆聽著總統的演講。

大典的主題，當然在於弔念因珍珠港事件死亡的二千四百零三名美國人。芙美子指出，五十年前的那一天，美國人從而永遠失去了「innocence」。所謂innocence，是小孩子因無知、未有經驗所以懷有的天眞無邪或率眞，當年的美國，正由經濟大恐慌（始於一九二九年）導致的慘狀中逐漸復甦，人人自求多福，目光如豆般地追逐眼前生活的innocence，根本沒有心去關懷歐、亞兩大陸正在火熱開展的紛爭抑或戰爭。他們認爲，歐亞多事之秋與他們無關，只要對著歐亞的窘狀閉上眼不睹其一、二就可「心安理得」，自身安然無恙。珍珠港事件正在這般景況中突發。

對美國人而言，珍珠港帶來的，莫過於突然因而失去innocence，繼而猛醒奮起的悲劇型體驗，從而獲得的歷史教訓。

流有日本人血液的哈羅蘭芙美子，在其結語中反思道出：攻擊是否「突擊」或「偷襲」，只是末節的技術性議論，日本人該眞正面對且思考探討的課題，在於爲何有攻擊珍珠港的愚笨事件的發生。在事件未發生前近代日本的進程中，爲何日本的軍部領導層、政治家會對世界大勢作出戰略性的錯誤判斷，把美國的力量低估，反把自國的力量夜郎自大地高估，一直逼著日本國民不斷地奉獻和犧牲他們寶貴的生命。而値得一般日本人民反思的是，爲何當年的日本國民，會肯定了他們的領導層，盲從了他們。畢竟，一個國家的領導層的品質本身，只不過是該國國民品質的反映而已。當前日本自珍珠港事件的歷史教訓中，應該反思的是如何提升人民的品質，不要把責任完全推給當年的領導層，並防止這種情況再發生，才是最重要的。

我把芙美子的評論給我內子林彩美看，她問我：「我們的社會到何時，對『二·二八』事件才會有類似的反思產生？當前能聽得到的，不是建碑『秀』，就是『打算盤如何多要一點賠償』，哎！眞可嘆!!」「快了！別太失望！」這麼寬慰著我的妻子，我心裡其實十分茫然。

第二篇

悲劇的發生、經過和見證

第五章　燎原的星星之火

一可憐女販林江邁腳手笨拙被逮住。在衆目睽睽下女販的香煙和鈔票被穿警服的「土匪」搶走。林女跪下苦苦求饒，煙警反而擧起手槍敲擊林江邁的頭頂，林女慘叫一聲倒下，鮮血浸紅水泥地面——一場襲捲全省震驚中外的大風暴開始了。

迄今傷痕未能完全彌合的「二・二八」事件，發生在一九四七年——距離第二次世界大戰結束，台灣隨著日本戰敗投降而得以回歸中國這重大的歷史轉折，僅僅十六個月。

回顧戰後初期這段歷史，許多台灣省籍人士，偶爾仍流露出難以自處的傷痛。相映於「二・二八」經驗刻骨銘心的痛苦，正是他們自己在歡迎祖國政府時，所表現的歡喜熱情；無法隨歲月而流逝的，正是這種混雜著表錯情與受背叛的難堪。

儘管二次世界大戰的末期，日軍敗跡頻露，光復之降臨卻仍屬突然，大部分

▲台北市延平北路上慶祝台灣光復的大幅標誌。

的台灣人尤其是中上層人士，心理上並無準備。對日本戰敗投降的消息，反應狂喜的人們，並沒有能夠認眞思辯「光復」的深層內容，以及台灣即將面臨的新情勢，只有簡單無邪地相信，回到祖國懷抱，一切苦難逢刃可解，台灣將是一片美麗的淨土。人們熱中地學「國語」，讀「三民主義」，幹勁十足地籌備歡迎祖國政府。

對國民政府滿懷善意的期待，隨著政治的不平、經濟的惡化、社會的不安以及歷史背景而產生的文化差異等種種問題而挫折重重。台灣人對接收政府的不滿與日俱增，在「二・二八」事件前夕，已經臨近沸騰。因而一個緝查私煙的意外事故，一夕之間演成全島市街住民的騷動，一發不可收拾。

第一幕：太平町緝煙血案

一九四七年二月二十七日下午七時許，專賣局查緝股的科員傅學通、葉得根、盛鐵夫、鍾延洲、趙子健、劉超群等六人，開著一部中型卡車，來到太平町「天馬茶室」附近的香煙攤子。專賣局人員緝查私煙，是當時各地方常見的街頭景象。執行任務當中所發生的粗暴衝突日見嚴重，因而傷害人命的事故，早在一九

▲當年「二・二八」的引發地延平北路。

四六年十二月十日，基隆市已發生一起，一個賣煙的小男孩被打死，卻無人受法律制裁，不了了之。

往日的太平町與永樂町一帶是現在的延平北路一段、南京西路與迪化街一帶，也是台北市最早發跡的商業區之一。入夜以後，街邊巷角盡是小攤販，人群匯集，也是勞動者人口和「友仔」、「角頭」都多的地方。

當年的「私煙」，一般來說，是指由上海、福建沿岸等港走私上岸的洋煙，其中以英國的「馬立斯煙」爲最多；少部分是台中、豐原地區民間私製的紙煙。私煙充斥市面，很影響專賣局製造的紙煙銷路。但是，洋煙入境多半是不守法的軍人、官員與奸商的勾結行事，街頭賣煙的小販，卻是賺取小利藉以貼補家計維生的市井小民。

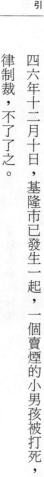

如同往常，當緝煙人員到達時，眼明腳快的煙販們一哄而散，匆匆各自逃走開了。只有一位女煙販林江邁走避不及，未克脫身，香煙及現款攜數被傅學通等強行沒收了。林氏焦急之餘，跪下地來叩頭，乞求退還部分煙款，免她生活陷於絕境。圍觀的民眾亦紛紛代爲求情，蓋林氏係一寡婦，生計頗是艱難。

爭執之間，傅學通以手槍槍托擊傷林氏，頭部出血而倒下，圍觀的眾人大嘩，情緒憤怒，頓時激昂難平。眾怒之下，六位緝查人員分頭奔命，群眾則窮追不捨，其中之一的傳學通，跑到永樂座大戲院附近，眼看著逼近的民眾，驚慌失措、拔槍發射。

住在附近的居民陳文溪，穿著木屐，正從屋簷下探出頭來張望，子彈穿進他的左胸，還未及送到醫院，已經斷氣了。林江邁則先被送到附近的康樂醫院（台北市參議員謝娥女士的醫院），因無醫師在院，再改送到林清安外科醫師處急救。

當夜適逢其會，在現場目睹整個事件經過的周傳枝，有以下的見證：（以下概引自周氏「手稿」）

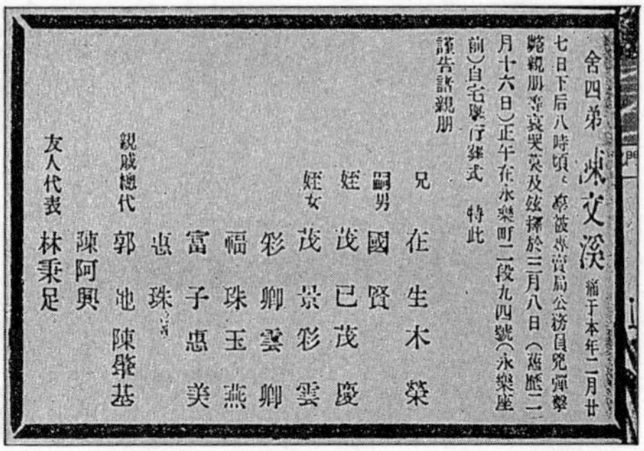
舍四弟 陳文溪 痛于本年二月廿七日下后八時頃、被被專賣局公務員兇彈擊斃親朋寄哀哭莫及茲擇於三月八日（農曆二月十六日）正午在永樂町二段九四號（永樂座前）自宅擧行葬式 特此
謹告諸親朋
兄 在生 木榮
嗣男 國賢
姪 茂已 茂慶
姪女 茂景 彩雲
彩卿 雲卿
福珠 玉燕
富子 惠美
惠珠
親戚總代 郭池 陳鏘基
陳阿興
友人代表 林秉足

▲緝煙事件時不幸中流彈身亡的陳文溪之訃文。

那是二月二十七日天陰欲雨的傍晚，我和往日一樣在台北延平路天馬茶室喝著咖啡聽音樂。天馬茶室和波麗露茶室是台北市內中下層知識份子愛去的地方，茶香價廉，而且還有台灣民謠可以欣賞，因此生意甚爲興隆。

大約路燈剛亮不久，突然，一陣零亂驚慌的腳步聲從亭廊那邊傳入茶室：「快走、快走……」「警察來啦，快逃……」

我本能的從卡座上蹦跳起來，直奔店門口的亭廊一看，原來是專賣局的緝私煙警出來掃蕩煙販。六、七個身著黑色警服的警察從卡車跳下來，煙販們沒命的逃入左右兩條弄堂裡去。一可憐女販林江邁腳手笨拙被逮住。在衆目睽睽下女販的香煙和鈔票被穿警服的「土匪」搶走。女販跪下苦苦求饒，煙警反而舉起手槍敲擊林江邁的頭頂，林女慘叫一聲倒下，鮮血浸紅水泥地面。

「打！……」不知是誰喊了一聲，話音未落「打打！」「打打！打打打！……」二、三百群衆發怒的圍攏來，這堵人牆越縮越小。「砰砰」煙警鳴槍四散奔逃，「抓住他……」人群尾追那個毆打女販的煙警。他跑得急，人群也追得急，眼見奔逃者就要被抓住了，「砰砰砰」向西奔逃的煙警連發三槍，把剛從屋裡跨步出來的陳文溪當場打死。

有人看到緝煙人員躲入永樂町的警察分局，憤怒的群眾立即包圍了派出所，要求交出殺人的兇手。隨即又轉到中山堂邊的警察總局，局長陳松堅出面解釋，說明肇事緝煙人員已押送到憲兵團了。

追趕到城內憲兵第四團團部的群眾，發現憲兵團團部早已警備森嚴，而且團長張慕陶擺出極為強硬的架勢，沒有武器的民眾，在雨中僵持了數小時，仍不得要領，一夜下來忿怒之情更加升高。

也不知何時，專賣局的緝煙卡車，被推倒在附近圓環公園的路側燒毀了。

緊緊跟著群眾進退的周傳枝，追憶那一夜，有詳盡的描述：

「抓住兇手！」「他媽的抓住他！抓住他！」兇手急急鑽進永樂街一段淡水河第三水門旁的警察分局。不到幾分鐘人群已團團圍住要求交出兇手。僵持約四十分鐘始知兇手已轉移警察總局，半小時後人群又把中山堂邊的警察總局包圍得如鐵桶不泄，黑壓壓的人頭也急速的增加起來。

「嚴懲兇手！」「交出兇手！」「殺人償命！」這些激憤的口號聲是從群眾肺腑裡噴發出來的。矮肥的局長陳松堅兩次在二樓陽台露面：「肇事者我們一定嚴辦，大家先回家去，我們還要請示上級嚴辦。」

「現在就把兇手交出來！交給我們處理！」這樣雙方堅持約一個小時。人群忽然大喊：「找警察局長要兇手去！」跟著喊聲人群衝入警察局，陳松堅臉色煞青，幾個保鏢也無可奈何。「肇事者已送往憲兵團了，不在這裡，不在這裡……」警察局長陳松堅嚇得講話似帶哭聲。

獲悉情況後我們立刻轉身下樓，可尾隨過來的人群還在向我們這邊衝，我們說明情況後他們才慢慢退下一齊湧向憲兵團。這時大約已八點多鐘了。

憲兵第四團團部在城內《新生報》對面，是原日本憲兵隊舊址。院內燈光暗淡、鐵門緊鎖，冷清得很，然而他們一發覺人群包圍上來，燈光一下大亮開，頃刻由黑夜變成白晝，這時我才清楚地看到樓門口站著兩個守衛的憲兵，牆腳樹下早已站立一排腰繫短槍的走卒。

口號聲此起彼應：「嚴懲兇手！」「將兇手交出來！」「殺人必須償命！」有人敲打鐵門，「哐啷哐啷」，憲兵早已把邊門也鎖上了，「哐啷哐啷」，衝打鐵門聲越來越響，從樓兩旁閃出一排憲兵站立在牆根樹下與樓門口的衛兵中間，端著長槍向鐵門外的人群作瞄準狀。這是做爲第二道防線佈置的，狀甚恐怖，隨時都有放槍的可能。

衝打鐵門的響聲更猛烈了，口號聲如狂風怒濤衝上雲霄。樓門口出現了一個身材圓粗的人，面部無絲毫表情，彷彿一副死人的臉，這個人就是憲兵團長張慕陶。他帶著一股陰森的寒氣跨下台階，跟著從兩側新擰開的兩盞耀眼的白色強光燈驟然直射鐵門外人群，有一種恐怖感。

「肇事者我們一定要嚴辦，你們先回家去……」

「殺人償命！」「把兇手交出來！」口號聲打斷張慕陶講話。

「不能交給你們，怎麼處置是我們的事。」他聲音忽然一變，帶著嚴重的威脅「你們散開！」他話剛落，持長槍的那排憲兵「嚓」的一聲跨前一步，做出就要開槍狀。這時天空撒下來的濛濛細雨變大了，張慕陶轉身進去，人群也躲進對面新生報(社)的亭廊內避雨。

《新生報》日文版主編吳金鍊好奇的出來探視大家，他稍肥的臉上是一副可鞠的笑容。他一看到我便微微笑著迎上來和我打招呼。

「這裡工會有鑼沒有？」「有。」他不等我的下一句話講完立刻轉身進去很快就拿了一面銅鑼出來。雨一稍停，鑼聲「噹噹噹」一響，群衆重新把憲兵團團部包圍起來。雨下大了，鑼聲「噹噹噹」一響，人群又退回新生報(社)的亭廊裡休息。雨忽大忽小，人群便跟著鑼聲進進退退，我們是如此多次來回包圍憲兵團團部。當時我深深體會到，一面小小的銅鑼，在這種時刻和這種場合竟能統一大家的意志和行動眞是妙無可言。我意識到它力量的

查緝私煙肇禍

昨晚擊斃市民二名

二二八事件

肇禍兇犯眞像

▲《新生報》二月二十八日有關二十七日晚上緝煙血案的報導。

來源在於反對暴政，在於反對長官公署的仇恨心。

還有民眾衝進新生報社的編輯室，要求馬上出號外。後來李萬居社長趕到報社向民眾解釋，並承諾第二天一定報導，民眾才作罷。第二天，長官公署的機關報《新生報》，刊出一則三百六十字的短訊。

中外日報社的印刷工人與報社社長鄭文蔚有一場火爆的爭執，記者周傳枝與詹致遠合寫的一篇報導，才得以發表。

第二幕：沸騰的台北市

二月二十八日的台北，從清晨就飄動著浮躁不安的氣氛。大稻埕、龍山寺、城內新公園裡，到處可見三五人群，聚論昨天夜晚的事故，大早就有人沿街敲鑼，說明事情經過始末，號召商店罷市抗議。於是全市商店有的是不得不而勉強地，有的是積極地響應罷市，學生罷課，各機關公司員工都走空了，台北市形同癱瘓。

民眾先聚集在延平北路警察派出所一帶，要求懲辦涉案人員，接著又包圍攻擊專賣局門市部、貿易局的新台公司、正華旅社等官辦機構以及虎標永安堂。四面八方湧上來的群眾，將煙酒、百貨、家具、腳踏車、卡車，甚至鈔票都推置在馬路中央，放火燒毀。

沒有組織的群眾，盛怒之下近乎瘋狂的行爲，固然是激怒之情的發洩，但一連串的破壞，卻很少有趁機搶劫據爲私有的，偶爾發生了，也很快受到未失去理智民眾的勸解及阻止，這是最令人感受到事件之不尋常的。

周傳枝和王康兩位老記者，一位是台灣籍，一位是大陸籍，都見證了這一過程：

㈠**周傳枝**（《中外日報》記者）

將近中午，最大的人潮湧向城內的專賣分局。將分局內的各種煙、酒搬往大馬路上堆成山，點火燃燒。局內的木架子、酒櫃、煙箱、家具、樓上職員的棉被等等，統統搬出來擲進火堆裡，火舌足足十多米高。被燒的東西噼噼啪啪作響，金庫打開了，一疊疊誘人的鈔票被扔進火堆裡化爲灰燼。有人在高聲演講：

▲二月二十八日早晨，台北市群衆結隊遊行，要求當局懲兇及撤銷專賣局。

「我們不欽慕豬仔政府的臭錢！我們蔑視這種臭錢！」站滿馬路的黑壓壓人群大聲響應著：「我們不要豬仔政府的臭錢！」

專賣分局的隔壁是大明晚報社，不知何時從該報三樓窗口徐徐墜下一丈來長的標語，人們跟著標語的內容立刻喊出「反對專賣制度」的口號來。又有一幅白色大標語墜下來，人們又大聲喊出：「反對貿易制度」的口號來。第三幅大標語出現了，人們又大聲喊著：「我們要民主！我們要自由！」事後，我才知道：創作這幾幅大標語者，竟是我的中外日報社同事詹致遠君。

當大火燃燒最旺時，響起一陣「齊唰唰」的皮鞋聲，一連荷槍實彈的憲兵到了。通常憲兵是腰攜手槍不帶長槍的，今日攜帶的武器卻長短齊備。他們一來就圍住火堆裝上刺刀子彈，威風凜凜其狀可畏，他們的出現更加激起人群的怒火：「把刺刀放下來！」「滾回憲兵隊去！」「幹你老母豬仔憲兵！」甚至有人喊：「打！打打！」

人群如螞蟻，密密麻麻蓋滿了很寬的柏油馬路和分局對面的一大片空地。「暴民」們緊緊把憲兵圍住，身挨著身。看著這擁擠的「暴民」，夾在當中的一百多個憲兵想要開槍或者使用刺刀是完全不可能的。帶隊的軍官見勢不妙，只好整隊逃之夭夭。

㈡王康（《上海新聞報》駐台代表）「二・二八事變親歷記」——《加州論壇報》

正午十二時左右，我辦完業務，又自社會服務處騎脚踏車到公園路女師附小接女兒回家吃午飯（那天兒子不肯上幼稚園留在家裡），我到省氣象局門前，馬路上已擠滿了人，只見東門城樓周圍有武裝警察佈崗，但一切還很平靜，看不出會有暴亂事件發生。我接女兒回家吃午飯，吃完飯又送她上學；這時約爲下午一時左右，至此我仍無警覺，把女兒送進教室後而騎車出外察看。

這時南昌街口專賣局周圍的示威群衆不但沒有減少，人數反而越來越多。該局門窗緊閉，四面八方已圍滿了人，有幾個中年市民站立在該局二樓陽台上用閩南語向下面的群衆演講，尚未講完，下面的群衆，卽歡呼鼓掌，響聲之大，有如萬馬奔騰。那時我一句閩南語也不懂，故不知道他們講的內容是什麼，從說者與聽者的表情可以猜出，一定是抨擊政府的激烈言辭。這時我才感到事態的嚴重。專賣局內早已有人闖入，演講完畢，進入局內的人已失去理智，門窗均被他們打破，辦公桌椅及文件都從窗口投擲出來，漫天飛舞。我當時心裡很難過，不忍再看下去了。於是騎車向西行，經舊總督府（即今總統府，戰時被美機炸毀，民國三十七年秋天才修復）至重慶南路，看見所有的店鋪均已關門閉户，停止營業，再前行見一群如癡如狂的人在專賣局門市部（即第一商業銀行斜對面）二樓窗口將家具、衣服等雜物向街心拋擲，有人放火焚燒，一陣濃煙從街心直向晴空上升。我見情勢不對，就從僻靜的小巷折回到辦事處。我當時覺得：緝私員槍殺無辜良民誠然可恨，但不能爲了一條人命，就搗毀官府、焚燒公物。如此越軌行爲，實爲任何法治國家所不容。假使這種事情發生在美國、英國及法國，政府還不出動軍警拘捕搗亂的人群嗎？

第三幕：長官公署前廣場的槍聲

一個爲死者伸冤的請願隊伍，在大稻埕延平北路出現，男女老幼都有，步行的、騎自行車的、也有小貨車，沉沉的大鼓聲領著路，經過北門朝著城內長官公署的方向前去。沿途看熱鬧的，不斷地有人加入隊伍，走過幾條街已經匯集了數千之眾。正午時分，市民的請願隊伍來到長官公署前的廣場，迎接他們的是一陣槍聲。

《新生報》的報導說：「衛兵舉槍阻止群眾前進，旋聞槍聲卜卜，計約二十餘響，驅散民眾。其後據一般民眾說，市民即死二人，傷數人。」

葛敬恩祕書長向省參議會的報告是：「兵民受傷各一。」

楊亮功監察使的報告則稱：「當場死一人，傷十數人。」

市面上流傳著各種不同版本的消息，最爲誇大的是「合眾社」在三月二日發佈的電訊：「台北發生空前流血大慘劇，在兩日事變中，致有三、四千人死於非命。」

此處值得提一筆的是，陳儀平時在長官公署只佈便衣警衛，並無荷槍衛隊，「二・二八」當日的警衛隊是臨時佈置的。

當天在現場採訪的周夢江（《中外日報》編輯）如下回憶：

當年，我正在台北中外日報社編輯部工作。那天（二月二十八日）下午，我奉命到省參議會採訪新聞，隨同請願的議員乘車去見陳儀長官。車子到達時，只見長官公署門前的廣場上擠滿了請願的群眾，密密麻麻，水洩不通。群眾見是議員們的車子，勉強讓開一條路，當車子剛剛抵達公署大鐵門時，迎頭而來的是一陣機槍聲，議員們幸未受傷，我也陪著受了一場虛驚。事後聽説當場死傷十多人，這更加激怒了台北人民，憤怒的群衆馬上在中山公園開會，佔領了園內的廣播電台，向全省宣佈這次槍殺請願群衆的罪行，於是一場席捲全省震驚中外的大風暴開始了，官逼民反，這就是一九四七年的「二·二八」事件。

從上午就騎著自行車，隨著請願隊伍前進的周傳枝，從另一個角度看到這幕歷史事件：

早晨分散之後我便到樺山區一個朋友家睡了兩個多小時。八點多鐘，我在沉睡中被遠處傳來的大鼓聲驚醒，我仔細辨別方向，是從西南面的大稻埕那邊傳來的。鼓聲不很清晰，但連續不斷。我立刻意識到鼓聲和昨夜發生的事有關。肯定出了什麼事。我從榻榻米上翻身跳起來，顧不得吃飯，騎著腳踏車迎著鼓聲往大稻埕那邊駛去。不知怎的，沿街商店都沒有開門，學生也沒有上課，因爲昨夜發生的事很快傳開，於是商人罷市、學生罷課也是這麼簡單的自然發生了。哪怕有幾家商店不開門，頃刻就有一大片效樣，這是當時眞實的情況，並沒有什麼人出來發動的。

我原想從建成街切過去較近，沒想到鼓聲卻在延平路一段移動。我毫不猶豫地經過火車站駛到北門口，剛拐彎，就見到一巨大橫幅迎面而來，上面寫著：「嚴懲兇手，殺人償命」八個大字，那直徑二尺半寬的牛皮大鼓跟在橫幅後面不斷震擊耳膜，擊鼓手本名周清波，後給一對福州人當養子，改名林火，係大稻埕一帶的流氓頭之一，他和大鼓被安置在倒推著的兩輪膠車之中，大鼓後面尾隨著參加請願的數不清群衆。男女老幼均有，但主要是青年。人群一路上單純的重複著橫幅上面的口號，行進速度非常緩慢，沿途有人加入。遊行隊伍是要赴行政長官公署請願的。我爲多了解些情況，轉身騎車經城内到新公園觀察。公園内這裡那裡三五成群的人堆在互相議論昨夜發生的事，跟著鼓聲的接近，有些人便望著鼓響的方向走去。

我從公園正門出來，經過台大醫學院附屬醫院前便抵達三線道路（戴按：即今的中山南路），我從這裡向左拐彎直往公署那邊騎去。隊伍走近離公署大門約五十米處，架在公署屋頂的機關槍突然吼叫起來：「噠噠噠噠」，前

▲位於新公園的台北廣播電台。

頭的人流倒下四、五個人。他們中槍時是先離地一跳，才撲倒在地面，這種死的樣子和我在電影上看到的完全不同。這突如其來的襲擊把人們的心都搞亂了。在驚慌、喊叫的哀鳴聲中機槍又第二次嚎叫起來，又有三、四個人，向空中躍起，倒斃在地面上。隊伍一下大亂，人們四散奔逃，大部分人退到原來歇息的商店旁躲避。有的咬牙切齒，有的正在抹著眼淚。有勇者跳上馬路往死傷者竄去，但又被機槍逼回原地。未被打死的幾個傷者倒在血泊中掙扎呻吟，其狀甚慘。我躲在東南角的大樹下目睹這個殘忍的場面。

人們分散之後很快地重新聚集成幾股人潮，到處尋找穿中山服的貪官污吏進行報復，這個報復像火山爆發一樣無法抵擋，瘋狂、本能、自發、什麼也不顧，這就是「二・二八」眞正暴動的開始。

午後時分，聚在新公園裡的民眾，終於衝進座落在公園內的廣播電台，向全省廣播，述說台北緝煙事件的經過，呼籲全省各地起來支援台北市民的抗爭。事件從此擴大，蔓延全省，而一發不可收拾了。

周傳枝的見證：

下午一時左右，我騎車趕赴新公園，省電台周圍約有三四百人分成幾十簇人堆在談論事件。灰牆上有個身材不高、身穿咖啡色雙排釦西裝的瘦個子在向人群演說，此人就是新成立不久的土水工會理事長王忠賢。

不遠的人堆裡有個身著黑色學生裝的中年人大聲喊著口號支持他的演說。散在各處的人群圍攏過來。演講者慷慨激昂，聽衆憤怒難捺。幾十個怒吼著的青年緊跟著那個穿黑色學生裝的中年人向電台辦公大樓衝去。電台的四、五個台灣職員出來阻擋：「電台不能隨便進去，這是不允許的，這是犯法的行爲，你們不能這樣做。」

「大家都是台灣人，昨夜發生的事和今天發生的事需向全省同胞廣播，你們讓進最好，不讓進我們也要進，國民黨的貪官污吏要打倒，你們贊成不贊成？」

「我們贊成！」

「台灣的專賣制度需要廢除你們同意不同意？」

「我們同意！」

「殺人兇手需要嚴懲應該不應該？」

▲事變發生時台北廣播電台的台長林忠。

「應該！」

「好啦，我們要全島同胞都了解事件發生的經過，我們一定要廣播！」

「你們不能進去，我們絕不允許你們進去！」雙方開始動手推打起來。

「你們是不是台灣人，幹你娘！什麼不讓進去，幹……」

從樓裡出來一個四十多歲，個子不高，面目清秀、文質彬彬的官員。他就是廣播電台台長林忠。他附耳向台灣職員講了幾句什麼話就轉身進去了，這些台灣職員態度忽而一變客氣起來。他們主動讓幾十個人進屋，但是播音室只准四五個人進去，並主動扳動播音開關，示意通知你可以開始播音了。

那個穿黑色學生裝的中年人一抓起話筒，立刻把事件發生的詳細經過從頭到尾說明了一遍，然後提高嗓門大聲說道：「我們不要這種貪污腐敗的豬仔政府，我們需要的是能給台灣人民民主、自由的政府，我們反對專賣制度、貿易制度，我們要團結起來，爲實現台灣人民的幸福生活奮鬥到底！」

日本佔領時期，西門町有一條專門出售舊書的街，我常常來這條街買舊書，因此我認得這個穿黑色學生裝的中年人就是當時一間舊書店的店主人。

第六章 官逼民反．憤怒的激情

光復之後，台灣人對祖國政府，從期望而失望到絕望，憤怒之情到了「二．二八」事件時，已經是沸騰點了。長官公署前廣場上，警衛部隊的槍聲，觸發了積壓的民憤，宛若爆發的火山。

瘋狂世界

二月二十八日下午的台北市，不折不扣是個「瘋狂」世界。

午前，民眾攻擊搗毀之目標，尚局限在專賣局、貿易局與警察局等相關的官辦機構。午後，群眾攻擊的對象已不分青紅皂白，完全是失去控制的盲目騷動。長官公署前廣場上，警衛部隊的槍聲，觸發了積壓的民憤，宛若爆發的火山。政府人員無故槍殺市民在先，事件發生以來，又動用軍警，一意鎮壓，到此地步，民眾不可能再信任政府，「祖國政府」在台灣人眼中，與征服者已毫無差異了。

廣場上被槍聲子彈驅退的人潮，驚惶地向四處奔逃。頃刻之後，馬路上、街頭巷尾，激怒不能克制的人群，瘋狂般在尋找報復洩恨的目標。穿著制服、中山裝、旗袍等雷同外省人打扮的，不會說閩南話或日語的，一概被攔下來，成爲拳腳交加的對象。

▲青年黨人，事變時任新竹縣縣長——朱文伯。

外省籍的公務員、警察、憲兵在街頭挨打的，爲數不少，特別是在萬華、太平町、永樂町、本町與新公園一帶。外省人的職員宿舍、商店也有受攻擊騷擾的。確實的傷亡數字不詳，各種報導，從數百人到數千人不等。東門町與幸町一帶，外省人的宿舍，也受到攻擊與騷擾。專賣局長任維鈞、陳儀之弟陳公銓、葛敬恩祕書長、台中縣長劉存忠、新竹縣長朱文伯等，家中都曾遭群眾襲擊。當時許多官員偕家眷，都集中到長官公署內避難。不過，群眾也不是完全盲目的，他們攻擊的目標，多是公認的貪官汚吏，朱文伯到任新竹縣長僅三個月，家中被搜出三百萬台幣現鈔。一般外省公務員的宿舍，多半安然無事，除非平時就與左鄰右舍結怨及受民眾憎惡的。

本省籍人士的回憶紀錄中，提到毆打外省人的事情的，較爲少見，即有也多半不詳盡。以下所舉見證四則，有三則是外省人士，只有一則是本省籍人士的。

㈠歐陽予倩（戲劇界聞人，適時正率「新中國劇社」在台北市永樂座戲院公演）——摘自「台遊雜拾」（一九四七年四月二十日，上海《人世間》）

群衆有步行的，有騎腳踏車的，還有坐著卡車的，潮水一般向長官公署湧去。不一會，一連串的槍響了（事後聽得說傷數人，死五人），群衆退下來。有幾百個人經過我的窗下，大家以爲是去攻省黨部，恰好那時黨部沒有人，那幾百人便圍住三義旅館——新中國劇社全體住在那裡。有五十幾個人走進旅館，叫男社員全到外邊去讓他們打。經過旅社主人和兩個台灣學生向群衆解釋，說他們只是劇社的演員，既非官吏，又非商人，群衆才退去。

可是在這個時候，馬路上已經是見著外省人就打。見穿制服的打得厲害，稅吏、獄吏、總務課長之類尤甚。那些從海南島回去的兵，從福建回去的浪人，行動最爲兇暴，女人、小孩子也有遭他們毒手的。群衆憤怒的時候，的確可怕，當時有的醫院甚至不敢收容受傷的外省人。可也有許多台胞極力保護外省朋友。到了三月一日，毆打外省人的事就沒有了。

㈡董明德（一個外省籍公務員）——摘自「台灣之春——孤島一月記」（一九四七年四月一日，上海《文匯報》）

三月二日

起來已十點，洗臉時秋子（下女名）指手畫腳極爲吃力的告訴我們一個怕人的消息。就在一個多鐘點以前，有十幾個壯漢闖入我們的巷子，盡問：「這裡住的『阿三（山）』（外省人）好不好？」左右鄰舍（台胞）異口同聲說：「好，好，很好！」那些人才離去。現在想來眞可怕。那時我們還在夢中，鄰人們用不著說「不好」，只要說一聲「不知道」，我們就不得了了！

這些窮苦的鄰人，三個月來進進出出未交一語，可說並無感情，而他們竟說我們「好」，在暗中保護了我們，眞令人慚愧，感激。

聽說隔巷的林家就被燒了。那林太太在一個月之內換過三個下女，平日小氣刻薄，大概就是被燒的原因。幸虧全家事先躲開，人未挨打。

㈢雪穆（一個外省籍記者）——摘自「我從台灣活著回來」（一九四七年四月五日，上海《文萃叢刊》第二期〈台灣眞相〉）

二十八日上午群衆集滿街頭，開始搗毀官營事業機構。這是一件重大的新聞，我懷著興奮的心情，到街頭去探訪，溜了一個圈子，回到報館寫完一批稿子，下午繼續外出，然而打「阿山」的事就從這天下午開始。

在台灣銀行門前，我親眼看見一個小職員模樣的人剛從辦公室裡走出來，就被群衆當頭一棒，打得腦漿迸流暈倒在地。一對衣冠楚楚的年輕男女從這裡走過，馬上被群衆團團圍住喊打，這對男女駭得面色慘白，急忙跪下來求饒，這時有兩三個十來歲的小孩子擠進去，幾腳把他們踢翻，群衆們就開始拳腳交加、棍棒齊下，一陣亂打起來。起初他倆還在轉動掙扎，後來就血肉模糊地倒斃在地上了。

我開始心悸和膽寒，也開始感到生命的威脅，趕忙移動腳步抄小路趕回家去。走到博物館附近，又見一批群衆圍集著兩輛轎車在說東說西，看上去也是正準備動手的樣子，我於是低著頭擦著街沿急速地走，猛不防有人從後面在我的肩頭重重的一擊，用台語粗暴地吼道：

「你幹甚麼的？」我一回頭，只見他是一個衣衫不整的壯漢，眼珠子紅紅的。當時我意外的鎮定，心想逃也是逃不脫的，要被打死也是活該。我於是指著我的證章回答他說：「新聞記者，××報！」那壯漢聽了，臉上的表情馬上和緩下來，好像表示不打新聞記者似的。此刻又有兩個台灣青年老遠的向我走來，喊道：

「他是『阿山』，打！」我一看情形不對，便使出吃奶的勁兒，拔腳就跑，跑得好遠，我慢下來回過頭去看看，幸好他們沒有追上來，心裡頗爲自己的生命慶幸，有一種重生的愉快。頃刻之間，忽然有兩個著中山服、模樣像小公務員的瘦小的「阿山」抱著流血的頭，狼狽地從我身邊走過，我看見那鮮紅的血，無辜的血，使我的心情馬上沉重而且痛苦起來，我想，這些被打的「阿山」，都是些與台胞一樣貧困、一樣受到迫害和剝削的小公務員或小商人們，而那些名副其實的統治者和喝血者的「阿山」們，正在崗警密佈的宮庭裡安穩地策劃著虐殺和鎮壓的勾當。但是，群衆的理智被燃燒著的憤怒給淹沒了，他們所需要的是盡情的發洩，他們已經無法考慮其他的任何問題了！這眞是一個無可補償的悲劇！而這筆悲劇的血帳應該算在統治者的身上！

㈣鍾理和（本省籍作家，適時正在台大醫院療養肺疾）——摘自「二‧二八紀事」（一九八八年三月十七日發表於高雄《民衆日報》）

由窗口望出去，只見由一扇齊人肩高的紅磚牆隔著的沿著院左的街道及與由南方截來的街道相銜接的丁字路口，聚著一大堆黑越越的蠢動的民衆。由此一堆裡發出來怒吼、哀叫、慘呼，從牆面看見他們像發瘋似地東奔西竄，掄拳飛棒，抓起自轉車像砸一個什麼可惡的東西，惡狠狠地砸下去了。而不絕的緊密的槍聲，便在那某處不遠的地方響著。

有幾個外省同胞——年輕人避到這裡來，像脫兔驚惶而悚懼。大家都在爲此事而議論起來。

「臺灣同胞也可以說是沒有辦法才做出這樣的事情來的，要有辦法他們是還不致這樣的，他們是可愛而又可憐。」一個已鎮定後的青年人在發揮著他的感慨，像完全忘掉了方才的事情，並且他也是很危險的。「不過他們是打錯了，因爲他們打的是和他們完全一樣無辜而受難的老百姓。同是受苦的一群。打錯了！」

三時吃完牛奶後走出大門口。在放射線科的南邊的過道上放著一具剛由五六個學生抬進來的少年死屍。少年約十五六歲，躺在一隻綠帆布的擔架上。面如蠟蒼白，唇紫。一手放在小肚上像在深睡。臉部頰鼻額處略有塵土，黑中山服的上衣，草色褲子。被撩起著的腹部，有幾道很薄的血跡，模糊不清。子彈是由左胸乳邊入，左脅出。入口有很深的，看著就像一個黑洞的傷口，出口則拖出一顆小肉團貼在那裡像一個少女的乳頭。

綜合那幾個學生因激奮而致語無次序的片段的言語，像似他們由長官公署那邊抬來的，又那邊還躺著好幾具同樣被機槍掃死的屍體無人管，公署的警察及兵士只顧搶被掃死的人所棄的自行車，至於死人他們是好像沒有看見。並且因有機槍，民衆也不敢去收拾屍體，就是他們抬來的還是在一位正好由那裡經過的美國人幫忙之下搶出的。

他們説著還一邊叱喝並且怒罵著一個血淋淋右手蓋住頭部被擊破的傷口的、穿著西裝東衝西撞、像找醫生給他救治的年輕外省人。

「死好啦！」他們滿懷恨氣與不甘。

年輕人惶悚而且窘惑，言語吃吃：「……我……我是很同情本省同胞的……我也是……你看我不是被打得……」

傷者一個個接連著往醫院抬，或者攙扶進來。全是渾身血淋面失人色，有的閉著眼睛好像他的生命有如揮發性氣體快將由他們的口、耳、鼻、眼睛漸發散去。大門口集著很大堆的人，有逃難的，有看熱鬧的。全在議論著，高興著，恨罵著，笑著。向離醫院不遠的公園門口，更有如黑雲般黑壓壓的一團，那是發瘋的民衆，正在將人來打躺的民衆。

毆打外省人之情況，以二月二十八日下午的台北市最爲嚴重，三月一日又持續了一天，以後就很少聽到了。隨著事件的蔓延，全省各地都有發生，其他縣市在處理委員會相繼成立、發出文告之後，逐漸沒有了。

基隆中學的校長鍾浩東，用中文寫了一張文辭不順暢的公告，貼在雙連車站前，呼籲勿打外省人，而要團結外省人，一起爲台灣的政治改革而努力。（傅莉莉（蔣渭水之兒媳婦、蔣時欽夫人）口述）又有人看到內容類似的油印傳單，註明是「台灣民主聯盟」。

到處牆壁、電線桿上，出現很多標語口號，據說多半是學生團體所張貼的。內容如「保護外省同胞」、「禁止乘機搶劫毆人」、「我們只反對貪官污吏，不

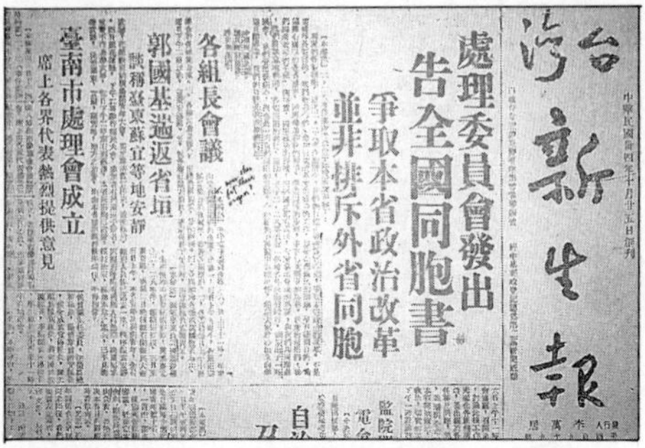
台灣新生報

處理委員會發出
告全國同胞書
爭取本省政治改革
並非排斥外省同胞

各組長會議

郭國基過返省垣
讀稱嘉東蘇宜等地安靜

臺南市處理會成立
席上各界代表熱烈提供意見

▲事變中行政長官公署機關報《新生報》有關「二・二八」事件的報導。

反對外省人」。三月六日，處理委員會發表「告全國同胞書」，表明——事件之目標，在肅清貪官汚吏，爭取本省政治之改革，不是要排斥外省同胞。並且解釋，「二・二八」事件當天，有部分外省同胞受毆，乃是一時誤會，今後我們保證絕對不讓再發生這種事情。

扭曲的族群仇恨

毆打外省人此一暴行，致使「二・二八」事件的面貌，扭曲成族群仇恨。「本省人」與「外省人」的稱呼，從此隱含著敵對意識，持續發展而成省籍矛盾與分離意識，這些後遺症，迄今仍然影響著台灣社會內在的和諧。

事件爆發之初，確實在各地都出現強烈排斥外省人的情緒。這一時失去理智控制的情緒，曾經受到一再的扭曲，簡單化地等同於「台灣人排外」，或是日本「奴化」教育的遺毒。事件發生的時代背景——島內既有第二次世界大戰的戰災未復，日本統治秩序解體，新秩序及新價值體系尚待建構的狀況；島外亦有全球冷戰結構逐漸形成，國共內戰已開始波及的混亂。這一種狀況下，台灣政治、經濟、社會均一籌莫展的困境——受到忽略。而戰後，台灣人更深地受到經濟惡化

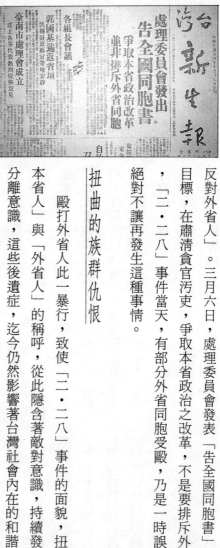

與政治腐敗之苦的事實，也被模糊地帶過。「二・二八」事件之前，戰後復員不順利，失業人口龐大不堪，貨物、商品受到兩岸奸商惡性運作及南京中央恣意掠奪，產米之鄉的台灣，不僅受大陸物價波動所及，而米價飛揚，甚至發生米荒。二月二日，台北市曾出現中文辭句不暢的抗議油印傳單，稱「台灣民眾反對抬高米價行動團」。二月二十四日，又有「敵產房客聯合會」的聲明，反對政府標售「日產」房屋，任意劫收。學生繼「沈崇事件」的抗議遊行之後，響應「反內戰、反飢餓、反壓迫」的罷課抗議，在暗中醞釀，其實已經是一片山雨欲來風滿樓的氣勢。

事件中，施暴動粗的，主要有兩種人：一、爲戰後由海南島、大陸各省以及南洋各地回來的，原日本軍「志願兵」、征兵、軍伕等。二、爲福建一帶及火燒島回來的浪人流氓。前者是日本軍部在二次大戰中，從台灣徵召遣送到大陸及南洋各地的，無論是被迫或「志願」，他們不幸成爲日本侵華戰爭的參與者，戰後受到等同戰敗國俘虜的待遇，甚至，因是原本爲中國人的台灣人的特殊身份，受到更苛刻的歧視待遇。特別是在海南島受當地人報復，又被日軍拋棄，境遇極爲悲慘。大陸部分的他們多半流落到上海、福建、廣東一帶，得當地台灣同鄉之救

▲蔣渭川，抗日烈士蔣渭水的胞弟，事變中受CC派的操縱，率領不知情的台籍年輕人抨擊陳儀及長官公署。

援，幾經周折才得以返還故鄉。卻又逢經濟惡化，這些人首當其衝，絕大多數失業，事件爆發前夕，物價波動米荒發生，生活已瀕臨絕境。

過去，日本殖民當局有兩則辦法對付不良份子，或逮捕送火燒島長期管訓，或遣送福建、廣東、上海，充當侵華的爪牙。廈門、汕頭一帶有所謂「十八大哥」之流，素爲當地人所痛恨。勝利後，一部分浪人被逮到遭鐵拳報復，大部分浪人在混亂中逃返台灣。戰後情勢逆轉，返鄉以後各方面均不盡如人意，特別是國軍與接收官員驕傲蠻橫的征服者態度，最容易刺激他們，另一種報復、憤懣之情油然而生。事件發生後，率先發動大規模騷動，搗毀專賣局台北分局等，攻擊長官公署、毆打外省人的，主要是這些無正當職業的流氓和浪人。

隨著事件演變，原日本軍台籍兵員、軍伕多半成爲各地維持治安隊伍的成員，但地痞流氓不良份子，也有淪爲國民黨特務系統的爪牙的。原係台北的事件處理委員會治安小組所籌組的「忠義服務隊」，有CC派的蔣渭川在幕後，由大稻埕地方上人物許德輝任隊長，成員複雜，以黑道人物與原日本軍台籍兵員爲主（李翼中：「台灣二．二八事件日錄」中有蔣渭川向李的口頭報告）。而由林頂立（斯時任軍統局台灣站站長）領銜的「義勇總隊」，則是台灣警備總司令部柯遠芬參謀長的設計，在柯著「事變十日記」(三月四日)，有清楚的記載。目的在「分化奸僞，和運用民眾力量來打擊奸僞」，於是乎，假借維持治安之名，結隊橫行，騷擾外省人家舍，公然強劫，威脅良善市民商家。這些惡劣的行徑，又給國民政府中央製造了派兵鎮壓的藉口，並且，可能是後來在鎮壓當中，軍隊所表現的殘酷報復行爲的社會心理因素。

回顧光復之時，台灣人雖然欣喜若狂，全心全意要回歸父祖之國，卻不曾意識到，與祖國隔離五十年之久的自己，實在不可能再是一個「完整」的中國人，語言問題以及受日本殖民統治的歷史事實，是複雜微妙而又十分關鍵的因素。

日據下，台灣人被迫學習日文，使用日語。戰後回歸改換國籍，不懂中文，只會講日本話以及母語(母語又頗欠缺文字來表現，能說不能寫的情況甚爲嚴重)的台灣人，的確經歷一段挫折的過程。對祖國歷史、文化、政治及經濟皆不甚了解的台灣人，特別在語言與思維方式，掙扎了相當長時期的不適應。長官公署的接收政策，沒有充份地關懷及容納台灣人，在政治權力結構中給予相應的地位。受日本嚴厲統治，養成不敢不守法習慣的台灣人，不懂「因等奉此」的體面「國語」，工作能力不受重視，職位低落，領受差別待遇，一如日本殖民統治的時代。目睹位

▲一九八七年三月，作者葉芸芸於華府訪問事變當時「二七部隊」隊長鍾逸人。

居上方的外省同事，能力低劣卻一副勝利者的傲慢，舞弊營私目無法紀，台灣人心有不平，完全不足為奇。當勝利的國軍（七十軍）在基隆受到台灣人的熱情迎接，當夜卻發生十餘起的搶案（上海《大公報》一九四七年三月六日），反觀戰敗國的日軍，秩序井然地退出，台灣人是難免要以「比較」的思維方式，來觀察世事及祖國來人的一舉一動的。

事件爆發後，台灣人以自己能夠掌握的語言、熟悉的行為模式，表達怒意。不過，怒意所指陳的對象——貪官污吏與軍警憲特，大部分是使用不同語言的外省人＝「阿山」。於是「日語」成為區別彼此的工具，尤其是用來區別不會講閩南話的客家系台灣人與外省人。當事態激化時，穿著日本「國民服」與軍裝，足登日本木屐或軍靴，額頭上綁著白布巾，唱著日本軍歌（海軍進行曲等）的「若櫻敢死隊」、「海南島歸台者同盟」這樣的隊伍就出現了。

台中市「二七部隊」的鍾逸人，在回憶錄《辛酸六十年》中，有一段極引人深省的自述。三月一日深夜，他準備到各校宿舍，動員學生，參加第二天的「市民大會」。他先跑回家，從舊衣堆裡，找出多年沒有穿的日本學生服，「我站在母親的化粧台前照著鏡子，顧影自憐。這幾年，自從脫下學生服、換上軍服，又

▲許壽裳，魯迅、陳儀的好友，時任台大中文系系主任，事變第二年被暗殺。

脫下日本軍服，換上中山裝、中國軍服和西裝。」到了農學院，他用標準的「江戶腔調」(日語·東京片子)向學生演說，學生們也用日語，激動地喊口號。到了台中一中的宿舍，因夜深學生已就寢，於是他「便依戰前在日本陸軍服職時的規矩，裝起『前輩』的姿態，以嚴肅的口吻『命令』他們統統起牀，到外面走廊集合……」接著，他又命令「稍息」、「立正」行軍禮，學生們一一照他下的口令操作，鍾氏很欣慰認為「這實在應該歸功於戰時軍訓」。這一種感慨及舉動，在抗日苦嘗辛酸、犧牲近親的苦主＝外省籍人士看來，豈不是荒謬不可原諒的事！

外省人的反應

大陸來台人員，原本就良莠不齊。滿懷理想與熱情，期待在失土重光的台灣施展抱負的，固然也有。這類型的人物，不計酬報，埋頭為理想工作，當時文化界與學術界確實有不少這樣的清廉之士。不過，他們的存在，卻埋沒在動盪的局勢中。台灣人很少知道他們的存在，國府當局甚至不容他們存在，「二·二八」事件大軍鎮壓時，也有被乘亂捕殺的。日據末期以來，受到台籍進步青年敬仰的徐征(北京人，中文老師)先生是一例，魯迅的至交許壽裳先生，即在一九四八年的二月十八日，被暗殺在台大的宿舍內。

以台灣爲避風港，爲逃避漢奸罪而混進來的外省籍日本走狗不少。他們既懂日語又可隱姓埋名方便許多。

存意要來發接收財的，也不在少數。戰後，台灣經濟無法復甦，反而搞到破產的邊緣，雖然是大情勢（戰災及大陸經濟崩潰）的波及，但是，這批大陸來的貪官污吏與奸商，應負實際操作上的主要責任。

大多數仍是升斗小民，他們在大陸飽經戰亂之苦，首先考慮的，當是個人現實生活的安定，偉大的抱負對他們而言反成爲是件末節。「二・二八」事件當中的恐怖氣氛，他們對自己身家生命安危的憂懼，是不難想像的。事件中，坐困愁城十日，幸運一點的，得到本省籍鄰居、同事的照顧。恐怖孤絕的環境下，對本省人的仇恨，也可能無限放大。甚至乞望中央大軍早日趕來，將台灣人趕盡殺絕，也不足爲奇。

老記者王康追憶當年，他從館前街一家旅社樓上窗口，看到滿街打外省人的景象，不禁淒然落淚，「我看到這種景象，既氣憤、又傷心，我想不到回到祖國的台灣同胞，竟如此殘忍。冤有頭、債有主，長官公署開槍殺人，你們去打長官

▲當年的日本刊物報導「二・二八」。

公署好了，爲什麼要找無辜的外省人出氣？我再也看不下去了，於是躺在牀上流淚」。

當時任職專賣局「精製樟腦工廠會計課長兼代廠長」的喻耕葆，三十多年之後，寫了一篇「二・二八」事變回憶（紐約《華僑日報》一九八〇年一月四～八日），描述他在台北車站廣場附近，看到一個身穿專賣局黑色制服的人，被打得滿臉鮮血淋淋，在街上沒命地向前跑，喻氏坦承「這時我本能地產生一個念頭，假如我有一支槍的話，我會對準這些暴徒掃射」。

同情台灣人境況的，卻也不少。董明德（上海《文匯報》一九四七年四月一日）就說：「平日台（籍）職員的待遇太低，生活困苦太甚，尤其嚴重的是失業人數之多，有人估計失業者達四十萬。陸續從省外歸來的有二十萬，都是壯年，幾乎盡無職業，又無恆產，怎能怪人家鬧？平日大多數外省人在舉止言談間，又處處露出對台胞的輕蔑，只這一點就夠資格挨打。」見解最深刻的要數歐陽予倩——他說：「事變是積憤觸發的。排斥外省人，不過是一個小插曲。」不幸的是，這個小插曲，完全扭曲了正題。米荒、失業等急迫需要解決的問題，以及專賣、貿易制度、地方自治等有關政治改革的問題，都沒有能夠在這場抗爭中爭取到解決的途徑。

基本上，除了官方的說辭，外省籍人士（的回憶紀錄中）很少將他們的「二・二八」經驗，定位在單純的「排外」暴亂。卻比較傾向日本「奴化」教育遺毒的影響，以及島民性刁蠻難馴這種看法。他們津津樂道，光復之初，台灣人歡迎祖國同胞的熱情，對民俗民風之善良，留有美好的印象。也許，當時本省人的守法習慣，憨直、易於激動的性格，在大陸籍的同胞眼中，多少與街頭日本風味的景緻類似，帶有異國情調的吧？那麼，二月二十八日以後的幾天，當他們在街道上，被攔截下來盤詰「是台灣人都會講日本話，都會唱日本歌，你會嗎？」「唱一個『君が代』（日本國歌）就放你過去。」經歷過八年抗日戰爭的大陸同胞，心裡如何反應這樣的待遇？實不難想像。

無論如何，台灣卻不再是美麗而平靜的淨土，事件之後，外省人士紛紛求去。三月二十日，從基隆首開上海的「台南輪」，果真是一票難求。

偶然與必然・浮象與實象

光復之後，台灣人對祖國政府，從期望而失望到絕望，憤怒之情到了「二・

▲游彌堅，事變當時的台北市長（半山）。

二八」事件時，已經是沸騰點了。事件的發生是必然的，緝煙血案是觸發的，是偶然。「二·二八」那一天，台北市民從打鑼聚眾抗議，一直發展到不分青紅皂白的，當街痛打外省人出氣，這幕「瘋狂世界」的景象，是浮現的面貌，事件發展的過程中，還有較爲複雜，並且又互動的內貌。

台灣籍的民意代表謝娥，因爲「二·二八」當晚向台北市民的廣播當中，頗有替當局開脫罪名之嫌，第二天早上，她在太平町的康樂醫院，被激憤的民眾包圍，家具設備物件均被搬到外面燒毀一空。這場火爆事端的發生，也有其必然與偶然。

陳儀似乎從未預料到，台灣會發生這麼大的變亂。根據柯遠芬「事變十日記」，二十八日清晨，陳儀曾召集台北市長游彌堅、警察局長陳松堅、警務處長胡福相以及柯遠芬（台灣省警備總司令部參謀長），商討處理緝煙事件的對策。柯氏自述，他從一開始，就認定有「奸黨」在幕後操縱，但當時陳長官卻認爲是流氓鬧事。當日下午，陳儀以兼台灣省警備總司令部總司令的名義，宣佈對緝煙事件的處置辦法兩則：⑴爲對緝私肇禍的人員決予以法辦。……⑵爲即日起實行戒嚴（《新生報》三月一日）。

老記者王康說：

一小時以後，憲兵開到火車站前廣場，館前街也有哨兵，政府宣佈戒嚴，群衆星散，街上行人絕跡，我更不敢外出，我過了八年抗戰生活，知道戒嚴令的厲害，如回答不出或答錯了口令，士兵可以開槍殺死你而他不負殺人的責任。

但是，台灣人憤怒眞到了極點，卻沒有理會。而且，當時的台灣人也確實不了解中國式的戒嚴爲何物？沒有做壞事，不曾犯法，有何可懼？

另一方面，警總並無足夠的兵力，能夠有效執行任務。戒嚴眞正能維持的範圍，其實只有城內長官公署及市中心一帶，其他太平町各區，市民仍可任意走動。因此，軍警憲在街頭槍殺人民的事情一再發生，最嚴重的一起，是三月一日下午，民眾二十多人在北門被鐵路警察槍殺。又更早在二十八日上午，已有民眾代表見到柯遠芬參謀長，卻沒有達成協議，無法阻止事端惡化。混亂之中，謠傳與事實已經很難分辨，相互激動之下，無論眞相如何，都是火上添油，徒然升高衝

▲抗日民族主義者，事變中因爲失言，醫院遭到搗毀的謝娥。

突。

二十八日下午，事態更趨嚴重，台北市參議會乃召集緊急會議，謀求解決之途徑。並偕同省參議會議長黃朝琴，同赴長官公署，提出抗議與和平解決之提案，葛祕書長代表陳儀會見，並接受市議會提案之要求五點：(1)立即解除戒嚴令；(2)兇手依法懲辦；(3)撫卹死傷者；(4)由台北市參議會及省參議員、國民參政員、國民大會代表組本案調查委員會；(5)公務員在市內取締專賣品時不准帶槍。

廣播的內容是向市民報告，緝煙事件的經過，以及市參議會向長官公署所提各項要求，並爲接受的活動經過。依序由台北市參議會議長周延壽率先廣播，省參議會議長黃朝琴次之，台北市參議員兼國大代表謝娥殿後。當時聽到過廣播的人追述說：「謝娥前後廣播兩回，第一回，她說長官公署前只有負傷的民眾，沒有打死人。民眾包圍公署強行要進入，守衛兵士向空開槍示警，民眾驚散混亂中，自相踐踏而致傷。數分鐘之後，又聽到謝氏再度廣播，解釋先前廣播內容，並非她所親目所睹，而是葛祕書長說的。」

事過境遷，四十多年過去了，謝坦然承認自己在廣播中是說錯了兩句話。她也無限感慨地說，她是根據葛敬恩對市參議員的報告廣播的，「當時，我實在並

▲黃朝琴，事變時任台灣省參議會議長，半山的代表性人物。

不了解，政府官員會做不正確的報告」。大陸返來的黃朝琴議長，顯得圓滑得多，他的廣播，隻字不提公署前廣場民眾的死傷，顯然，「半山」黃朝琴比本地的謝娥要識時務且懂因應。謝說「發生那麼大的衝突，我當時是民意代表，是介於人民與政府中間的，那種時刻，當然希望情勢先冷靜下來」。事件發生當時，她的心境如何？無從知曉。不過，日後她終於決意，退出政壇並離開台灣，自我流放於海外四十年之久。

有關外省人士在事件中挨打的報導，最受到輿論渲染的，要數新竹縣長朱文伯與台中縣長劉存忠了。劉存忠自己似乎沒有留下有關的文字紀錄，值得一提的是，當年阻止群眾施暴，救他一命的，還是前台灣共產黨人謝雪紅。

朱文伯在事件後，曾發表「二·二八被毆記」，詳述經過。晚年所發表的《七十回憶》中，又再提及這段事故。兩份出自同一手筆，關於同一事件的紀錄，有引人注意的微妙差距，「二·二八被毆記」的字裡行間，透露著因應「情勢」需要的蛛絲馬跡，當時輿論誤傳百出，朱氏顯然身不由己，強自扮演犧牲自我的新吳鳳。《七十回憶》中的記述，趨於平靜，筆調比前者帶著較多的客觀。

二月二十八日，朱文伯因公出差到台北，途中在太平町遇事，座車被民眾攔截下來，失去音訊數日。根據《七十回憶》的自述，他雖然受到本省人的襲擊，但同時也受到素不相識的本省人保護數日，才由本省籍的司機接他回到長官公署，他本身僅微受肌膚之痛，反而是保護他的本省人，為他出外打探消息，被軍警開槍的流彈打斷了一根手指頭。

不可避免的，事件混亂當中，輿論報導會有謠言誤傳，最可怕的卻是那些與事實有距離、存心蓄意的誇大報導，成為日後大軍壓境，殘酷鎮壓人民的藉口。

第七章 處理委員會的討價與還價

存在只有短短七日的「二·二八事件處理委員會」內部組織十分複雜，旋即成爲各種政治派系之勢力較勁的場所。終至於有「處理大綱」三十二條與四十二條的出現，而給當政者冠上「叛國」罪名之藉口，動用武力進行殘酷的鎮壓。

「二·二八事件處理委員會」的成立

「二·二八事件處理委員會」原本是由官民共同組成的，以各級民意代表爲主要構成份子。原來的目標單純，是針對緝煙血案以及二十八日的暴動，進行調解與善後的處理。民怨積深猶如冰凍三尺，實非一日之寒。十八個月以來，台灣人對祖國來台接收之官僚軍警以及接收政策的強烈不滿，一旦爆發出來，實不易收拾。

隨著各地方民眾暴動，「處委會」所提的處理條件，也從最初的懲兇、撫卹傷亡以及禁止軍警濫捕殺百姓等等，發展成政治改革的要求。「光復」以後台灣人對政治經濟社會現狀之不滿，比日本殖民統治時代並無不及。但是，在「二·二八」事件以前，並沒有類似日據時代的政治抗議運動出現，這實在是因爲，當時台灣人對祖國普遍地有歸屬感與效忠之心，是一種純樸且濃烈的民族感情。

事件很快地蔓延到全省各縣市，從民眾暴動到接管軍政機構以及各地「處理委員會」的相繼成立，全省進入一個無政府的狀態，長官公署及其各處、局機構，以及各縣市政府，已經無法行使職權了。在這種客觀的形勢與氣勢之下，「處委會」仍有進一步的政治改革方案提出。可以說是民憤在感情的宣洩過後，冷靜地開始考慮理智的訴求，是民眾暴動的衝激，引發社會精英階層走向政治改革的要求。

存在只有短短七日的「二·二八事件處理委員會」，內部組成十分複雜，旋即成爲各種政治派系之勢力較勁的場所，內外發展日趨混亂。終至於有「處理大綱」三十二條與四十二條的出現，而給當政者冠上「叛國」罪名之藉口，動用武力進行殘酷的鎮壓。

閩台監察使楊亮功認爲，在當時的情況下「民眾有所要求，長官公署幾乎無

▲《楊亮功先生年譜》。

不答應。即因長官公署讓步太快，益使民眾懷疑，認爲是緩兵之計。乃越法提出各種要求，迫使其讓步」。（《楊亮功先生年譜》）這種緊張的時刻，官方與民眾之間相互猜疑，「不信任感」的互動關係，確實可能存在並發生作用。但是，這只能解釋片面的現象，不是關鍵性的因素。因爲「處委會」並非單純的組織，甚至表面上的一致都難以維持，其內面之鬥爭，更是暗潮洶湧。

「處理委員會」的組成，表面上有行政長官公署的代表，各級民意代表，商會、工會、民眾及學生代表，以及「台灣政治建設協會」之代表。一般民眾都期待「處委會」能促進政治改革之目標，特別是台北市的青年學生，抱懷很天眞。熱心於政治改革，主張台灣高度地方自治的是中間偏左集團，保守的地主階級和地方士紳，對政治現狀雖有不滿，多半觀望一旁，做調停及善後處理之準備。暗中較勁的局面，一方面是緊密跟著當局的「半山」以及投機政客，各自有他們利益掛鉤的隸屬派系。凌駕其上的是國民黨黨內明爭暗鬥的派系——軍統、中統和政學系。掌握黨部的中統，充分利用對政治現狀不滿的本地部分群眾力量，向掌握行政系統的政學系展開猛浪的爭權鬥爭。除此之外，還有勢單力薄的左翼知識份子（及中共地下黨人），做爲幕後智囊，支持開明人士王添灯等一派，提出高度

▲任顯群，時任交通處處長。

地方自治的改革主張，成果落實在「處理大綱」三十二條。

三月一日，台北市參議會邀請國大代表、省參議員、國民參政員共同組成「緝煙血案調查委員會」，並派代表黃朝琴（省參議會議長）、周延壽（台北市參議會議長）、王添灯（省參議員）、林忠（國民參政員）四人向陳儀提出五項要求：⑴立即解除戒嚴；⑵被捕市民應即開釋；⑶飭令軍警憲不得開槍、濫捕打老百姓；⑷官民合組處理委員會善後；⑸請陳長官對省民廣播。

三月二日，「處委會」擴大組織，增加商會、工會、民眾、學生以及「政治建設協會」之代表。行政長官公署代表周一鶚（民政處長）、胡福相（警務處長）、任顯群（交通處長）以及台北市長游彌堅列席參加。下午三時，陳儀向全省廣播，宣佈四項處置辦法：⑴對參加事變者不加追究；⑵被捕人民可免保領回；⑶死傷者不分省籍一律撫卹；⑷「處委會」准增加各界代表。

三月三日，「處委會」代表二十餘人，前赴長官公署要求撤退巡邏軍隊哨兵。勉強達成協議：⑴軍隊於當日下午六時撤回軍營；⑵地方治安由憲兵、警察與學生青年組織治安服務隊維持；⑶撥出軍糧供應民用以紓解米荒。

柯遠芬參謀長調「獨立團」一營，自鳳山北上途中，火車在新竹、中壢兩度受民衆所阻，又加上昨夜警察大隊在鐵道管理委員會樓上，開槍殺死民衆甚多。消息傳到，台北市民大嘩。處委會於下午四時，召開台北市臨時治安委員會，市長游彌堅、警察局長陳松堅、民衆代表許德輝、劉明及學生十餘人出席，決議組「忠義服務隊」擔任治安維持工作。

三月四日，「處委會」發表「組織大綱」。宗旨爲「團結全省人民，處理『二‧二八』事件及改革台灣省政治」。政治改革綱領包括有行政長官公署祕書長及各處長應以本省人充任；公營事業歸由本省人負責經營；立即實施縣市長民選；撤銷專賣制度；保障人民之言論、出版、集會自由及生命財產安全等等。

▲王添灯，事變中台北「二‧二八處理委員會」發言人。

「處理大綱」的產生

三月五日，王添灯向全省廣播，報告台省國民參政員聯名致電蔣主席暨各首長，闡明事件經過眞相，建議九項政治改革方案。

同日晚上，陳儀也向全省做第三次廣播，宣佈盡可能採納民意要求：⑴改組行政長官公署爲省政府；⑵各廳處長盡量任用本省人；⑶各縣市長定七月一日實行民選，在選舉前，現任縣市長不稱職者可免職，另由參議會推選三人，由長官圈定。

蔣渭川隨後接著廣播，呼籲省民接納陳儀長官所應允的政治改革原則。

事件發展至此，楊亮功認爲，陳儀幾乎已全部接受處委會的要求。不能以此告一段落，開始處理善後，實因「處委會」受暴民所裹脅，無法控制群眾，乃至於七日有「處理大綱」四十二條之出現。（楊亮功：「二·二八事件調查報告及處理經過」）

三月六日，「處委會」發表「告全國同胞書」。下午成立台北市分會，會上主席王添灯在報告中，主張「政治改革方案」需要補充及具體化。

顯然，「處委會」對蔣渭川與陳儀之間所達成的協議，並不肯給予確認。事實上，王添灯、吳春霖等不肯受理蔣渭川所提出的政治改革方案。王添灯並且說：「昨夜在陳逸松家裡討論研究到翌晨四時，已決定二、三十條要求，這已勝過你們的九條，何必多此一舉。」

蔣渭川又向張慕陶（憲兵第四團團長）報告：「今日聽到許多報告，稱特權人份子大起不安，將要起而反對我與長官的談決方案。」張氏回答稱長官對該案非常贊成，「提交『處委會』也不過是形式的」；又說長官已準備逐條實行，「日

▲蔣渭川遺著：《二・二八事變始末記》。

內要將警務處長調換本省人，你可安心就是」。又有陳木榮者向蔣渭川報告「『處委會』有人公然大罵蔣先生，他說你有奪取政權的野心，沒有團體的精神，單刀匹馬獨走長官路線，想要獨佔政治的地位等等。（中略）這我想是因爲長官天天請你去會談、及天天與你同去廣播，由嫉妒而不平，猶恐政治改革後，他們會失去特權的地位」。（蔣渭川遺稿：《二・二八事變始末記》）

彼時，「處委會」內部之嚴重分歧（或被分化）已經表面化了。構成份子的複雜背景，固然是原因之一，大部分的處理委員們也都忙著明爭暗鬥地爭取權位、造成勢力，排擠傾軋。又幼稚地，誤以爲中南部的聲勢及「勝利」，錯認大事近成，而急躁地爭逐日後的名利。

而且，蔣渭川一派「政治建設協會」的成員，連日來在「處委會」會場上的表現，幾近猖狂。只要不是「政治建設協會」一派所提的意見，一概反對。這種「爲反對而反對」的作風，嚴重破壞會場的民主氣氛，並造成秩序混亂，委員們之間的信任感蕩然無存，而派系的分化更加尖銳化。

莊嘉農（蘇新）在《憤怒的台灣》之中，有如下的指責：「蔣渭川剛愎自用，離開『處委會』的統制，採取個別行動。誣衊其他委員，搗亂處理委員會的統一。」

三月七日，「處委會」宣傳組長王添灯提出他負責起草的「處理大綱」及「政治改革方案」。分爲「目前的處理」七條，「根本處理」二十五條（包括軍事方面五條，政治方面二十條），共三十二條。這份綱要的基調，不外乎要求當局，穩建地處理事件善後，並實施政治改革。

蘇新認爲貫串三十二條的基本精神是「地方自治」。而一九四七年三月八日延安《解放日報》發表一篇「支持台灣人民的地方自治運動」之社論，明示當時中共給予「二・二八」事件的定位，是根據全國性情勢的考慮。一九四六年國共重慶談判的「會談紀要」與「雙十協定」裡面也有關於地方自治之條款。蘇新說，當時的地方自治運動，是爲了削弱國民黨的統治力量，擴大台灣人民的政治權利，並非要把台灣從祖國分裂出去。

曾參與「處理大綱」起草工作的蔡慶榮（蔡子民），如此說明這份文件的產生：「我們幾個人集中在中外日報社，堅持每日出刊，同時也幫忙王添灯，準備每天在中山堂『處委會』的發言提案。三月五日，王添灯回來說要擬一個具體的處理大綱，蘇新、潘欽信、我和另一位年輕的同事，一共五個人就留下來討論，而

反抗蔣家暴虐統治
台灣人民武裝起義
蔣政府駐台機關普遍遭受襲擊
起義人民已奪取了中南部政權

▲一九四七年三月十一日中共新華社延安電文，報導台灣「二・二八」事件。

後由潘欽信起草，在六日寫成。這就是三月七日王添灯在『處委會』上提出的『三十二條處理大綱』」。（葉芸芸：「三位台灣新聞工作者的回憶」）

事件過後三十年（一九七七年），蘇新在北京寫「關於二・二八事件處理委員會」，文中對中共地下黨組織與「處委會」的連繫，也有清楚的交代。當時沒有黨員身份的一些左翼人士，聚集在王添灯、林日高等人近側，做爲幕後的智囊，而且「遇到重大問題或意思不甚一致的時候，都經聯絡員蕭友山（來福）請示廖瑞發（廖煙），再由廖請示蔡前（蔡孝乾）」。（蘇新：「關於二・二八事件處理委員會」）

三月七日，「處委會」仍舊在台北中山堂開會，會場上毫無秩序一如過去數日。各派系人馬俱全，軍統、CC的特工人物也混雜其間。王添灯說明「處理大綱」三十二條，數度受干擾而中斷。到了討論通過時，更是嘈雜成一片，吵鬧喧叫之中，草草通過增加成四十二條。追加的十條，有的是重複的，混亂中無法整理。但是，諸如「本省人之戰犯及漢奸嫌疑被拘禁者，要求無條件即時釋放」以及「各地方主席檢察官，全部以本省人充任」這兩條，成爲判亂罪名的，則是軍統、CC特務的陰謀栽贓，爲當局進行鎮壓而埋下的口實。黃國信（國民黨鐵路管理委員會特別黨部書記）、許德輝（忠義服務隊）、白成枝（台灣政治建設協會）、呂伯雄

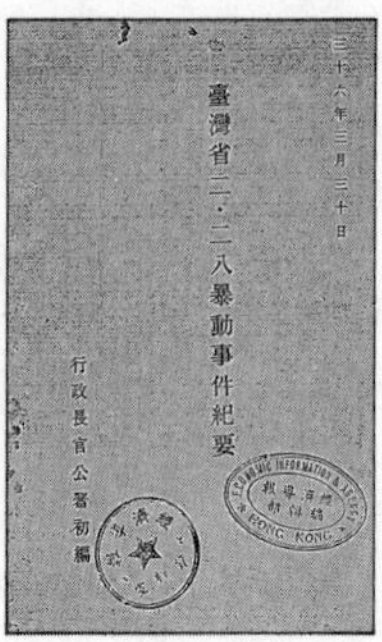

▲長官公署有關「二·二八」事件的第一份公開紀要：「台灣省二·二八暴動事件紀要」。

（台灣政治建設協會）等是會場上提案起鬨的主要人物。（葉芸芸：「三位台灣新聞工作者的回憶」）

柯遠芬最爲關切的「警備司令部應撤銷，以免軍權濫用」這一條，則在原案三十二條之第二十八條出現。三十一條則主張「本省人之戰犯及漢奸嫌疑被拘禁者，要求無條件即時釋放」。於是乎，叛國罪名霍然成立。

長官公署後來的事件報告，指摘「處委會」以要求改革政治爲煙幕，發表叛亂言論，公然主張撤銷台灣省警備總司令部，反對國軍駐台，陸海空軍應由台人充任，釋放戰犯漢奸等，其叛背國家、反抗中央之陰謀，至此大白天下。由「高度自治」變成「叛背國家脫離祖國之獨立主張」。（行政長官公署初編：《台灣省二·二八暴動事件紀要》）

三月七日下午，「處委會」代表去見陳儀，提出「處理大綱」四十二條，遭陳儀和柯遠芬嚴拒。關於這一幕經過，有兩種說法：(1)記者周傳枝：「陳儀的態度和先前完全不同，拍桌子大罵『處委會』的代表，說提這四十二條是搞叛亂。」(2)吳國信：「陳儀於公署四樓接見黃朝琴等，披閱綱要敘文未畢，忽赫然震怒隨手擲地三尺外，遂離坐，遙聞厲聲，毫無禮貌而去，眾皆相顧失色。」（李翼

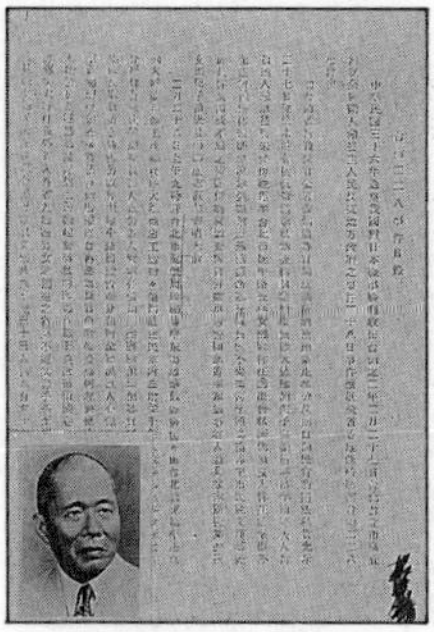

▲「台灣二・二八事件日錄」原件，及其作者：當時任國民黨台灣省黨部主任委員的李翼中。

中：「台灣二・二八事件日錄」，一九五一年八月二十八日）

當晚，王添灯向全省做最後一次廣播，報告「處理大綱」四十二條產生及被陳儀、柯遠芬拒絕之經過。並宣讀「處理大綱」全文。

三月八日，中央派來援兵不日可到，即將有大屠殺——這樣的流言，好似在空氣中隨處飄蕩，台北市的氣氛極不安寧。「處委會」發表一份聲明，稱七日提請陳儀長官採納之「處理大綱」，因當時人數眾多，未及一一推敲，因而列入撤銷警總、國軍繳械等近乎反叛中央的條文，實非省民公意云云。

深夜，台北市民可以聽到槍聲四起。人們的恐懼隨著若遠若近的槍聲，在黑夜中浮游，不能成眠。

三月九日，警備總司令部宣佈，再度戒嚴。

三月十日，陳儀下令，解散各地處理委員會。第二十一師陸續開到，開始在各地大舉搜捕涉事者。

馬前卒

三月二日，「處委會」之擴大組織成員，特別增列「台灣政治建設協會」之

▲李翼中，事變時在台CC派的頭頭。

代表。該會主持人蔣渭川對此有所解釋，說是陳儀採納他個人的建議。而他說服陳的理由是，原本「處委會」的成員，「半山」及「本地」的民意代表都是特權份子，不了解也不能代表老百姓。（蔣渭川遺稿：《二・二八事變始末記》）

換一個角度，這不也表示，陳儀對掌握黨部的CC派的一種妥協。有不少文獻資料及台籍前輩都指陳，蔣渭川是李翼中手下幹將。而且，已有充分的痕跡可尋，蔣在「二・二八」事中的作爲，是有李翼中（國民黨台灣省黨部主委）、林紫貴（省黨部宣傳處長）緊密搭配的。民政處長周一鶚說：「省黨部把持在CC系手中，表面上對陳儀推崇備至，骨子裡是勢不兩立的。他們暗中一直勾結不滿陳儀的台籍人士，以圖一逞。『二・二八』事件中，蔣渭川等人上竄下跳，就是得到李翼中積極支持的。」（周一鶚：「陳儀在台灣」）當年國民黨台灣省黨部宣傳處機關報《國是日報》的編輯野僕，指出替「二・二八」事件的公開主角蔣渭川撰寫廣播詞的，是宣傳處主任祕書高拜石，並經由林紫貴向主委李翼中請示。而且，蔣渭川隨時用電話，向林紫貴匯報各地情況。（野僕：「二・二八事件的眞相」）

三月十日，大軍壓境，蔣渭川被武裝警察槍擊未中，其女被殺兒子受傷。脫逃的蔣受到李翼中之庇護，隱匿在徐白光家中。直到新任省主席魏道明上任，才

▲魏道明，事變後接替陳儀任台灣省主席。

由李翼中說項，投案自首，爾後由丘念台出面保釋。而林紫貴事後被警備總部扣押，偵訊兩天才釋放。黨部宣傳處機關報《國是日報》被迫停刊。（李翼中：「台灣二·二八事件日錄」）

蔣渭川與抗日民族運動的淵源，主要在於其兄長蔣渭水而非他自己的積極參與抑或奉獻。戰後他藉其兄之餘蔭，組織成立「台灣政治建設協會」，後與李建興合辦「台灣光復致敬團」訪問大陸返台報告會，藉而建立社會活動的新資本。據說，他是由楊肇嘉介紹而逐漸加深與中統（CC）的接觸的。繼承其兄經營「三民書局」的蔣渭川，在老台北地區，還算是個小有名氣的人物，蔣渭水晚年經營「工友總聯盟」也累積一些群眾基礎。事件中，他參與「處委會」臨時治安組，組織「忠義服務隊」和「台灣省自治青年同盟」，並且推舉軍統系的許德輝為「忠義服務隊」總隊長。後者則是以蔣時欽（《民報》記者，蔣渭水子）在學生組織聯盟各方面的影響力。蔣渭川又極力爭取復員返台的台籍原日軍、兵伕，廣播召集在老松國校登記，集中訓練則由白成枝負責。

另一方面，蔣渭川介入「處委會」也造成嚴重的分化。他與陳逸松、劉明等地主資產階級，又擁有留學日本名大學學歷的社會精英份子，向來格格不入。雙

▲台灣工礦公司創立會留影，時為民國三十六年五月一日（事變後），前排左四為陳逸松，最中間者為陳儀。

方針鋒相對的事實，蔣渭川在《二·二八事變始末記》之中，著墨甚多。陳逸松也毫不隱藏他們之間的對立：「台北市的處理委員會一直都在中山堂開會。『二·二八事件處理委員會』的組織章程是我和李萬居兩個人起草寫的。開會的第一天（應該是三月四日），蔣渭川帶了一批人在會場上喧嚷不休，光復後他組織了一個『台灣政治建設協會』，成員大部分是流氓一類的人物。我在台上說明組織章程，那批人就在下面大吵大鬧，對著我叫說：『大交椅你就搶著要坐上去了？』我當時年輕氣盛，也回答說：『大位置你們若想坐，你們就上來坐吧！』我就這樣子走下台回家去了。」（葉芸芸：「山水亭舊事」）

半山和投機者

柯遠芬在事件後，發表「事變十日記」一文，提到他設計「以台人制台人」分化「奸偽」，以應變事件，文意間難掩得意之情，予人深刻的印象。

頗值得在此特別提出來的是，在「二·二八」事件中，確實也有足夠的台灣人，自願供國民黨政權中各派系之驅使。這些人有凱旋歸來到處搶地盤的半山，有角逐個人名利的投機政客，以及急於要從過去的歷史中隱身而去的御用紳士及

▲陳逢源，日據時代台籍新聞記者中最懂實際經濟與理論者，但其私德頗受爭議，有關傳聞甚多。

「台灣歹狗」等大陸浪人們。

吳濁流的《台灣連翹》之中，對部分「半山」們在「二・二八」事件中的行徑，有很大膽的揭露，這部遺著，他生前曾交代「現在不發表，待後十年或二十年，留與後人發表」。如今，要加以求證澄清，相當的困難。不過，葉榮鐘生前也有佐證之言。

吳濁流認爲「背叛了本省人的『半山』們，雖有種種派別，不過在打倒本省知識階級，以求自己的飛黃騰達，卻是一致的」。

「二・二八」事件當中，最爲接近陳儀的，據說是軍統的劉啓光。劉氏本名侯朝宗，日據時代參與文化協會與農民組合的運動，屬於左翼運動陣營。「二・二八」事件中「他和軍統的特工林頂立勾結在一起，此外又與陳逢源搞在一塊，(事變過後不久)在銀行設信託部，大肆囤積物資，利用通貨膨脹大撈一票」。吳濁流此處所指的是華南銀行，其前身即陳炘所創的「大東信託」。多年來台籍前輩中，一直有相關的流言，陳炘之死係被「借刀殺人」。

蔣渭川在三月五日，偕同陳炘、徐白光等曾在長官公署見到劉啓光，「到公署上樓途中，遇見劉啓光氏由樓上下來，劉氏看見我們就伸手出來握手，說：『

你們是眞賢人，做的很好的，祝你們大成功。』我也應酬他幾句話。」（前揭：《二・二八事變始末記》，六五頁）這段話頗耐人尋味，同時透露了，蔣渭川與劉啓光不屬於同派系，以及劉在陳儀近側出入之說。

蔣渭川對「半山」素來不滿，常出口批評痛罵，也曾向陳儀數說「半山」的不是，「隨長官回本省來的一部分自稱橋樑特殊份子，他們在日治期中不耐鬥爭，由民族鬥爭陣營逃出去也不敢承認是台灣人，僅是溷跡謀生，並無多大貢獻，不過國語比我們先學會了，利用這一技之長，光復後大模大樣隨長官回台，居然自命革命者和凱旋將軍勝利歸來一樣的態度……長官也不懂台語，只有他們說的話才懂，自然也要借重他們，官位也給他，經濟機會也給他……他們在初回來時，穿破褲的窮漢們，現在都變成大財主了。」

最令人難以置信的，可以說是中間偏左，代表民族主義資產階級一派的劉明和陳逸松，卻被網羅在林頂立的「警備總司令部特設別動隊」。三月九日，第二十一師先遣部隊抵基隆，向台北進發，下午六時警總宣佈再度戒嚴，於是「軍事部署略定，特設別動隊，林頂立爲隊長，劉明、李清波副之，陳逸松爲參謀長，張克敏（即張士德）、高欽北、周達鵬爲大隊長，時警務處已改任王民寧爲處長，

▲事變時軍統局台灣站站長林頂立（半山）。

均台人。」（李翼中：「台灣二・二八事件日錄」）

李翼中在此處所指的警察大隊「別動隊」，與柯遠芬所言的「義勇總隊」應是同一個組織隊伍。柯在「事變十日記」三月四日，提到「爲著要分化奸僞，和運用民衆力量來打擊奸僞，所以昨天兼總司令批准了設置義勇總隊，並以林頂立同志爲總隊長，他是本省人，極爲忠實而有作爲的同志」。

柯譽爲忠實而有作爲的林頂立，彼時是軍統的台灣站站長。據戰前曾在廈門日本領事館任職的莊氏說，林頂立曾經是雙重身份的特務，先在廈門替日本人工作，後來才轉變成軍統的台灣人骨幹。

蘇紹文和黃國書這兩位台灣人「半山」，則受任命爲新竹與台中地區的防衛司令。原籍新竹的蘇紹文，很快地執行任務恢復桃園、新竹一帶之秩序，受到柯讚賞。不過，他耀武揚威、窮追猛打御用紳士，留給故鄉父老極爲深刻的印象。而當時任國民黨新竹黨部主委的彭德（客家籍），幾乎死在他的槍下，幸得李翼中及時請柯遠芬去電話解救，才得免於難。識者多半以閩、客矛盾看待此事。

黃國書之任命，因沈仲九主張宜以宣慰代替戡亂，黃本人亦不同意用武，而小有波折。黃遲延數日，才帶著一名副官及林憲（丘念台的秘書）搭乘火車前往台

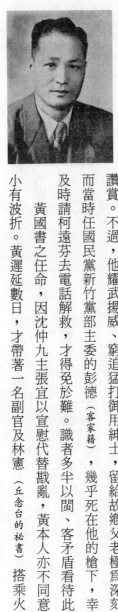

▲事變中被派任為台中區防衛司令的黃國書。

中。車行至豐原，遇配帶著日本武士刀的青年，上車來盤問。黃國書以流利之日語應對，乃得化險為夷。青年並忠告黃國書勿著國軍制服在外面走動。黃一行抵達台中，知道政府機構悉數被接管，乃於次日折回台北。車行至板橋即不通行，才知道二十一師已經進台北市，開始清查鎮壓。

應變

陳儀最初同意官民共同組織「二・二八事件處理委員會」，其用心淺白，是希望能及早平息事端，恢復秩序，避免南京中央政府的干涉。到了抗爭升高，情勢惡化不可收拾，則變成拖延時間，等待援兵趕到。

黨部主委李翼中追述，陳儀曾對他說：「余將以平息為主，彼等所提之政治改革不惜斷然從之。」李翼中問：「長官接納其政治改革意者事件可平息乎？」陳儀沉思良久答曰：「未能斷言也。」李乃建議：「何如速請中樞加派勁旅，且選派大員為助，俾事件得早日敉平。」陳儀表示「余亦有此意」。（李翼中：「台灣二・二八事件日錄」） 這是三月五日的記事。同一天，陳儀也曾向蔣渭川表示，台北以外各地方尚未完全息事，嘉義、虎尾方面激戰持續，很是「使我焦急要死咩

▲劉雨卿，整編二十一師師長，指揮鎮壓與清鄉的軍事行動。

」。（蔣渭川遺稿：《二・二八事變始末記》）

實則，向南京中央請求派援兵的電文，在三月三日，或者更早已經發出。警總參謀長柯遠芬「事變十日記」中，三月二日提到「我建議向中央請兵，但此時兼總司令（陳儀）告訴我，業已電主席速調整編二十一師一個加強團來台平亂，但這是遠水不濟近火的，所以當時又決定要求將憲兵第四團留駐福建的一個營，調來歸還建制。」

當時駐守江蘇昆山的第二十一軍軍部，三月三日早上，由軍長劉雨卿召集各級主管會議，宣佈蔣主席電令，二十一軍全部開往台灣平亂。軍長及直屬營連和一四六師由吳淞港上船直開基隆，一四五師在連雲港上船直開高雄。並且，限定在三月八日以前到達。（何聘儒（二十一軍副官處長）：「蔣軍鎮壓台灣人民紀實」）

早先，陳儀接受「處委會」所提的政治改革方案，雖不能認為全無誠意之存在，但是，雖有心要治理好台灣，陳儀之改革誠意，放在整個中國大陸複雜的大政治環境中，是微不足道，絲毫也經受不起考驗的。

陳儀在八年抗戰慘勝結束，國共內戰如強弓待發之際，出任台灣省行政長官兼警備總司令，表面上，集軍政大權於一身，實則黨和軍的實權都無法完全掌握，他的班底，其實就只有檯面上的上層行政人員及自閩帶進來的警察有關人員。陳儀雖極力排除浙江財閥以及各派系涉入台灣之權益範圍，但是，現實在權力結構中，名高實低的陳儀是無法又無力做到的。

當時，國民黨省黨部與行政部門之間，不睦已近乎表面化，掌握黨部的CC派與政學系的陳儀之對立，由來已久。安排接收之時，蔣介石對不同派系之幹部，做了何種安插？而陳儀是否得到其他派系之支持？都值得存疑及探討。

陳儀來台，頗有一番抱負，「想把在大陸上所不能實現的理想實現於台灣」。（周一鶚：「陳儀在台灣」）陳儀重用沈仲九，意圖在台灣建立一個隔離於大陸之外的政治經濟體制。他仿效日本台灣總督府統制的經濟政策，執行專賣、控制貿易、發行台幣以防止法幣波動之影響。但是，台灣人，特別是精英階層，對陳儀、沈仲九等所企圖建立的台灣體制，所感同身受的是與日本殖民統治有異曲同工之妙的歧視及壓制。本地系的資本企業以及人才均被隔離在體制的外面，少得其門而入。

隨著經濟惡化，官僚之營私舞弊，軍、警、憲、特的橫行不法，以及最致命的失業問題日漸突顯，現實政治的發展完全背道而馳，陳儀與沈仲九的台灣體制

▲國民參政會台灣省參政員聯誼會成立紀念時合影。

，成為空中樓閣似的高遠理想。並且為台灣人所痛恨而猛加抨擊，陳儀之聲譽隨著局勢日益惡化而降低。原本被拒在外的各林立派系，乘隙找到空間，而積極地活動起來。特別是CC派的李翼中，利用擁有下層民眾基礎的蔣渭川，虛張聲勢、大事活動，頗有要攆走陳儀，取而代之之架式。反之，陳儀班底的行政官員，卻是眾矢之的，有許多被指控是貪官惡吏，而且當民眾接管政府機構之後，他們多半只能在長官公署內避難，坐困愁城。綜而觀之，事件後期是完全失去控制的亂局，內外交困的陳儀向中央請兵，以為後盾準備進行鎮壓。楊亮功在三月九日抵達行政長官公署時，署內住著許多外省籍官員家屬，彷彿戰時之難民營，而沈仲九對楊說「監察使，現在一切問題非兵不可了」的短短一句話，才透露了其中玄機。

蔣介石之所以抽調東北、華北戰場上急需之兵力，來台鎮壓，則是對民眾武裝力量，沒有準確估計下的判斷。陳逸松在五月初到南京，出席國民參政會，蔣介石夫婦請台灣代表吃飯「席上，蔣介石說『二・二八』事變中，還有十萬日軍在中央山脈，說我們台灣人無知都是受日軍煽動的」。（葉芸芸：「山水亭舊事」）

此外，還述及當時台灣全島有四百多座倉庫，存有日軍遺留的一萬支步槍、三百

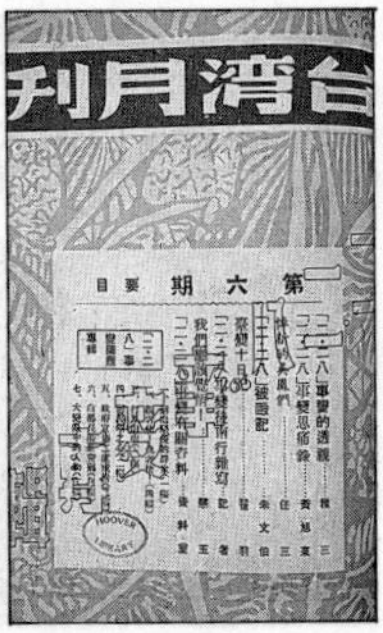

▲長官公署刊物《台灣月刊》發行有關「二・二八」的專輯。

座火炮以及數量極大的糧秣制服，等等不實的資訊。

監察使楊亮功及宣慰使白崇禧均對柯遠芬之處理事件，頗多惡評，特別是鎮壓及清鄉時的濫殺與濫捕。柯亦自認是「二・二八」事件中最主要的人物，所撰寫「事變十日記」，全文貫穿著一片肅殺之氣，甚至邀功表彰之情也充塞在字裡行間。

當年只有三十八歲的柯遠芬，是一位從未有疆場戰功的中將，「二・二八」事件之於他，無異大顯身手之機會，而認眞力求表現。這一種「異常」心態可能是導致冤魂頻生的主要因素之一。目前仍不清楚的是，柯所要表現效忠之對象，到底是陳儀或蔣介石？他來台以前的履歷，較少爲人知，據說在陳儀主政福建時，柯遠芬就是蒲田的閩南警備部的少將。陳儀下任閑適在重慶時，柯也到重慶。陳儀發表爲台灣行政長官公署長官後，柯即被攬爲警備總司令部參謀長。

柯遠芬在「事變十日記」一文中，所揭示的，是他個人對待此歷史悲劇事件的偏頗及顢頇，很少有人能出其右。柯把所有涉及事件的民眾，一概視爲「奸僞」或叛亂之暴民。

三月四日有如下的記述：「此時我經過周密的考慮後，才決定盡速作軍事上萬全的準備，一俟他們叛國的罪證公開後，馬上即使用軍事力量來戡亂。」

三月七日，「處委會」提出三十二條「處理大綱」，並且由王添灯向全省廣播了。三十二條中的內容有「取消警備司令部」和「解除國軍武裝」及「本省陸海空軍軍官應盡量採用本省人」等數條，柯認爲是叛國之證據，並因而雀躍不已：「晚飯與師管區劉司令一同進餐，今晚大家的話更多，眞是談笑風生，劉司令說爲什麼三十二條提出了後，大家反而增加了飯量，這就是爲國珍重啊！現在他們的陰謀大暴露了，現在是我們理直氣壯了，我們苦守了八天，今天我們才爭得了主動，黑暗的日子快去了，光明就在前面，我們爲什麼不高興呢？」

第八章　騷亂、起義、鎮壓的虛與實

這一段文字難以描繪，後來的人也很難想像的恐怖黑暗的歲月，死者不能復生，生者毫無尊嚴地活著。社會氣圍也充塞著驚駭。我們無從知曉，每一個夜半凌晨，有多少人被任意逮捕？有多少人未經法律審判就被殺害？甚至死前還要受盡凌辱。

實力知多少？

論者每以國民政府駐台兵力薄弱，不足以應變，以及「奸僞」在幕後煽動操縱，是爲「二・二八」事件所以演成全省各地烽起，政府在短短數日間陷於癱瘓，全面失控之局面的主要因素。

然則，事件前夕，國民政府派駐在台灣的部隊，到底有多少兵力？根據官方的紀錄，「事變前，駐台部隊僅（正在）整編（的）第二十一師（的舊第二十一軍）獨立團及該師之工兵營與三個要塞守備大隊，總兵力不過五千二百五十一員名。」

（國防部史政局：「台灣（卅六年）二．二八事變紀言」）其中高雄、基隆與馬公三個要塞的守備大隊有一、五三二名，擔任台中以北勤務的是兵工營（五一七名），守備嘉義以南的為獨立團的主力（二、五〇〇名），而鎮守台北本部的，只有獨立團之一個營約七百員名。

戰後來台接收駐防的七十軍，於一九四五年底調防回大陸，接防的六十二軍也在一九四六年年底調防大陸。接防的第二十一師，在二月份實際派到台灣的只有一個團和一個營，其餘的仍在福建整編中。

一九四六年秋，剿共失利的蔣介石主席，曾密電陳儀，探詢調軍回大陸參戰的可能性，陳儀欣然同意，理由可能包括下列幾個方面：⑴陳儀對台灣民眾歡迎祖國的熱情，以及守法精神，留下很好的印象，因此對台施政深具信心。⑵七十軍與六十二軍，都是臨時整編的雜牌軍，軍紀紊亂，擾民之事層出不窮，成為民眾怨恨之對象。⑶陳儀因拒法幣在台流通，駐防部隊之薪餉遂不由南京中央政府支付，而落在台灣長官公署肩上，成為重大財政負擔。

據說，不僅陳儀同意駐防部隊調走，警備總司令部參謀長柯遠芬也是贊成的。已自保安工作退休的H氏，有如下的證言：「柯遠芬原不得志，在福建時漸得

▲王民寧，半山，光復後返台任台灣省警備總司令部副官處少將處長，事變中接胡福相任警務處處長。

陳儀所重用，蓋因稍有文才，陳儀向來厭惡傳統『土包子』軍人。但柯乃無疆場戰功的軍人，雖居警備總司令部參謀長之高位，卻徒有官架傲慢，而無威可指揮軍隊。因此也極力贊成駐防部隊調離台灣。」

正規駐防部隊之外，尚有本省籍與外省籍合組的正規警察，約八千五百名（前揭：「台灣二．二八事變紀言」）。其中承擔實務的下級警員，九成以上為本省籍，並且多半也是日據時代的警察。事件發生後，本省籍警員心理上的反應是值得再深加探討的課題，除了直屬警備總司令部的「警察大隊」積極執行任務而外，本省籍警員聽命政府的積極性顯然不高。大多數消極地觀望，任由民眾將武器移交過去，甚至也有加入抗爭隊伍的。

警務處長胡福相即因台籍警察相率離職，無法行使職務而下台，改由王民寧接任。（《大公報》一九四七年三月十日福州電）

楊亮功的官方報告也承認：「各地暴民發動，多以警局為進攻之目標，而警局均百分之九十以上為本地員警，事發後或自動封存武器，任其劫取；或棄械潛逃，不予彈壓抵抗；或公然參加暴動，以致地方當局，不惟無一可用之保安警力，且反成贅累，實為束手無策、坐視暴動擴大之一重要原因。」

可以判言的是，民間武裝烽起，絕非事前有任何計畫之舉，純然是民眾的憤怒忍無可忍，爆發以後，臨時地、自發地匯集而成的。共產黨人蘇新就說：「『二·二八』起義是『官逼民變』的自發事件，事前毫無準備，誰也沒有預料到，國民黨到台灣一年半就會發生這樣大規模的反蔣鬥爭。」（蘇新：「關於二·二八事件處理委員會」）而且短短數日間，實在也不可能確立組織與紀律，說穿了是匆促成不了軍，雖然同仇敵愾，氣慨激昂，但烏合之眾，具有多少戰鬥能力？是頗有疑問的。民間武裝烽起，亦有積極、消極之分，前者介入抗爭行列，有比較徹底的對抗意識，比較明確的政治主張。消極的動機，則只是騷動中產生的不安全感，以及想要維持地方上的治安與秩序。吳濁流說：「為了防止外省警官拿出武器，青年人就進入警察署接收武器。這些去接收的青年主要是過去當過（日本的）軍伕、軍屬、志願兵的人們。」（吳濁流：《無花果》）事件當中，最早接收全市政府機關，而受到全省厚望的台中市，左翼的謝雪紅與地方士紳之間，對武裝的問題即存在著積極與消極的嚴重分歧。

參加武裝行動的，以原日本軍台籍兵員為最多，也有在學中的學生。總數到底有多少人？很難估計。原日軍台籍兵員包括志願兵、軍屬和軍伕，從海南島一

▲蘇新，老台共，事變後逃往大陸。一九四四年與夫人蕭不纏（其兄蕭來福亦為老台共）攝於台南佳里。

地回來的就有十萬人，（楊亮功：「二·二八事變調查報告及處理經過」）加上南洋與東北、閩粵各地回來的，總數當更多。根據日本厚生省所發表的數字，台灣出身的軍人、軍屬、軍伕，復員的總數是十七萬六千餘人。（厚生省一九四八年四月十八日加藤邦彥：《一視同仁の果て》〔「一視同仁」的結果〕，一九七九年）

這些復員人員中，有多少加入事件中的武裝行動？雖然難以估計，但是以當時失業問題之嚴重，失業人口（有高達四十萬之估計）又以復員原日本軍台灣兵爲衆，比率可能不低。

關於「奸僞」在幕後煽動操縱之說，眞象已經逐漸澄定。就目前出土的史料，確實可以找到少數共產黨人積極介入的線索，不過，甫建立不滿一年的中共台灣地下黨，並沒有多少黨員，也談不上什麼社會基礎。事實上，只有少數幾位老台共，有草根性的社會基礎，能夠就地積極地參加，但是他們大半都沒有組織關係，不具中共黨員身份。這是因爲過去舊台共時代的恩怨很多，值得我們指摘的是，通常共黨的地下組織工作是不積極與已曝光的老共產黨員發生關係的。雖然台灣有其特殊性，據常識來判斷，老台共人員的歸隊亦該經過「過濾」及歸隊手續才是常理。地下黨的領導人蔡孝乾遂不以舊台共爲發展對象。根據蔡氏被捕以後的自白，「二·二八」前夕，全省中共地下黨員只有七十名。而且事件爆發時，黨員間互相失去連繫，有的主動在所在地參加抗爭，也有的不敢出面，大部分都是個人行動，並非組織的命令。（周明：「二·二八事變中的謝雪紅」二）

事件的歷史眞貌，通常是難以重現的，只有神似重於形似的輪廓，勉強可能勾劃出來。「二·二八」事件因偶然的緝煙血案而引發，從此星火燎原，不可收拾。無論是統治的當局或抗爭的民間，均措手不及，倉皇之中，各種社會力量積極投入騷亂和鬥爭之中，但是任何一股力量，都不可能單獨掌握事件發展的方向，而是互動互爲消長的，台北與台中兩地的處理委員會及組織武裝的過程中，均突顯出這種較勁。而最受本地政治派系之過度利用犧牲最多的，乃是活躍其間，熱情而單純的學生，此一具有行動能力的社會資源。

台北——匆促不能成軍

二月二十八日以來，台北市軍民衝突頻頻發生。市內散見軍隊、憲兵、治安警察，武裝的巡邏車穿梭在大街小巷，槍聲此起彼落到處可聞，傷亡者時而可見。民眾雖然也從警察派出所接收到少量的老式日本武器，但一直都沒有成形的民間武裝隊伍出現。閩台監察使楊亮功來台調查「二‧二八」事件，在醫院巡視時就發現，受傷的本省人均爲槍傷，而外省人則多爲棒傷。

三月三日，處理委員會首次會議，商定武裝軍隊於當日下午六時撤回軍營，改由憲警學生聯合組織維持治安與交通，以減低軍民間的衝突。處委會要求解散惹禍最多的「警察大隊」，但未得陳儀及柯遠芬之同意。

三月四日以後，台北市面上已漸趨平靜，商家恢復開市，而各種民衆團體亦紛紛成立，主要的有：⑴台灣民主聯盟支部，內有一部分共產黨，力量不大，不能左右大局。⑵愛鄉青年團台北支部，以留日之台灣同學爲主，亦有留台的日本人。⑶學生自治同盟，以台北各大中學學生爲主幹。⑷海南島歸台者同盟，係日本征調至海南島的退伍軍人（約有五萬人），聲勢甚大。⑸學生聯盟，亦以學生爲主幹。⑹興台同志會，係過去常在日本經商之商人所組成。⑺台灣省警政改革同盟，以台籍警察爲主。⑻青年復興同志會，以職業青年爲主。⑼若櫻敢死隊，係囚犯浪人的組織。⑽台灣省政改革委員會，以各縣市議會爲中心。⑾台灣省自治青年同盟，以在職及失業青年，一部分學生爲中心，約四萬人。（楊亮功：「二‧二八事變奉命查辦之經過」）

另一方面，處理委員會治安組也成立「忠義服務隊」，擬取代軍隊維持治安。同時警備總部也成立警察大隊「別動隊」藉而箝制、分化。當時形勢一片混亂，要由複雜的長官公署、軍隊、特務以及民眾的派系中，釐出一個清晰可辨的面貌，殊為不易。已經面世的文字資料，以及歷史見證人的口述證言，都只能提供一個不同的小角度的場景，比較接近歷史原貌的全場景，仍有待時日及更多的探討努力。

匪諜十四名正法
郭琇琮等潛匿本省密謀叛亂
國法難逃無一倖免

▲逃過了「二・二八」浩劫的郭琇琮、吳思漢等人，在白色恐怖中仍未倖免於難。

台北各校學生，自一九四七年初以來，經過組織澀谷事件（在日本東京發生的華僑被迫害的事件）和沈崇事件（北大女生被美兵強姦事件）兩次抗議示威遊行，已有一定的連繫。事件發生以來，學生紛紛集會自動地組織起來，三月二日上午，台灣大學、師範學院、法商學院、延平學院以及各中學高年級生，在中山堂召開學生大會，決議組織學生隊伍，協力維持治安、整頓交通。

「學生聯盟」——這個學生組織在「二・二八」以前已經存在，主要的靈魂人物是台大醫院的郭琇琮大夫。當時還不是共產黨員的郭琇琮，聯絡許強醫師（台大醫學院副教授，內科主任）組織學生，吳思漢（《新生報》記者）發展農、工組織，以及他自己在「二・二八」之前，在台灣鄉村消除霍亂巡迴醫療時打下的群眾基

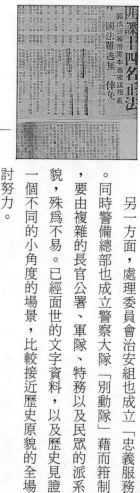

礎，迅速召集了學生、工人與先住民，企圖組織武裝隊伍，投入抗爭的行列。

三月四日晚間，學生聯盟集合數百人在師範學院的舊禮堂，準備發動攻擊，撤除駐守南機場警衛之武裝。沒有武器的學生，削尖了竹子，一人一支當作武器。新店烏來的原（先）住民也趕下山來會合，但是一直等到凌晨四時，社子、艋舺的隊伍卻沒有趕到，這晚的起事遂只好取消了。直到三月八日，國軍二十一師登陸之前，學生隊伍僅有的武器是五十幾支（的老式）步槍與少許的彈藥，而且存糧不多，郭氏衡量形勢不利，乃解散隊伍，令學生、工人、農民及原（先）住民各自回家躲避。但是，三月九日開始，各地都有很多學生被殺害了。（藍博洲：「美好的世紀」）

另一方面，中共地下黨台灣省工作委員會書記蔡孝乾曾派林樑材到台中與謝雪紅連繫，請求支援武器，沒有結果。總之，台北的武裝隊伍，因時間匆促不能成軍，起事計畫粗糙，事機洩露，乃至於行動前被發現，而歸失敗。（葉芸芸：「三位台灣新聞工作者的回憶」）

柯遠芬在「事變十日記」中曾提到林頂立的「義勇總隊」逮捕到兩名建國中學學生及台大學生若干，因而發現武裝起事之計畫，並大事渲染，成為「奸偽」

叛亂陰謀存在之證據。

「台灣省自治青年同盟」——三月五日上午十時，「台灣省自治青年同盟」在中山堂成立，台北市青年出席很是踴躍。會場內外溢滿，情況很是熱烈。大會由《民報》記者蔣時欽主持，宣讀綱領，強調要求高度地方自治，實施民選，並呼籲台胞發揮守法之精神，振興實業，安定經濟。隨後有蔣渭川演講，強調擁護中央，打倒台省舞弊官僚，並呼籲和平解決。

「台灣省自治青年同盟」是由台北市長游彌堅主持的臨時治安委員會託請而臨時成立的。後來並沒有起什麼作用，雖有相當龐大的人數，那只不過是人頭，以失業之復員原日軍台籍兵佔大多數，日本軍隊之各種行為模式，無形中成為主導，與學生團體間很難共同行事。蔣時欽基本上是消極地，放棄他的領導權。（傅莉莉（蔣時欽夫人）口述）

蔣渭川以領導人自居，一再廣播，號召復員（原日軍）台灣兵出來登記，他曾向國民黨省主委李翼中說明「台灣省自治青年同盟」之組成內容：「游彌堅發動組織本同盟，中途而輟。余以活躍台北市內者殆以海南歸來之失業青年為多，藉此同盟為號召，然後居中指導以撫循之，或有裨於事件之寧息。所謂建設高度自治，一時虛假之辭無大礙也。」（李翼中：「台灣二・二八事件日錄」）

「忠義服務隊」屬於「二・二八事件處理委員會」之「治安組」，三月三日下午四時，於台北市警察局開會，由市長游彌堅、警察局長陳松堅主持，民眾代表許德輝、劉明及學生十餘人出席。會上決議「為恢復台北市治安起見，組織台北市臨時治安委員會，並成立『忠義服務隊』負責執行。」（《新生報》三月四日）許德輝為總隊長，並向各界攤派治安費七十七萬元。

但是，「忠義服務隊」很快就成眾矢之的，非但無維持治安之效，反而是公然打劫、恐嚇、行暴、製造事端，受騷擾打劫的，不僅有外省籍官員家舍，也有本省籍的商家。其惡劣行徑，上海《大公報》有所報導：「此間民間負責治安之忠義服務隊隊員及青年學生，三日來，日夜搜查此間外省人之住宅，彼輩聲稱搜查民間槍枝，然文件亦在檢查之列，並公開掠取金錢手錶衣服物品而去。……掠劫外，同時製造（實施）恐怖行為。葛敬恩公館內被一台人投擲手榴彈……」（三月八日中央社電）許德輝是大稻埕一帶，地方上的角頭人物，吳濁流指陳「忠義服務隊」之背景來歷，「CC派馬上組織了忠義服務隊，派遣許德輝為隊長，但隊員中龍蛇雜處，有不少黑道份子，因此在不得已的情形下，把市內的治安交給純

眞的青年學生們，軍隊開來後，這些純潔的青年學生們便成了首當其衝的犧牲者。」（吳濁流：《台灣連翹》）

有許多文獻資料都提到，被殘酷屠殺的，以青年學生爲最多。在台北市維持治安的百餘名學生，於三月八日晚上被押到圓山陸軍倉庫前面的廣場悉數槍殺。第二天，警總參謀長柯遠芬領著監察使楊亮功到現場，指爲武裝攻擊倉庫的「奸僞」「暴徒」。此事與楊亮功從基隆到台北的路上遭遇槍擊一事，有異曲同工之妙，爲柯遠芬製造軍事鎭壓之藉口的設計，楊亮功對此事也存疑。（《楊亮功先生年譜》）

台中市──武鬥與文鬥

三月一日上午九時，台中市、彰化市及台中縣召開各參議員的聯席會議，決議支持台北市民的抗爭，另外追加兩項要求：⑴改組長官公署；⑵即刻實施地方自治、省縣市長民選。這是「二・二八」事件中，最先提出來的政治改革要求。

三月二日正好是星期日。台中地方上的士紳原定要在「台中座」（戲院）召開一個「憲政促進會」，但是前一夜，台北事件的消息，通過廣播以及楊逵印發

▲台籍難得一見的北大畢業生，光復返台後就任台中師範學校校長的洪炎秋。

的傳單，已經傳遍了全市。一大清早，「台中座」門前人潮洶湧，「市民大會」就這麼召開起來的。大會由左翼人士楊克煌與謝雪紅主持，首先報告緝煙血案，並討論如何響應支援台北市民，「會開到一半，群眾已經不耐煩了，有人喊著：『不必再說了，大家走，行動吧！』」（李韶東：「二月事件中的台中市」）

首先被解除武裝的是警察局，警察局長洪字民與群眾充分合作。同時被圍困的是台中州接管專員後爲台中縣長的劉存忠的住宅，劉是眾所週知的貪汚官僚。僵持中謝雪紅趕來解圍，勸阻民眾放火，劉乃投降受民眾看管。此後一週間，外省籍公務員被集中在市政府大樓內，另有二百名則避難於台中師範學校（按：斯時的校長爲洪炎秋，教務主任及總務主任，則各由張深切、郭德欽等擔任。事變中的爭議人物吳振武則爲體育組長）內。接下去的一個晝夜間，台中市及近郊的軍政機關逐漸被民眾接收控制了。三月三日的晚上，謝雪紅向各地廣播，報告台中市的「戰果」，並號召中部各地青年，到台中市集合參加抗爭。應該在此並提的是，當時中部地區並無駐守軍隊，只有無戰鬥力的工兵營五百多人，駐守在飛機場倉庫。（國防部史政局：「台灣二·二八事變紀言」）而其中有四百多名爲台籍士兵，後來透過軍醫許子哲，和平解械。（洪炎秋：「懷益友莊垂勝兄」）

三月四日，形勢穩定下來以後，地方上有力的人物召開了「台中市地區時局處理委員會」，謝雪紅也出席參加，會上選出台中市圖書館館長莊遂性（垂勝）為主任委員，又推出台中師範學校的體育教員吳振武為武裝部隊指揮員。莊是日據下民族運動的幹將，在台中市素來能孚眾望。吳振武為台南師範學校畢業的田徑好手，後來到東京高等師範學校唸體育科，被日本海軍徵召入日本海軍預備學生隊（相當於國軍預備軍官訓練班）第三期受訓，結訓後任少尉，後來被派往海南島，戰爭中升中尉，日帝敗戰後，躍昇一級，以海軍大尉（上尉）復員返台，是原日本軍台籍兵員中軍階最高的一位。

謝雪紅對參加處理委員會一舉，事後後悔不已，認為地方上的士紳們設計剝奪她的軍權，總結為一次與資產階級合作的失敗經驗。（周明：「二・二八事變中的謝雪紅」）

的確，三月二日的下午，當謝雪紅領著群眾，忙於接管各政府機關之時，林獻堂與地方士紳已在市民館開會，研究如何收拾善後。林獻堂對謝雪紅掌握武裝力量顯得憂心不已，「林先生說，謝雪紅是共產份子，讓她抓住武力鬥下去，非把地方搞得糜爛不可。我們應該請師範學校的體育教員吳振武出來，搶她一部分

▲謝雪紅，老台共，事變當時在台中組織二七部隊，事敗逃往大陸。

▲周明，本名古瑞雲，事變後與謝雪紅一起逃往大陸。

武力，加以牽制。」（洪炎秋：「懷益友莊垂勝兄」）

仔細解析當時之形勢，張志忠（中共台灣地下黨領導人之一）之所以規勸謝雪紅參加處理委員會（周明：「二・二八事變中的謝雪紅」），可能是因爲她並無單獨行事之條件。謝個人生涯之傳奇性以及冒險家的膽識，確實具有相當的群眾性魅力，尤其是她那絕佳的演說口才。光復初期她在台中市與大華酒家齊名，極爲活躍，吸引了許多理想熱情的青年學生。但是，在一般市民的眼中，她那「赤色份子」的背景，以及不符合傳統女性的經歷（包括她的私生活），是好奇與疑懼並存的。

此外，當時民間武裝隊伍的組成，完全是群眾自動自發匯集而組成的，復員返來的原日本軍台籍兵員之外，還有台中農學院及台中師範、台中商業、台中一中等校高年級學生。謝雪紅、吳振武、鍾逸人都各自有一批效忠者，但是恐怕並無人可眞正統領全體武裝隊伍。

三月五日，台中時局處理委員會再提出七項政治改革之主張：⑴實行完全省自治；⑵改組各級幹部，起用本省人才；⑶開放官軍民糧倉，供給省民，以安定民食；⑷廢止專賣制度，各種工廠交人民管理；⑸確保司法獨立，肅清軍警暴行，尊重民權，保障人民七大自由；⑹因「二・二八」事件憤起之民眾行動，一切

▲一九九一年十月，作者葉芸芸與藍運登先生於舊金山留影。

不得追究；(7)平抑物價，救濟失業，安定民生。

這七項政治改革要求，與台北處委會所提三十二條的基調是大同小異的。中部的地主階級與士紳們雖也有強烈的政治改革要求，但並沒有以武裝鬥爭這麼激烈的手段去爭取的動機與決心。而且，打從一開始，就籠罩在對抗「赤色份子」的疑懼中，開誠佈公的合作既然不可能，遂只有暗中較勁的消極反應，以及收拾殘局的準備。

接下重任的莊遂性，在米荒的情況下，向市民商殷募捐糧食，發動婦女會及女學生出來服務，利用台中師範學校的十幾口效率甚高的蒸汽飯鍋，每日準備飯團，供應民間武裝隊伍與被集中看管的外省人士。謝雪紅是否有足夠的社會關係，能籌措這麼多資源，安頓成百上千的民間武裝隊伍，誠然是值得存疑及難以回答的問題。三月八日以後，陸軍整編二十一師在基隆登陸的消息傳到，全市開始動搖，糧食的供應也就發生困難了，甚至沿街可見因恐慌而搬徙的市民，怕事的士紳也開始到鄉下去躲藏了。（畫家藍運登先生口述）

三月十一日的晚上，台中市時局處理委員會，開最後一次會議，只有莊遂性以及帶著武裝警衛的謝雪紅兩個人出席。莊氏要求謝雪紅領「二七部隊」撤出台

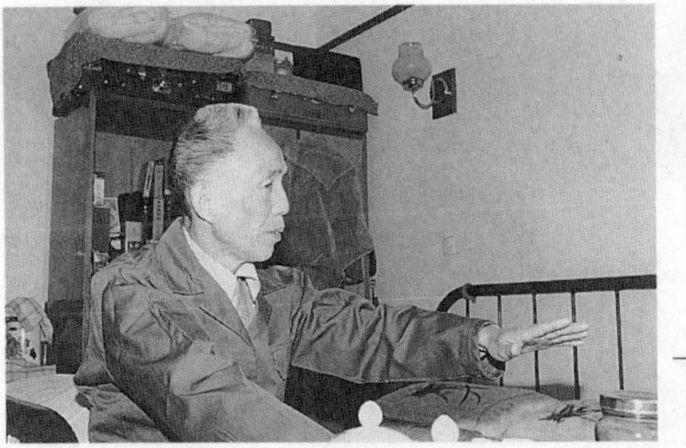

▲一九八八年十一月，作者葉芸芸於上海訪問李韶東。

中市，以免波及無辜市民，謝雪紅慨然答應。翌日下午，「二七部隊」果然開車，撤到埔里，隨行隊員到底多少？不詳。根據二七部隊的副官周明所言是兩百多人，二七部隊的隊長鍾逸人所說的數字則有數倍之多，另一位參加過烏牛湳之役的二七部隊隊員陳明忠卻說只有一百餘人。可以確定的是，此時有許多隊員離隊返家，正如李韶東所說的：「這種民眾自發組織的戰鬥部隊，都很鬆散，沒有什麼紀律和約束，本來是群眾自己找來的，後來人不來了，也沒有辦法啊！」（李韶東：「二月事件中的台中市」）特別是鄰近的彰化、豐原、員林各地的父老，怕惹事，也趕來領回他們的子弟。

日後到大陸定居的謝雪紅，據說曾因事件中拒絕與蔡孝乾合作，整合地下黨中、南部武裝力量，而在台盟（一九四七年十一月十二日，參加過「二·二八」的左派人士在香港所成立的「台灣民主自治同盟」之簡稱）內部受到批判。謝、蔡個人間的恩怨早溯自舊台共的時代，謝不肯合作或許是眞的。但事實上，當時謝也指揮不了隊伍，武器又在處委會控制之下，「事後的」諸葛亮也只能說這是一場美麗的誤會。錯覺的產生顯示出一連串的問題——事件中全省各地反政府和批判政府方對台中市反對勢力不切實際的厚望，事件當中的虛張聲勢以及事件後誇大不實的英雄事蹟

▲謝雪紅和楊克煌，晚年攝於大陸。

報導。

台中市在事件中，雖然鬧的最兇，但事件中、事件後的傷亡人數很少。二七部隊開到達埔里以後不久，鍾逸人及謝雪紅、楊克煌相繼離隊不知去向。只有當時方二十二歲的副官周明（古瑞雲），領著二七部隊的殘餘人員與二十一師，在埔里近郊有過一段戰鬥，後來在孤立無援的狀況下，不得已才解散了隊伍。

三月十三日下午三時許，二十一師開到台中市。林獻堂（國民參政員）、林連城（台中市參議員）、黃朝清（台中市參議會議長）、陳健文（台中市國民黨黨部主委）以及藍運登（畫家、社會賢達）等地方上的人物到火車站相迎。小心翼翼地，說一些「惹事的已經走了，留下的都是善良無辜的市民，等待國軍來保護。」的阿諛話。藍運登老先生回憶這段舊事，感慨萬千地說：「人生難免都會有屈辱的時刻。」

二十一師的師部就設營駐在台中市內，比較其他市鎮，二十一師在台中市的表現是很有節制的。推測可能與事件中財政處長嚴家淦在霧峰林家受到保護有關。而且，謝雪紅與二七部隊已經撤到埔里，地方上的士紳大可以將責任一概推給謝。莊遂性與楊逵、葉陶等人被捕，都自認必死，卻能保全一命。事件後台中市另有近二十人被捕，均在短期內一一釋回，但是他們的幸運是絕少的。楊逵生前

▲事變後（四月中旬）台灣省立台中圖書館全體館員，歡送莊垂勝館長（前排中間穿長袍者）留念。

曾提到，「以後我聽人講，調查局有一個比較開明，是我朋友的好朋友，『二·二八』之前就來台中。『二·二八』時開始捉人，他只捉走私和經濟犯，其他人都不動。」（楊逵口述：「二·二八事件前後」）這位擔任保安工作的H氏，有如下的證言：「當時我曾要求二十一師直接開進干城營區，駐紮下來，有事故才請他們出來處理。絕不准荷槍的士兵，在市內街頭騷擾百姓。我又到圖書館去看莊遂性先生，他仍照舊在上班，我勸他到鄉下避避風頭。他卻很嚴肅地回答：『我是台中市處理委員會的負責人，我怎麼能逃？而且，我自認沒有對不起國家，政府若是不能諒解，這款仔社會又有什麼可眷戀的？』」莊果然被捕，在扣押中曾作聯自輓，畫家朋友藍運登先生給他送去衣物，莊也對他說：「這款仔社會，活下去又有什麼意義？」

對莊遂性以及與他同輩的知識份子而言，日據時代，他們抵抗異族殖民統治，精神上依恃的是對中國傳統文化的肯定，特別是儒家思想。政治上，追求的是西方近代議會民主政治的理念。戰後初期，他們——具有現代市民意識的社會精英——滿心以為「光復」可以實現前半生的理想，固然是過份天真的主觀願望，但是祖國政府官僚接收台灣所表現的腐敗，以及處理「二·二八」事件的蠻橫暴烈，無異全盤否定他們前半生的執著與付出，這是他們情感上萬難接受，現實中又不能不屈服的困境。太平洋戰爭末期（一九四三年），被日本軍部徵召到馬尼拉，擔任報紙漢文欄（爲安撫華僑而設）編輯的葉榮鐘，在致友人莊遂性的詩中，有兩句爲「餘生祇合三緘口，去死猶懷一寸心。」意想不到的是，這兩句詩中所表達的，軍國主義下被殖民者的絕望與無力感，實在也是他們這一代知識份子，回歸祖國以後的後半生的眞實寫照。

莊的風骨，令H氏敬佩不已，因而傾力相救。楊逵生前對H氏有過「可以給他立銅像」的評價，在充滿仇恨、忿怒與恐懼的年代，這是難能可貴、撫慰人心的故事，畢竟像H氏這麼理解台灣人的外省籍官僚是不多。

莊的坦然無畏，固然是他個人修養的境界，卻也透露了，當時的台灣人，普遍地對大陸政治文化的隔閡與無知。丘念台在三月六日，致監察院院長于右任的電文說：「蓋現代化之民而施國內落後之政，久離隔之族而接五十年未習之風……」從日本殖民地時代，就活躍於社會運動的台灣精英、知識份子與地方士紳，面對複雜的中國現實政治，大多顯示出這種時代性的局限。因此在「二·二八」事件中就吃了眼前大虧，有很多人失蹤或被暗殺。

▲亡命於北京的「二・二八」有關台籍人士（攝於西元一九八七年）。

反而是居少數的共產黨人，無論是舊台共或中共地下黨人，對自己在事件中處境之險惡，比較有認知與警覺。可能他們在日據下經歷過大檢舉，以及借鏡大陸共產黨人在白區地下活動之經驗，另一方面，他們也有實際存在的組織關係。軍事鎮壓開始，無論是抛頭露面搞武裝抗爭的，或是隱藏幕後做智囊的，都能迅速匿藏起來，或試圖逃出島外，估計總共有近百名「二・二八」事件的關係者，日後在大陸定居下來。

起義與鎮壓

事件之初期，警備總司令部之軍事措施，一方面電請中央增調部隊，一方面抽調駐鳳山二十一師獨立團中之一營，及基隆要塞守備隊中之兩個中隊，開往台北拱衛省會。並劃定台北、基隆兩個戒嚴區，分別以憲四團團長張慕陶，基隆要塞司令史宏熹爲戒嚴司令，並劃定新竹、台中、南部三個防衛區，發表蘇紹文、黃國書爲該前兩區司令，嘉義以南則由高雄要塞司令彭孟緝負責，以承擔防務及應付事變。

三月八日，整編二十一師上陸以前，警備總部捏造藉口，謊稱南部民眾武裝隊伍有進犯台北市之舉，宣佈再戒嚴；並在圓山及市區內槍殺無辜學生、市民。

二十一師抵達以後，先控制台北市及周圍地區。三月十二日，空運新登陸之四三六團一個營至嘉義，以解嘉義機場孤軍之圍。同時，主力軍沿著鐵路，向中南部推進，展開綏靖，另一方面，整編二十一師獨立團，由團長何軍章率領，前往東部，綏靖花蓮港、大武等及東部高山地區。（國防部史政局：「二・二八事變始末大事記」）

民眾死傷最多的是基隆、高雄兩個要塞地區、嘉義機場一帶以及台北市。厲行恐怖，殺人最多的是基隆、高雄兩要塞司令部的駐防部隊，憲兵第四團，擔任警備總部及長官公署核心警衛的預備隊（特務營），以及警察大隊別動總隊。被殺害之人民，以青年學生為最多，一般民眾次之。流氓不良份子，據說有很多被收編入別動總隊，殘殺民眾。二月二十八日那天領銜請願隊伍的大鼓手周達鵬（似乎，周傳枝所指的周清波），後來竟名列「別動總隊」的隊長。（李翼中：「台灣二・二八事件日錄」）變亂過程的複雜可從而窺知其一斑。

監察委員何漢文，奉派會同閩台監察使楊亮功到台灣徹查事件。他曾與陳儀、高雄要塞司令彭孟緝、基隆要塞司令史宏熹、嘉義市長陳東生、台中市長黃克立談話，尋問各地死亡人數，而得到「總計台灣同胞在這次起義中死亡的，最少有七、八千人。連同受傷的，估計當在一萬人以上。」（何漢文：「台灣二・二八起義見聞紀略」）

但是因爲死亡被害者，多半爲當地士紳、知名人物，無形中擴大並且深化了恐怖感。據事變中在台灣省黨部宣傳處機關報《國是日報》任編輯的野僕說，「陳儀從福建帶來的一批軍統局特警東南訓練班出身的警備部特工人員，卻奉命祕密處決各地參與反政府活動的士紳人民。」（野僕：「二・二八事件的眞相」）此外，當時還「成立一個黨、政、軍、憲、警的聯合特務機構（可能就是黨、政、軍、憲、警聯席會報，簡稱特種會報），調查進步人士，製造黑名單，到處捉人。（中略）祕密調查參加『二・二八』事件的主要人物，執行逮捕、審訊、監禁、屠殺等工作。」（何聘儒：「蔣軍鎮壓台灣人民起義紀實」）監察委員何漢文也說：「軍事大屠殺以後，接著由黨、政、軍、憲、警聯合實行全面大搜捕，加以祕密殺害。」

全省各地之民眾武裝，以嘉義地區組織的最好。軍民衝突，戰鬥最激烈的是嘉義機場的攻防戰。

嘉義市的騷動是三月二日開始的，毆打外省人，搗毀市長公館，警察局在民眾包圍下繳械。三日上午舉行市民大會，組織處理委員會與防衛司令部。下午，民眾武裝隊伍攻下空軍軍械庫，取得相當多數量的武器，聲勢大增。晚上，市民佔領市政府，外省籍公教人員八、九百人，被集中在市黨部、參議會、中山堂等地。嘉義市長及一部分外省公教人員，則隨駐守軍隊（二十一軍獨立團第一營，是整編二十一師派來台灣的先遣部隊，在事變發生前已駐守在台灣南部）退入紅毛碑。

經晝夜激戰，雙方死傷慘重。二十一軍獨立團第一營營長羅迪光，下令炸毀紅毛碑第十九軍械庫，率部退守到水上飛機場內，並向台北警備總部告急。三月六日，柯遠芬派機輸運彈糧補給，空投在水上飛機場。三月十二日下午，二十一軍援軍空運抵達嘉義，開始反撲。展開血腥鎮壓，死傷或被捕的青年、學生、市民相當多，但數字不詳。

嘉義地區的武裝隊伍，在其組織形式上公佈有高山部隊、海軍部隊、陸軍部隊、學生總隊、海外歸來總隊、社會總隊等等，以及稍後成立的「台灣民主聯軍」，由張志忠和陳復志兩人指導指揮。激戰數日中，嘉義市頗多男女學生出動協助，又有台中、竹山青年趕來參加。張志忠是嘉義朴子人，本名張梗，早年到大陸參加華南游擊戰爭，抗日戰爭中隨陳毅部隊轉戰蘇北，升任新四軍的團長，一九四六年初偕妻季澐返台，是中共台灣地下黨負責人之一。「二・二八」當中，張志忠曾過訪台中的二七部隊。陳復志是保定軍校出身，抗戰中升至國府軍中校副團長，戰後返台在嘉義，擔任三民主義青年團籌備處總幹事，成立後任嘉義分團主任。三月十三日，憲兵隊以卡車載陳復志遊街示眾，之後在嘉義火車站前廣場槍決。其後又陸續有盧炳欽、潘木枝、陳澄波、柯麟等十一位市參議員及民眾代表被拖到嘉義火車站前廣場，用鐵絲捆縛成隊示眾，並加以槍斃。

虎尾、斗六兩地青年，於三月二日夜，襲擊兩地區公署和警察局，取得武器，組成「斗六警備隊」，由陳篡地領導。五日夜晚，有斗六、斗南、虎尾、竹山、台中、林內各地青年匯合，編成聯合軍，向守備虎尾飛機場的守軍（三百多名）進攻，翌日守軍投降，被集中於林內國校內。三月十四日，二十一軍由嘉義大舉出擊，抵達斗六，陳篡地領部隊上小梅山中，打了一段時期的游擊戰。據聞，事變塵埃落定後，陳篡地由其台中一中昔日同窗謝東閔擔保自新。

高雄市的暴動，開始於三日晚間，到處一片打「阿山」，市內極爲紊亂。五日成立「處理委員會」及「總指揮部」，由涂光明指揮。三青團全部成員參加，本省籍警察二百餘人，也攜帶武器加入民眾武裝隊伍。市內軍政機關，悉數被民

▲彭孟緝，事變時任高雄要塞司令，對高雄一帶採取閃電式恐怖鎮壓。

眾佔領，官兵七百餘名被集中看管，外省籍公務人員均避入高雄要塞司令部內。

要塞司令彭孟緝，曾經下達格殺勿論之令，實施殘酷無比的鎮壓行動以對付請願、騷亂、起義的民眾。駐守鳳山的二十一軍獨立團第二營有一個連，在副營長劉家騶指揮下，分乘四部卡車，架著七、八挺機關槍在汽車上，不分青紅皂白的向沿途路人掃射，被打死的無辜者很多。（何聘儒：「蔣軍鎮壓台灣人民起義紀實」）

三月六日，青年代表涂光明、曾鳳鳴，苓雅區區長林界，以及市參議會議長彭清靠（彭明敏父親），及市長黃仲圖前去要塞司令部談判。談判破裂後，五人當中的三名代表林界和涂光明、曾鳳鳴，未經任何審判，馬上當場被槍斃。議長彭清靠被扣在要塞司令部，市長黃仲圖被趕下山。駐軍從要塞衝下山來——聚集在市政府內，等待市長及代表們回來，商討地方治安維持之問題的地方士紳，三百多位，手無寸鐵，竟然受到機關槍野蠻絕倫的掃射。高雄市的殺伐持續了好多天，據說沿著愛河到處都是屍體，愛河的水都變成了紅色的。

三月十三日，當援兵二十一軍一四五師抵達高雄時，事實上高雄市已經很平靜，也無「暴民」可敉平了。

基隆以距離近，交通方便，台北「二・二八」當日的騷動，首先受波及。二

▲事變後來台調查的閩台監察使楊亮功。

十八日當晚，在大世界戲院門前，就發生毆打「阿山」的事情，又有民眾襲擊警察局，基隆要塞司令史宏熹派出軍隊開槍彈壓，驅散群眾，同夜宣佈戒嚴。三月一日的基隆，平日的活動都停擺了，只有荷槍戒備巡邏的兵士到處可見，而不知戒嚴可懼，仍然出來走動的升斗市民，很多因此冤死在槍彈下。

三月七日，援軍不日可到的消息，在基隆、台北地區傳開，人心頓時惶惶不安起來了。

三月七日下午，閩台監察使楊亮功與憲兵第四團的兩營憲兵，由福州開赴台灣，第二天清晨抵達基隆，登岸以前有一番折騰，港內機槍聲陣陣傳來。據說，碼頭工人與青年、學生準備要炸毀碼頭，以阻止軍隊登岸。基隆要塞司令部發現二十輛裝滿爆炸物的卡車，停在碼頭上。（楊亮功：「二‧二八事件調查報告及處理經過」）

登陸的部隊可能預期，上陸時會遭遇武力抵抗，因而在船艦上就開槍射擊岸上，要塞司令部也向碼頭進逼，民眾受到雙方夾殺，死傷相當嚴重。

以下四則「見證」，是軍隊登陸以後之一週間，殘酷彈壓的情形。

㈠莊嘉農（蘇新）：《憤怒的台灣》

閩台監察使楊亮功在憲兵第四團保衛之下，到達基隆時，基隆要塞司令部與憲兵夾攻基隆市民，大砲、機槍、步槍齊響，殺死許許多多的市民，老幼男婦都有。接著，第二十一師到達時，又再大殺一陣，同時基隆市長石延漢指揮警察隊到處捕人，捕了數百個「奸匪暴徒」，用鐵線串足，每三人或五人爲一組，捆縛一起，單人則裝入蔴袋，投入海中，天天海面皆有死屍浮出，致一般市民，在一個月之間，不敢食魚介類。要塞司令史宏熹也率領「武裝同志」，逐日大捕殺。其屠殺方式，殘酷絕倫，二十名青年學生，被割去耳鼻及生殖器，然後用刺刀戳死！

在台北方面：自三月八日至十二日爲止，足足殺四晝夜。市民爲了買糧外出，輒遭射殺，因此在馬路上、小巷內、鐵道邊、到處都有死人，鮮紅的血，模糊的肉，比「二・二八」日更多了幾十倍。蔣軍抵達台北時，在鐵路管理委員會裡面辦事的三十餘名青年一時逃避不及，被蔣軍捕獲，一律自三層樓上擲下，跌得頭破骨折，血肉狼藉，不死者再補一刺刀，無一倖免。

在戒嚴當中，廣播電台天天傳達警備司令部的命令：一切公務人員必須立即上班，一切學生必須照常上課，一切工人必須照常上工。但是上了班的公務人員，個個都死在十字街頭；上了課的學生都一批批的死在學校門口；上了工的工人都一去不復返。這些屍體都被投入淡水河裡，以至黃色的河水都變了紅色，腐爛的屍體，一個一個的浮上了水面，其慘狀令人不敢正視。

㈡何聘儒：蔣軍鎮壓台灣人民起義紀實

三月五日，一四六師的四三八團先行在吳淞軍用碼頭上船開台。四三六團隨之在一碼頭登另一隻海寧號輪船。

三月八日午前，四三八團乘船開進基隆港，尚未靠岸即遭到岸上群衆的怒吼反抗。但該團在基隆要塞部隊的配合下，立刻架起機槍向岸上群衆亂掃，很多人被打得頭破腿斷，肝腸滿地，甚至孕婦、小孩亦不倖免。直至晚上我隨軍部船隻靠岸登陸後，碼頭附近一帶，在燈光下尚可看到斑斑血跡。

部隊登陸後，即派一個營佔領基隆周圍要地，並四出搜捕「亂民」。主力迅即向台北推進，沿途見到人多的地方，即瘋狂地進行掃射，眞像瘋狗一樣，到處亂咬。到達台北的當天下午，又空運一個營到嘉義。嘉義羅迪光營殘部在增援部隊剛一下飛機場，即配合援軍向四周武裝的人民進行大屠殺，當場死傷數以千計。

㈢張琴（胡邦憲，即胡允恭）：**台灣眞相**（刊載於《文萃叢刊》第二期，一九四七年四月五日出版）

從九日起，台北基隆一律宣佈戒嚴，以便搜緝奸匪暴徒，以後又有警務處長王某宣佈國軍某師來了，善良的人民，不必害怕，奸匪暴徒們則勢須清除，以去害群之馬云云。之後市面稍安靜一時，但旋即槍聲四起。九、十兩日全台北市的槍聲，有如國內慶祝新年一樣，斷斷續續彼此的響著。

直到十二日市上才稍安定，這時才獲知八日下午國軍在基隆登岸，即以機槍隊爲前鋒，遇到市民即密集掃射，基隆死了許許多多的市民，老幼男婦都有。並悉閩台監察使楊亮功奉令赴台調查，由基隆下船，也遭暴徒襲擊，某祕書傷手，楊也下令射殺暴徒。台北市在九、十兩日，市外人民因事外出，輒遭射殺，因此馬路上、小巷內、鐵路邊，到處皆有死人。鮮紅的血，模糊的肉，比「二・二八」日更多了幾十倍，這些死者都是台灣人，士兵看到台灣人的怪裝束，不要問話，即開槍射殺。遇到外省人則不加盤問。十一、十二兩天，在僻靜的地方，仍是任意屠殺人民，士兵們說：台灣人不承認是中國人，他們打死中國人太多了，上頭准許我們來殺他們，這幾天殺得眞痛快！

㈣雪穆：我從台灣活著回來（刊載於《文萃叢刊》第二期，一九四七年四月五日出版）

十日下午我走出門去，通過步哨的時候，我舉起雙手來，說明我的身份，那個舉槍欲射的衛兵聽我的口音是內地人，揮揮手，表示讓我通過。我正舉步向前，後面遠遠的來了一個台灣老人，衛兵吼他站住，那老頭兒驚恐的站住又向前走了幾步，忽然一聲尖銳的槍聲，從我身旁掃過，我吃一驚，看那老頭兒已經倒在血泊中了，而我的心也像中了槍彈一樣，說不出那份麻木和痛苦的味道來。

我帶著這種心情遊走市街，發現大街小巷到處都是被槍殺的屍首，南國的暖陽照在上面，都已經發腫了，而且微微有些臭味。前面有兩個軍官握著手槍，隨時準備放射的樣子，在悠閒地散步，向我這邊走來，他們打量了我一下，大約看我的服飾和模樣，不像台灣人，沒有理我。我只聽見其中一個對另一個說：

「眞無聊，我們找個『肉把子』打去！」我眞十分驚佩於他們的這種口氣，不禁打了一個寒戰，恍若置身鬼窟！

二十日搭火車去基隆，在台北火車站候車的時候，我將我留戀的眼光向這個初經重創的城市作最後的一瞥，我看見一輛卡車載運著學生、工人以及浪人模樣的青年，由憲兵押管著在街心馳過，許多行人都駐足沉默地望著，然而他們的心裡想些甚麼呢？那批青年又是運到甚麼地方去的呢？

到達基隆，港口裡的小艇正來往穿梭，在打撈浮在水面的屍首，據說這些屍首都是在黑夜裡一樣用小艇把活人運到港心投下去的。此時有成群的人站在岸邊觀看，有的老太婆扶著手杖，年輕的婦人提著裙子——大約她們發現了她們底愛子或丈夫，在那裡搶天呼地的嚎哭著，這景象眞是使人膽寒。

▲事變後來台安撫的國防部長白崇禧（右）與陳儀合照。

清鄉

三月十七日，代表國府蔣介石主席蒞台宣慰的國防部長白崇禧對全省廣播，宣稱國民政府中央對「二・二八」事件的處理，將秉持和平寬大的原則。粗暴的軍事鎮壓，暫時告一段落。緊接著，警備總司令部下令，全省各縣市同時分區實施清鄉計畫，徹底追究事件之關係者。

清鄉之具體內容是「清查戶口，檢舉歹徒，收繳民槍，獎懲等方法，全面同時進行」。全省各縣市要同時分區進行，其規模之大可以想像，而其恐怖之處，則在於「連坐處分」，戶口清查之後，須辦理「連保切結書」，令人民互取保結由鄰里戶長三人爲保結人，如被保人有不法行爲，保結人應受連坐處分。

清鄉表面上由市政府負責主持，實受綏靖區司令指揮，會同當地之軍、警、憲，並召集區鄉鎮里鄰長辦理之。全省分成台北、基隆、新竹、中部、南部、東部、馬公等七個綏靖區。（台灣省警備總司令部：「修正台灣省縣市區清鄉計畫」）

綏靖清鄉計畫，由警總參謀長柯遠芬主持，國防部長白崇禧晚年留下的訪問紀錄，指出柯下令鐵腕執行，竟有「寧可枉殺九十九個，只要殺死一個眞的就可以」的狂言。柯遠芬引用列寧說的話：「對敵人寬大，就是對同志殘酷。」

閩台監察使楊亮功曾經在四月十七日，上電于右任院長：「此次『二・二八』事變中央寬大爲懷，而地方政府濫事拘捕，人心惶惶。擬請轉陳中央嚴令地方政府不得採取報復行動。並須注意下列兩點：⑴非直接參加暴動者不得逮捕；⑵處理人犯須依法律程序。」蔣介石亦曾電致陳儀「台灣陳長官，請兄負責嚴禁軍政人員施行報復，否則以抗令論。」陳儀覆電「已遵命嚴飭遵辦」。從結果來看，這些電文都只是官樣文章，對於在現場（台灣）發生的事情並無任何約束力。

同樣地，陳儀在三月十六日就發佈「告駐台全體官兵書」，明定綏靖期間，盡量避免擾民，絕對禁止官兵藉端搶掠、污辱或恫嚇良民。但是趁火打劫的，向涉事者家屬勒索敲詐的事多如牛毛。據說多爲閩、台籍的各派系特工人員所爲，警總參謀長柯遠芬本身也涉嫌勒索的事情，《中外日報》的發行人林宗賢（板橋林本源家人）與林詩黨、呂伯雄、駱水源、李萬居等共同被推爲「處委會」代表，於三月三日到美國領事館，請求「將台灣事變眞相周知全世界及中央政府，說明台灣人要求改革台灣政治，別無他圖」。（《楊亮功先生年譜》）事後林被捕，與台中和平日報社社長李上根同囚一室，據李上根說林家花費很多的錢財才將他贖回。楊亮功則直指柯遠芬就是勒索鉅款的人，並說「此不過是柯作惡之一例」。（《楊亮功先生年譜》）

三月二十日以後，整二十一師全部到達，清鄉的工作則自三月二十一日，在

▲連震東，台灣省參議會祕書長，也是半山。

▲袁國欽，事變當時台南縣縣長，據傳為中共地下黨員。

全省各地挨家挨戶的開始了，陳儀遲至三月二十六日，才發佈「陳兼總司令為實施清鄉告全省民眾書」。五月份初見收成效，警備總司令部發佈通緝令和一批通緝名單，這批名單包括三十幾名事件中各地的活躍份子，被控以「內亂罪」嫌，由高等法院檢察官起訴。其中有王添灯、林連宗、黃朝生、陳屋等八人，其時已失蹤遇害。軍隊開始鎮壓以後，第一批被捕遇害的，可以說都是社會精英。

吳濁流提出過一個疑問，「是誰策劃把台灣人的智識份子階級一網打盡的？」據說曾經有一份黑名單的存在，包括二百多名台籍人士，均是各地各界的領導者。這份黑名單是重慶回來的「半山」劉啓光、林頂立、游彌堅、連震東、黃朝琴等人所提出的。（吳濁流：《台灣連翹》）

當時的民政處長周一鶚說：「陳儀此番到台，原主張放寬政治尺度，絕不隨便捕人，尤其是對本省籍人士更應該開明一些。但警備總部和憲兵團以及國民黨省黨部對所謂異黨活動份子，仍偵察不遺餘力。」省黨部主委李翼中曾經提出一份「異黨活動名單」，包括謝雪紅、林日高、宋斐如等本省籍人士，以及大陸籍的丁文浩（《和平日報》記者）、謝爽秋（《新聞報》特派員）、袁國欽（台南縣長）等多人。

▲宋斐如、區劍華夫婦。宋死於「二・二八」事變，其妻死於「白色恐怖」時期。

晚近，陳儀的班底周一鶚、丁名楠等的著述中，都提到「二・二八」事件發生後，陳儀對整個局勢失去控制，軍統與中統合流，陳儀完全不能約束他們。混亂中，他們任意闖入民宅，拘捕看不順眼的人，暗中加以殺害。關於宋斐如和林茂生之死，陳儀曾說：「他們（指軍統特務）事先不請示，事後還要求補辦手續，眞是無法無天。」（丁名楠：「二・二八事件親歷、見聞雜記」及周一鶚：「陳儀在台灣」）

同流合污的，絕不只是軍統和中統，違法殺人作惡的事，柯遠芬（警總）和張慕陶（憲兵第四團）恐怕只有過之而無不及。王添灯慘死在張慕陶手上。（蘇新：「王添灯事略」）檢察官吳鴻麒之死，楊亮功曾查詢長官公署、憲兵第四團及省黨部，均不得要領，其情況之混亂可見一斑。而張七郎父子、施江南、王育霖、陳炘等許許多多死得不明不白的人，他們的死因，恐怕還要一番追究，才能大白。

還有許多外省籍的新聞界人士，也在「二・二八」事件中被捕或被殺。《民報》、《人民導報》、《中外日報》、《重建日報》等報紙被查封。

陳儀離台之前，曾指令周一鶚（民政處長）和徐世炎（賢？警總軍法處長）作一總結。但因柯遠芬多方推託，不肯交出有關「二・二八」事件的案卷，而未實現。（周一鶚：「陳儀在台灣」）

這一段文字難以描繪，後來的人也很難想像的恐怖黑暗的歲月，死者不能復生，生者毫無尊嚴地活著。社會氛圍也充塞著驚駭。我們無從知曉，每一個夜半凌晨，有多少人被任意逮捕？有多少人未經法律審判就被殺害？甚至死前還要受盡凌辱。他們是地主、士紳、醫生、律師、新聞記者、編輯、青年、學生。他們是人子、人夫、人父，他們也不分省籍。

幸運未被逮捕的，競相走避到海外及中國大陸，匿藏到山上、鄉下農村裡，因而連累親友的也很多。

三月二十九日，警總公佈「准許參加暴動份子非主謀者自新公告」，雖也有洞察先機者，暗中勸阻涉事青年，勿踏入誘捕之圈套。但是走投無路、不得已而向警憲「自新」的仍大有人在。驚駭恐懼之餘，出賣別人以求自保的事，也時有所聞。甚至密告、嫁禍羅織、公報私怨、借刀殺人、剷除異己、卑鄙的政治誣陷等醜陋行徑，及惡人的劣根性又原形畢露地橫行一時。

曾經任保安工作的H氏說，事件過後，台中市的憲兵團，逮捕了二十多人，包括楊逵、葉陶、張深瑞、張深切、藍運登、莊遂性等多位「文化仙」（日據時代，民族運動的積極知識份子），而他們之所以被捕，多半是受人密告。耐人尋味並值得深思的是，告密者均是昔日的御用士紳，戰後積極表現愛國而求自保並圖掩飾與日帝同流合污的臭事前科，前呼後應緊跟著接收官僚的一些「新」人物。

清鄉、自新一直持續到一九四七年的年底。範圍一再擴大，竟追溯到日據時代，任何涉有政治案前科者均在追究之內，林田烈、蕭來福、李喬松等一些舊台共人士，被迫離開台灣。

一直要到一九五〇年的五月，「二・二八」事件有關公案才正式公佈結案。

肅匪掃紅已在一九四九年底悄悄地展開。面對存亡掙扎的國府，在蔣介石的領導下，焦急地要確立在台灣的絕對控制權。五月一日，實施全省戶口總檢查，五月二十日，再度發佈戒嚴令。整個台灣在風聲鶴唳、草木皆兵情況下，被驅趕著，跨入徹底高壓的戒嚴統治時代。

第三篇 病變的後遺症及影響

第九章 歷史的傷痕

雖然形式上已解了嚴，社會上仍有一大片不明朗、不透明的部分有待揭明。只有台灣朝野合力彌平「二・二八」遺族的傷痕，化解認同危機、克服戒嚴文化的病理，台灣才能妥善地解決今天所面臨的各項政治、社會難題。

台灣的經濟在近二十年來有飛躍的進展，物質生活富裕繁榮，然而在精神層次上卻呈現思想貧乏、價值觀與道德倫理秩序混亂、是非不明的混沌局面。連應做爲社會思考中樞的學術界也不免於思慮不清，未能發揮釋疑解難的角色。

像「二・二八」這樣傷亡慘重的歷史悲劇，遺族與整個社會都可謂創鉅痛深，然而，過去學界卻鮮見有考證精審的資料彙編與見解精闢的論述。從嚴謹的歷史與社會科學研究的觀點來看，有關「二・二八」的文章，大體上仍停留在比較粗糙的感性認知的階段，還沒有加以提昇，做深刻理性的認知，因而許多史實與觀念仍未釐清，陷於錯綜糾葛，顛倒錯亂，久久不得其解，遺族的傷痕也就難以癒合。

據我多年的訪問與研究心得，遺族的傷痕主要是在「二・二八」時，由於有關當局未經合法的法律程序與公開審判，即濫肆拘捕、槍殺百姓，家人突然無故失蹤，杳無音訊，然後就傳出被捕被殺的消息。被捕的，想盡辦法請託關係說情、賄賂，傾家蕩產也在所不惜地奔走營救；被殺的，能收到屍首還算不幸中之大幸，有些連怎麼死的？死在哪兒？都無從知曉，更遑論收屍安葬了。在這樣的情況下，「二・二八」受難家屬除了爲骨肉血親的死於非命悲傷之外，其心理的憤恨不平也難以消除，成爲久久不得癒合的傷痕。

恐怖主義的恐怖

最近台灣社會流行談「白色恐怖」如何如何，但也許是我孤陋寡聞，迄今未見有深度解析何謂「白色恐怖」的文章。現在我不揣淺陋，在此做一番釐清。

所謂terrorism（可譯爲恐怖行爲或恐怖主義）是指「出於政治目的對反對者行使恣意的暴力」。反過來說，法治國家的國家機關不是恣意而是經由法定程序對個人行使的某種強制行爲，則不稱謂恐怖行爲或恐怖主義；在一般法治國家中，恐怖行爲主要是指由私人團體或私人所行使的非法行爲。然而，特別要指出的是，政府機關若未經由法律程序或者停止法律程序，對反對者或一般民眾濫施強制行爲，也就是政府不分青紅皂白地濫用國家體制的暴力，也屬於恐怖行爲或恐怖主義。

■白色恐怖

台灣現在一般是把國民黨行使的高壓統治抨擊爲「白色恐怖」。從學理上來講，應該更細緻精確地來界定「白色恐怖」。所謂的「白色恐怖」不只在台灣、中國大陸，甚至在世界各地都發生過，尤其當前很多第三世界的百姓都受到「白色恐怖」的威脅。我們可把「白色恐怖」很精要地定義爲：由反革命派所行使的恐怖行爲。任何一個比較落後的社會（例如現在的第三世界）執政者在面臨民眾的叛亂或革命，或者恐懼革命叛亂將如星火燎原威脅到其統治權力而亟思及早撲滅時，就會採用恐怖手段來對付異己，這就是學理上所謂的「白色恐怖」。

行使「白色恐怖」的主體有兩種：一、是政府有關當局；二、是政府以外的團體或個人。我們可舉幾個史例來說明，第一個例子是法國大革命期間，自一七九四年七月二十七日開始的「熱月反動」（Réaction de Thermidor）。在「熱月反動」中，由資產階級所控制而由山岳派（Montagnards）主導的國民公會，把原本執政的革命派羅伯斯庇爾（Maximilien de Robespierre）等人趕下台，送上斷頭台，封閉革命派的雅各賓（Jacobins）俱樂部，並在全國各地肅淸雅各賓份子，雅各賓派紛紛遭到監禁、屠殺，造成歷史上著名的「白色恐怖」。

第二個例子是一九三三年，德國納粹黨上台執政後，即解散各反對政黨，大肆捕捉、撲殺德國左翼人士及其他反對派。第三個例子是第二次世界大戰前及大戰中，日本右翼政團與軍國主義份子進行「一人一殺」的恐怖行動，凡有反對天皇制及軍國主義者即予捕殺。

■紅色恐怖

在「白色恐怖」之外，還有「紅色恐怖」在台灣鮮爲人提及，但卻是討論恐怖主義所不能忽略的。所謂「紅色恐怖」是指由革命派所實施的恐怖行爲。

這有兩種情況：一種是任一革命政權在革命後，政權尚未穩定的階段，所行使的鎮壓反革命行動。這同樣也可舉史例來說明，例子之一是法國大革命時，集結於雅各賓俱樂部的政治勢力——雅各賓派——在革命當權後，實行獨裁統治，法國波旁（Bourbon）王朝的封建貴族、天主教僧侶教士等反革命份子拿起武器反撲時，雅各賓派即大肆搜捕反對派人士，且不經審判就地處決或拘禁，造成數萬人喪生，三十萬人被拘押的恐怖統治。例子之二是一九一七年俄國布爾雪維克（Bol'sheviki）共產黨革命成功掌握政權後，也極力肅清帝俄的貴族、地主、資本家及其附從者。

第二種「紅色恐怖」是由尚未獲得政權的革命集團所行使的恐怖行爲。例如：在帝俄時期的一八六〇～九〇年代，由主張「解放農奴」、「分配土地給農民」及「知識份子應『到民間去』向農民學習、爲農民服務」的民粹派（Narodniki）團體「土地與自由社」中的激進派所組成的「民意黨」（Narodnaya Volya），就常使用暗殺帝俄政要的恐怖手段。其目的一方面是爲被帝俄政府捕殺的同志復仇，一方面是認爲藉暴力流血除去掌握大權的頭頭，則專制政權自然易於崩解，同時也可使統治階級心生恐懼，放鬆對革命派的鎮壓。再者，同樣在帝俄時期的十九世紀末、二十世紀初崛起，主張俄國不必經過資本主義可直接由農村共同體「村社」進入社會主義的「社會革命黨」（Socialist Revolutionary Party），也組織有戰鬥團，使用暗殺等暴力行爲，希望藉此能從貴族、地主手中奪取土地分配給農民。

恐怖政治下的歷史暗影

經過上述的討論把「恐怖主義」、「白色恐怖」、「紅色恐怖」的概念分別予以釐清之後，我們再來談何謂「恐怖政治」。恐怖政治的一個顯例就是前面已提過的法國大革命時，雅各賓左派爲了推行革命，實行獨裁而把貴族、地主、教士等舊勢力推上斷頭台的血腥鎮壓行動，「恐怖政治」的目的就在懾服反對者，使其心生恐懼，服從己方的意志。

爲了便於說明「二・二八」混亂時期的恐怖政治，我們可以說，所謂「恐怖政治」就是當政者沒有得到被統治者的同意，而對反對人士行使祕密逮捕、暗殺等暴力、威脅行爲。這些暴力行爲通常由警察、憲兵或軍隊行使，但有時也以黑道的幫會組織爲馬前卒。

台灣在經歷「二・二八」的大鎮壓之後，很不幸的，五〇年代的「白色恐怖」又接踵而至。一九四九年國民黨在國共內戰潰敗，國府中央倉皇避台。爲了鞏

▲胡乃元與舅父李鎮源博士參加「反閱兵、廢止刑法一〇〇條」靜坐運動。

固在台灣的統治政權，國府在台實行近四十年的軍事戒嚴統治體制，並從四〇年代末期開始進行「台‧澎全區大清洗」，全力搜索左翼人士；數以萬計的左翼人士與無辜被株連的民眾遭到祕密逮捕、槍殺，那種風聲鶴唳、恐怖肅殺的政治氣候，令台灣民眾戰戰危懼，驚恐莫名，形成民眾心中的歷史暗影。

目前台灣一般較常談到「二‧二八」的傷痕，「二‧二八」的歷史較多得到平反，而四〇年代末期以降的「白色恐怖」則仍處於隱晦不明的狀態，「白色恐怖」的受害者仍難以平反申冤，這使台灣的戰後史無法有比較完整的面貌，也使民眾的歷史認知產生偏差，增加了台灣政治的混亂。實際上，「二‧二八」與「白色恐怖」的恐怖政治所帶給台灣民眾的歷史暗影是連繫在一起、不可分割的。以下我分別就台灣籍、大陸籍、先住民的知識份子各舉實例，略做說明。

■得罪特務頭子，換來十年囹圄

去年十月九日，在台大醫學院基礎大樓前，「一〇〇行動聯盟」的抗議靜坐場面出現了甚爲感人的情景。世界級名小提琴家胡乃元穿上「反閱兵‧廢惡法」的背心，用露天演奏方式給靜坐團打氣。

有何人眞正知道，這場不同尋常的「樂景」背後所迴盪著的悲劇性血與淚的故事？

胡乃元是李鎭源老先生的外甥已見於報導，但乃元的父親胡鑫麟博士的一段難以抹消的往事遭遇，卻鮮爲人知。

「二·二八」事變前，因看病順序（斯時胡鑫麟在台大醫學院眼科任教兼同科主任）得罪王民寧（台灣「半山」，時任職於警備總司令部副官處少將處長，「二·二八」事變過程中接替胡福相任警務處處長），被拘禁了三、四天。據胡博士告訴筆者，因有被拘禁三、四天的經驗受到了教訓，故一直觀望著「二·二八」事變的動向。胡醫師的一批常聚在一起宏論世界、國家大事的台大醫院的朋友們，早知道輕舉盲動成不了大事，但一些年輕朋友卻沉不住氣，到處亂闖，不但被壞人利用，最後有些人還被捕殺，眞是傷天害理、令人悲憤的事。

「二·二八」時，胡醫師雖然躲過一劫，但繼之而來的「白色恐怖」卻降臨在他身上。即將動身赴美留學的胡醫師被逮捕，最後在火燒島坐了十年的政治牢。同案的老朋友台大醫師許強等人被槍斃。入獄不久，自稱情治人員的台籍人士找上了胡太太娘家說，可花錢消災，李老太太（李鎭源博士的母親）答，「我們可以

▲世界級小提琴家胡乃元。

付錢，但要與我的女婿胡鑫麟當場交換」。於是這項敲詐抑或騙局遂沒有得逞。這一類人的劣根性，不分本、外省籍，當時瀰漫了全台灣。恐怖政治不但帶來了恐怖、血債，還累積了民怨及憎惡。

乃元獲獎（伊莉莎白皇后小提琴大賽獎）後不久，筆者有個機會與胡家聚餐。胡夫人（李碧珠女士）說，「我們感謝客家人朋友邱仕榮博士（台大醫學院的名婦產科教授），假若沒有邱先生把我從台大醫院趕回家，乃元可能就不存在了。」乃元係胡醫師從火燒島返家後的「愛的結晶」，當時胡太太已是高齡孕婦，害喜害得很厲害，不想保留孩子，因而去看邱教授。我一方面聆聽他們兩老的故事，腦際迴盪的是，任何恐怖政治都不該讓它存在於世，這個信念更是鞏固。若是胡老也被槍斃的話，名小提琴家胡乃元從何而來？甚至於我又想及許強醫師（他是我建中時代一些同學所崇拜的前輩），許強醫師若沒有倒在白色恐怖的槍口下，台大內科除了宋瑞樓博士外，我們醫學界一定還可以擁有不亞於宋博士的許強名教授。回憶至此，熱淚不禁奪眶而出，久久不能自已。

■因聲名引來殺機的「華僑」老師

胡鑫麟博士還告訴我們夫婦，有關北京人徐征老師的一些事蹟。

徐征老師是日據末期至「二・二八」事變前夕，一些已覺醒的台灣愛國、民族主義男女青年所尊敬的老師。據胡老的記憶，徐是一九三〇年代末期，自北京來台北教中文和中國話（北京官話）的。斯時，台北帝大醫學院，聘請徐征先生開了非正式講座的中國語文課程，在此課程中，徐征老師給謝娥（光復後活躍於台北及全台灣的婦女運動界，「二・二八」事變因在無線電廣播中說錯了兩句話，家具被亢奮且憤怒的民衆焚毀）、郭琇琮（一九五〇年十一月二十八日，因中共地下黨案被槍決）等人授課，並帶他們熟讀三〇年代的作家魯迅、巴金、老舍……等人的作品。一九四四年因有台籍人士告密，日本憲兵隊逮捕了徐征、謝娥、郭琇琮等人，一直把他們關到日本戰敗之期爲止。

胡老繼續說：「據我所判斷，徐老師根本不是左派人士，更不像是中共地下黨人士。光復後，當他教我們用北京話唱『滿江紅』、『義勇軍進行曲』等時，他是坐著教，但是當他教我們唱中華民國國歌時，卻是非常正經，甚至肅然立正的。一些左傾人士，雖然尊敬他的人品，但背後卻笑他的保守及頑固。勉強地要給徐征老師下評價的話，我是把他當爲三〇年代最良質的中國自由派文化人來看待。

「在『二・二八』事變當中，他住在大橋頭附近的台籍人社區，徐家不但不曾受到干擾，還受到了一般台灣老百姓的禮遇。他始終並無涉及『二・二八』事變，不過，事變隨後的三月十五日，徐征被官方機構帶走從而失蹤。暗算他的原因，被認爲有二：⑴他的台籍青年學生們，大部分都是傾向愛國、民族主義的精英，甚至於有一部分是左傾青年，事變中領導了青年學生運動。他們過去愈是抗日愛國，他們對陳儀及長官公署的批判抨擊就愈激烈，因而波及到徐征。⑵當年，徐征老師屬於『華僑』（光復前已在台灣定住的中國籍人士，大部分爲福建人，尤其以福州人爲主流）界的著名人士，他的學識聲望顯赫，但脾氣相當剛直，不容於當年執台北華僑界牛耳的福州幫，是眾人皆知的事。我們不排除這是他被暗殺的主要原因，當然，亦可視爲私仇公報和爭權奪位被陷害的一個不幸例子來看。」

■慘遭株連的山地精英

中壢、桃園、大溪一帶醫學界老一輩人士，都不會忘記角板山一位山地同胞醫師林瑞昌先生的名字。記得，他們在日治時代由日本警察強加給他們家的姓是

「日野」。光復前，山地同胞出身的醫生（台北醫學專門學校畢業生）僅有兩位，林醫師因是泰雅族出身，霧社蜂起事件（一九三〇年）的善後處理時被日本當局抬出來安撫山地同胞人心，而受過注目。

光復後，理所當然地，他自日野改漢姓爲林，同時被推舉爲山地籍省議員。「二・二八」事變中，許多平地台籍青年都對角板山的泰雅族青年打過主意，但都由林瑞昌醫師勸止，因此並未惹禍。

沒有想到，「白色恐怖」時代卻受到中共地下黨山地工作委員會組織的牽連被處決。其侄林昭明則因「蓬萊民族自救鬥爭青年同盟」叛亂案而被處十五年徒刑。周圍的熟人，自《中央日報》看到他們的案情時，人人都在長嘆。他們連漢語（包括福佬話、客家話、北京話）都說不好，或根本可以說是不會說，又是山地同胞僅有的幾位精英及領導份子，爲何不能寬容對待他們？何況，林昭明的胞兄林昭光日治時代還因在宜蘭農校揭起抗日學生運動而揚名一時。

但，人人敢怒不敢言，只好把憤怒及同情的淚水往肚子裡吞。如今，不知林家後裔可安然無恙？惜乎不曾看過任何對他們悲情的關懷及報導。

認同危機

所謂「認同的危機」（identity crisis）是由著名的美國精神分析學家艾瑞克森（Erik Homburger Erikson）首先提出的。他指的 identity，其實有其複雜的正反兩面意義，但翻成中文「認同」後，卻好像只有正面的意義，台灣一般人也望文生義，習焉不察而有所誤解。「二・二八」值得注意的一個後遺症就是「認同危機」。許多六十歲以上的台籍人士在敞開心胸與人坦言對國民黨、國民政府的不滿時，常會怒稱：「我根本就討厭支那兵、討厭支那這個國家。」有這樣心態的人，所在多有。這樣的心理很可以用「認同危機」的精神分析學理論來加以剖析。

我們且舉彭明敏的父親彭清靠爲例。彭清靠在「二・二八」時，擔任高雄處理委員會的主席，他率領幾位代表到高雄要塞司令部要求要塞司令彭孟緝撤走在市區射殺民眾的巡邏隊，並在處理委員會開會討論改革事宜期間，將軍隊暫留在軍營內，免其外出。不料，其中的一位代表涂光明因破口大罵蔣介石和陳儀而被槍殺，而彭清靠等人則被捆綁監禁，至次日，才被彭孟緝釋放回家。彭明敏在回憶錄中說：「到了這個地步，父親甚至揚言爲身上的華人血統感到可恥，希望子孫與外國人通婚，直到後代再也不能宣稱自己是華人。」這種因看到「二·二八」中國政府的恐怖政治而對國府所代表的「中國人」滋生怨懟、仇恨心態的中上層台籍人士爲數不少，因而造成嚴重的後遺症。

爲何會產生這種「認同危機」？我們知道，傳統社會在轉化成現代化社會的過程中，都不可避免地會發生傳統價值觀與現代價值觀的矛盾與摩擦，這是舉世皆然的。然而，台灣有個特殊之處就是，台灣自一八九五年割讓給日本後，受日本統治五十年，遂無緣直接參與中國向現代化道路掙扎求變的過程。日本佔領台灣的頭十年，用殘酷的血腥鎮壓，屠殺數以十萬計平地的漢族系台灣人，撲滅了漢人抗日的火焰；直到一九三〇年，還有山地先住民的武裝抗日「霧社蜂起事件」的發生。在初期的武力鎮壓後，日本採取高壓的強制性法律，來維持殖民體制的紀律與社會秩序，台灣百姓遂逐漸地習慣於日本殖民統治的法政秩序，落入所謂的「共犯結構」中。

在這個「共犯結構」中，主犯當然是日本帝國主義者，而台灣住民的中上層則因馴順地迎合殖民體制，不知不覺地淪爲接受其統治的從犯一類的角色。也就是說，台灣住民的中上層雖然受到日本人的民族歧視與各種差別待遇，但只要不以武力對抗，卻可在日本所掌控的秩序內，換取現實的部分利益，雖然大部分是屬於殖民體制的殘渣，但是可藉其建立台籍中上層人士本身的生活方式。但值得注意的是，日本統治下的法制與紀律主要是爲鞏固其殖民體制而設的，並非爲台灣住民的福祉來著想，同時，日據下的法制與秩序也不是台灣住民以本身的主體性去向日本統治者抗爭而建構起來的，因此，其脆弱性自不待言。

但相對地，中國大陸從清末就飽受列強欺凌、壓榨，歷經辛亥革命、北伐、抗日戰爭等掙扎求存以建立現代化國家的痛苦歷程，始終處於動亂不安中，既談不上什麼法治，社會紀律也幾乎蕩然無存，而光復後來台接收的官員與各色人等，除了少數是具有現代化社會意識、識大體、明大局的人以外，多數是混水摸魚、扯爛污、缺乏法治觀念之徒。這在已習於日本紀律嚴明的殖民體制統治下的台籍人士來看，自然難以接受。尤其經過「二•二八」的非法恐怖鎮壓與五〇年代的「白色恐怖」，這就使一些台籍人士認爲中國人、中國是野蠻、落後的，不值得與之認同，相形之下，反而認爲日本是比中國進步的現代國家。

本來，在日本的皇民化、同化政策統治下，台籍人士已存在有認同危機，在光復後，亟思回歸認同中國，但這一認同在尚未善加建構成熟前，就因發生了「

▲李友邦，抗日時「台灣義勇隊」隊長，光復後任「台灣省三民主義青年團」團長，死於「白色恐怖」中。

二·二八」與接踵而來的五〇年代「白色恐怖」，而遭受到莫大的心理挫折，遂使台人鄙視中國、中國人，加深了認同的危機。這個問題至今仍未釐清、克服，致滋生諸多爭端，統獨爭議的癥結之一，可說就在於此。

本來，台灣光復後有兩大課題：第一是整個中國，包括大陸與台灣都必須從傳統的社會邁向現代化的社會；第二，由於有受日本殖民統治五十年的特殊歷史因素，台灣還必須在生活方式與價值觀念上從日本回歸中國，也就是必須經過認同的重建，以與大陸攜手同步建立現代化國家。很不幸的是，光復後不久即碰上「二·二八」與五〇年代的「白色恐怖」，遂使一些台籍人士未及建構好對中國的認同，從而錯誤地認爲日本帝國主義遺留下的價值體系比中國的要來得進步，而予以肯定。殊不知未經台人向日帝抗爭從而以自主性建立的價值體系及法政體制是脆弱的，也是不可取的一種虛構而已。

因此，我一直主張，我們應該站在中華民族的主體性立場，來好好思考、處理這個問題，才能眞正解決認同的危機。只可惜國府來台後，爲了鞏固政權、對抗中共，實施全世界最長的戒嚴體制，使台灣社會很不透明，社會正義經久不得伸張，因此加深了認同危機的裂痕，以致認同危機迄今仍未很好地撫平及解決，遺留下許多問題。

戒嚴文化的病理

當前台灣社會的整合一直不太順利，國民黨與民進黨都在爭取整合的主導權。執政的國民黨希望透過改革來贏取民心，但內部的分歧仍難彌合；民進黨內的激進派雖想以台獨建國來整合人心，但始終困於內部派系之爭以及建構不出具有說服力的一套理論。對這些紛爭，我們可從戒嚴文化的病理來觀察、分析。

如同前述，一個傳統社會在轉化爲現代社會的過程中，不免要發生紛爭與摩擦。由傳統而現代化須經過七個過程：(1)都市化；(2)識字率的普及；(3)ＧＮＰ（國民所得）的提昇；(4)廣泛的地理與社會流動性的增加；(5)比較高度的經濟的工業化（也就是產業結構的升級）；(6)大眾傳播媒體網路的發達；(7)全民廣泛參與政治或非政治的各種活動。台灣目前在前六項都已有不錯的成就，但第七項的民眾參與問題則仍頗爲棘手。

前陣子逼退「老賊」，要求全面改選國會的呼聲是民眾對政治參與渴望的一種表現。目前台灣朝野兩黨都同意「台灣二千萬人命運共同體」的說法，但這個

▲一九九〇年爲平反台灣「二・二八」事變及「白色恐怖」的遊行隊伍。

「命運共同體」是要故步自封轉化成台獨建國呢？還是向前逐步發展成「中國人命運共同體」，則眾說紛紜，莫衷一是。主張統一者，在統一的時機和方式上尚有所爭議，而主張獨立者對與中國未來的關係該如何處理也有分歧。這些爭論目前都已攤開在民眾面前，答案最終還是要由民眾來選擇。

但要讓台灣民眾能做出妥善的選擇，事實上還有諸多課題要完成。目前，台灣社會整合的不順利與統獨爭議的擾攘不休，一方面是由於「二・二八」與五〇年代「白色恐怖」造成省籍的隔閡、猜疑，因而影響到對國家的認同與忠誠度；另一方面是由於台灣尚未成熟到完全由傳統的社會過渡到現代化的社會，換句話說，近代化市民意識尚待培育，因而對地域的忠誠度猶高於對國家整體的忠誠度的狀況仍在，故發生地區性利益與國家利益的矛盾時，仍片面強調地區性利益。這也是台灣統獨之爭的癥結之一。

台灣在物質方面的進步雖已逐漸接近現代社會，但在民眾中仍存有認同危機、戒嚴文化所遺留下的餘悸，仍不敢爲五〇年代「白色恐怖」中的冤假錯案翻案平反。也就是說，雖然形式上已解了嚴，但遺留的病理仍未解決，亦未被全面性的克服，社會上仍有一大片不明朗、不透明的部分有待揭明。我深信只有台灣朝野合力彌平「二・二八」遺族的傷痕，化解認同危機、克服戒嚴文化的病理，台灣才能妥善地解決今天所面臨的各項政治、社會難題，進入一個更合理、美好、和諧的社會。我衷誠地殷切期待這一天的早日到來。

第十章 省籍問題與語言問題

在台灣，語言、省籍概念已被情緒化，失去了理性層次的認知而成爲抽象的概念、符號，造成概念先行，卻鮮有人能深入加以分析，抓住問題的本質。尤其省籍、語言涉及敏感的統獨問題，更使其糾纏難解。

經常撰文批判南非種族隔離政策，爲打破南非種族歧視而不遺餘力地奔走呼號數十年的南非白人女作家娜汀・葛蒂瑪（Nadine Gordimer）去年獲得了諾貝爾文學獎，這是饒富意義的一件事。這顯示整個世界潮流是在朝向消除種族藩籬、化解族群隔閡。然而遺憾的是，我們台灣島內的政治人物，不論是國民黨保守派或在野的激進右派，卻經常爲了本身的政治利益而利用省籍情結，加以擴大。因此，台灣社會到現在仍屢見一些社會現象被泛政治化，像省籍、語言問題就被無限上綱變爲低層次的政治問題。

在台灣，語言、省籍概念已被情緒化，失去了理性層次的認知而成爲抽象的概念、符號，造成概念先行，卻鮮有人能深入加以分析，抓住問題的本質。尤其省籍、語言涉及敏感的統獨問題，更使其糾纏難解。一般老百姓因沒有充分的時間來思考，因而受到誤導、左右者，所在多有，但我們相信，眞理是愈辯愈明的。我們有必要將這些問題釐清，期待社會大眾能逐漸弄清問題的本質，從而提升他們對政治認知的境界，庶幾可消弭台灣的省籍矛盾，走向更和諧、更民主的社會。

爲圖政治目的的省籍劃分

所謂「本省」、「外省」的省籍觀念，其實並不只在台灣才有。中國的幅員遼闊，各省份、地區都難免有地方本位主義。然而，這種本來是由地理上的區分造成的，屬於文化人類學上具有相對意涵的概念，在台灣卻因政治因素而把它絕對化了。有些台獨人士或本省人不自覺地把外省人視爲沒有區別的整體，其實所謂「外省人」是由大陸各省份的人組成的。居於國民黨政權核心的還是以江浙人爲多數，在核心之外的還有河北、河南、山東、江西、蒙古、新疆、西藏等各地方的人，他們之間具有宗教信仰、飲食習慣、語言表達、生活方式等等的差異。

目前極力鼓吹「台灣意識」、「台灣人意識」，懷抱「台灣人出頭天」的強烈主觀願望的台獨人士，常把主觀願望當做客觀事實，以主觀企圖代替客觀規律，但主觀願望和企圖畢竟不能代替客觀事實和規律。例如：台獨把戰後來自不同地區的大陸人，一概不加分析地視爲同質的所謂「外省人」，激進派的台獨否認台灣人是中國人，甚至把由福建、廣東移民，口操閩南、客家語言的海外華僑也列爲不同於台灣人的「外省人」、中國人，與其劃清界限，忘記了自己的祖先也同樣是自福建、廣東兩省移民到台灣的。這種觀點的荒謬自不待言，也成了存在的社會現實，不過，社會現實卻不等同於歷史的眞實。這是要明確予以區別的。

台獨所謂的「台灣人」指的是什麼？最早搞台獨運動的廖文毅提出的台灣民族論是說，漢人與西班牙人、荷蘭人、高山族、平埔族等經過四百年的混血通婚，已產生出不同於中國民族的台灣民族。近年來有些台獨人士則用近代民族理論主張台灣自清末甲午戰爭後割讓給日本，至今與大陸已分離九十多年，形成了獨特的、不同於中國民族的台灣民族抑或不同於中國人的台灣人。

事實上，所謂「台灣人」的稱呼，在日據時期不論是文字上或口頭上都很少有，這是日本人在台灣實行歧視、差別政策所致。當時李王朝所代表的朝鮮半島，整個國家被日本明治國家所併吞，日本人爲消除其國家意識，故避提「朝鮮人」而改稱「半島人」；同樣的，也稱非日本人的台灣住民爲「本島人」，或常帶侮辱性的罵漢族系台灣住民爲「淸國奴」，爲此還常引發漢族系住民與日本人的衝突。

但「台灣人」這個概念在戰後，特別是經過「二・二八」事變及白色恐怖期後逐漸成形。除了被當爲區別和抗拒「外省人」的對立性稱呼來用外，大眾媒體也開始使用。使用「台灣人」的概念本無可厚非，因爲任何一個概念都是某一個特殊時空環境的產物。例如：「日本人」這個說法也並不是像現在日本人說的古已有之，是到了明治維新十多年後，才被提出來的。特別是在中日甲午戰爭後，日本統治集團，趁其取勝「大淸帝國」的良機爲了強化日本人的民族意識，以利其推行軍國主義，才刻意宣揚「日本人」的國民意識，並以資塑造其日本民族意識。

「台灣意識」、「台灣人意識」可說是台獨爲了他們所企圖的建國而刻意鼓吹的。不過，到目前爲止，台獨內部對「台灣人」的概念仍未發展成熟，仍未整合成一個完整的概念。例如：由於台獨的主體是閩南（福佬）人，他們基於福佬沙文主義，所謂的「台灣人」、「台灣話」常不包括客家系台灣人與台灣的客家語。事實上，台灣的先住民（山地山胞與平地山胞）自認爲自己才是台灣眞正的開山鼻祖，是正宗的台灣人，但閩南系的台獨主張者卻以正統台灣人自居，多不願承認先住民係台灣人的正統及優先正當地位，不願承認這一主觀願望所不能掩蓋、抹煞的客觀歷史事實。

近代國家主義的濫觴

省籍與方言的問題可用理論的思維來加以考察、釐淸。所謂省籍，通常是指出生地或父系所從出的原籍——祖籍。而方言常指自小向母親學來的語言、詞彙，也就是所謂「母語」。母語固然基本上與血緣有關係，但也不是完全可由血緣來決定。例如：筆者是客家系，我的內子有四分之三的閩南系和四分之一客家系的血統。我們出國得早，在日本結婚後，生育的三個子女的母語則旣不是閩南語、客家話，也不是中國的普通話＝標準語，而是日本話。由於我們夫妻忙，子女大都由幼稚園、小學、電視與日本朋友的接觸中學習語言，日本話就成了他們的「母語」。因此，所謂母語，應是指客觀生活環境中，多數人所共通使用的語言。這是從學術上該加以分析並釐清的，但通常，甚多人士卻自陷入於擬似血緣論來意識「母語」問題。

　　應當指出的是，從客觀的歷史發展來看，省籍矛盾、方言與標準語的矛盾，不獨台灣一地有之，而是世界性的問題。人類歷史從法國大革命後，歐洲出現了近代國家（modern state）的型態及內涵，而成立近代國家就必然帶來國民（nation）統合的課題。形成近代國家之前的國家，不具社會一體感，缺乏政治的統一體，經濟上也沒有共同的市場圈；反過來說，要形成近代國家就必須把分裂、分歧、隔離的各個部分整合成關係密切的一個整體。對照來看，中國與西歐的情況不同，中國人的國家意識與西歐市民的國家意識不同，這點常被我們所忽略。

　　我們若以理性、冷靜的態度，做客觀的比較考察研究就可以知道，歐洲在中世紀時，其社會權力的秩序在精神世界方面是由羅馬教會所統一，而世俗的世界，形式上則由神聖羅馬帝國的皇帝維繫，但神聖羅馬帝國實際上並無實力眞正控制各個封建諸侯。神聖羅馬帝國皇帝所主張的普遍的權威其實是有名無實，他只能透過分封授權的封建制度，維繫其脆弱的政治秩序。因此，中世紀時的西歐是個由封建的諸王侯、教會、行會等多元、分散且多方糾結的傳統特權所構成的散漫社會。它要轉移成近代國家，就必須用高度集權的絕對王權加以統合，並實行政、教分離。

再看日本的明治維新，是王政復古，權力集中於天皇手中，當時的日本並沒有成熟的市民社會，只襲取了西歐的國家形式，卻缺乏其實質內涵，因此只能稱為準近代國家，有別於西歐諸近代國家。而歐洲則是自法國大革命後，市民社會趨於成熟，市民的基本人權得到保障，議會政治得以實行（當然這些人權並不擴大到其本國以外的殖民地），而其佔主導地位的社會力量則是資產階級，故稱資產階級的市民革命。日本是在二次大戰後，制訂和平憲法，規定主權在民，天皇轉化為國家象徵，不握實權，不參與實際政治後，才算成為近代國家。

中國問題的特殊性

反觀中國則迥異於此，有其特殊性。中國毋寧可說是自成另一個世界，發展不均勻，係混沌（chaos）的，尚不具備一個近代國家的內涵。這樣說當然容易滋生誤解，當年日本帝國主義者就曾利用中國這一客觀存在的混沌性政治型態，而聲稱「中國說不上是個國家」，因此，把「滿洲」從中國割裂出去，另搞一個「

滿洲國」。依他們的邏輯好像是言之成理的，但即使如此，我還是要強調，迄今我們中國人的國家意識仍然與西歐人的近代國家意識有些不同，這一點一定要搞清楚。

中國被世界性的「近代」捲進去後，歷經辛亥革命、一九四九年的中共社會主義革命到今天，歷時八十年，中國大陸內部的發展仍不均衡，文盲率相當地高，雖然他們努力地經之營之，但交通仍不很暢通，統一的經濟圈還不很成熟，也仍未建立起充份的社會一體感。但在政治上，從秦始皇到中共基本上都是高度中央集權（國民黨統治大陸與台灣也是用強力的威權統治，國民黨到台灣後，能建立起比較成熟的政治一體性，主要也就是靠高度集權的威權統治）。從辛亥革命以來，中國人一直在努力將各種多樣性的小社會，凝聚整合成密切相關具有一體感的近代社會。這裡所謂的多樣性社會與資本主義發達後社會的多元化不同。

所謂的前近代國家的社會多樣性是指人民經由家庭、家族、宗族或同鄉、語言、宗教等因素形成不同的「群體認同」（group identity），一般老百姓通常只對這些小社群效忠。這樣的認同意識，是屬於前近代的封建或半封建意識的範疇，要造成一個近代國家就必須克服這些封建或半封建意識，將多數的小社會凝聚

▲德國納粹黨頭目希特勒。

統合成一個更高層次的大社會，將人民對這些小社會的忠誠轉化爲對大社會及國家的忠誠，形成一個近代國家所必備的榮辱與共、休戚相關的國民整體意識，這是由前近代國家發展成近代國家所必經的過程。

這裡，應予一提的是，如何給民族概念一個科學的定義？過去台獨人士常濫用民族的概念，大談他們的台灣民族論，他們談台灣民族論的主觀意圖是想藉民族自決理論及想學西歐國家建立近代國家的過程，達到他們自認爲的「出頭天」的目的。但我一再強調的是，主觀的願望絕不能代替客觀的事實，就像德國的希特勒曾大灌德國人「日耳曼民族優越論」的迷湯，日本人也曾大唱「大和民族神聖、優越論」，雖然一時滿足了德、日人民的虛榮心，造成一個時期的民族規模之凝聚、整合，甚至貌似一致團結對外的一種假象，但也使德、日兩國走上法西斯的窄路，不但荼毒了鄰近的民族，也使本身遭受創痛鉅深的深刻教訓。因此，我特別要提出，不能靠主觀的情緒、喊口號來製造所謂的「台灣民族」。

民族論的學理與實際考量

從學術的立場來看，所謂的民族可從三方面加以剖析：首先，它是在一定的地域（地緣）共同生活，由有共同血緣的個體構成具有連帶關係的命運共同體。任一個體生於某地，成為具某一血緣的人是非自願而不許有任何選擇的，所謂「血濃於水」、「骨肉情深」似乎是保守的說法，但也顯現其不得不然的無選擇性。從而，我們可以說地緣和血緣的共同性為構成某一民族的自然且命運注定的前提條件。

第二，經濟、政治、語言、文化的共同性也能造成休戚相關的一體意識。這可以認為係構成某一個民族的歷史和社會的另一個側面。例如：一八九四年第一次中日甲午戰爭，日本即極力宣揚日本民族意識，凝聚全民意識，以舉國上下同仇敵愾之力，來攻打民眾離心，朝中主戰、主和不一，已分崩離析的清廷。但也由於日本對中國的政治壓迫與經濟掠奪，同時又逐漸地促使中國人在一盤散沙的情況下，形成反日的共同體意識，凝聚成政治的命運共同體。但中國地域過於遼闊，交通、經濟仍不夠發達，共同體尚不很成熟及健全，未完全具備西歐式近代國家所應具有的內涵。

第三，政治、經濟、語言、文化這些民族的第二要件，值得我們留意的是，它是屬於可選擇的，非命定的「認同」。它與構成民族的第一要件——命定的依據於地緣和血緣相重疊的因素——在形成近代民族國家的過程中所引起的是互動的作用。主導一個近代民族國家的形成，一般來說具有悠久歷史傳統的地域是由第一要件，但有時也會由第二要件來描繪其遠景。其主次關係依具體的時、空條件而有所差異。換句話說，人類歷史固然有朝向法國大革命後建立近代民族國家的普遍發展趨勢，但在普遍趨勢下，各國仍因其歷史背景、政治、社會、經濟等條件的不同而有互異的形成過程，不可以把西歐近代國家當爲唯一的範例，將其絕對化，只突出普遍性的導向，忽視了某時、空所具有的特殊性招致的制限而一概而論，且硬套而構思，將是不合乎社會科學分析的。

失之偏頗的台獨主張

台灣的民族論問題常被說成是「二・二八」的後遺症，但這點需要科學地加以剖析。台獨運動的興起，察究其眞正的原因，實在於光復後台胞參與政治的熱望受到挫折後，喪失了「自我」所致。這點台獨人士並不願承認。他們以「事後諸葛亮」的姿態說，日據時期的林獻堂、蔡培火等「祖國派」和台共等左翼抗日份子對中國的認同是錯被「祖國」情感所蒙蔽，而未能及早建立起認同台灣的自我主體性。其實，光復後，一些台籍人士對中國會產生離心意識，是由於當時台人懷抱著素樸的民族意識，盼望回歸祖國，但眼見國府來台接收官員以權謀私、貪污腐化的種種敗德惡行，遂由熱望轉爲失望，欣喜化爲怨懟，部分台人因而失落了民族的自我認同感，逐漸埋下以後走上台獨的分離主義運動的「種子」。

比如：他們以日本式的觀點和標準批評說，中國軍隊的裝備落後，軍容不整，兵士打鬆懈綁腿、穿草鞋、挑鍋壺、一副土包子樣，遠不能與日本軍隊相提並論——這其實是只看表面現象的皮相之論。社會現象具有像泡沫一樣的虛幻性，很多時候並不能直接地呈現其本質，想要對事物有眞切的理解，還須聯繫相關事物，運用科學的理論思維，才能穿透表象，掌握事物的實質。好似，甲午戰爭打敗了清廷以後的日本人錯認了中國大陸及中國人之實質，只自外表觀察，認爲中國是個無可救藥且一片爛攤子的古老國家，不堪一擊：中國的國內政治分裂、教育落後、長期性貧弱，官僚之腐敗、低效率、不具反抗能力，必定可短期內征服。這個錯覺招致日本人在侵華戰爭中日陷泥濘、一敗塗地之奇辱。

這裡，我很願意把我與早期台獨領導人同時也是台灣語言學學者的王育德博士，對台獨問題的一些討論向讀者公開披露。王博士現已過世，所謂死無對證，我雖將力求客觀地記述，但由我單方面來追述與他的一些對話，似乎有點不公平。不過，爲了釐清台獨問題，讓我們的鄉土有更美好的未來，我仍然不得不在此披露。

一九六〇年代初期到中期，由於我在東京的留學生界已小有名氣，且爲客家人，若加入台獨可沖淡台獨運動的閩南系過濃且偏頗的色彩，因此，王育德先生幾次邀我入夥，但我都予以拒絕。爲此而在東京神田的神保町（著名的舊書店街巷）咖啡店談了幾次（逛舊書店及購買中文書籍而巧遇時爲多）。

我問王先生，台灣共和國尚未建立，你卻先把台灣話定爲未來的國語，是不是過於性急了些？這不是會引起先住民、客家人的反彈嗎？王博士回答說：世界上大部分的國家都以多數國民所使用的語言爲國語，這點得請你諒解。

我又問：你爲何說台灣話與閩南語無關？美國是從英國爲主的西歐殖民地獨立聯合起來的，但美國人並不否定英語，東部人尚且以能說正統的英語（King's English）爲榮，美國人頂多稱他們說的是美式英語（American English）。尤其你們根本不考慮先住民的立場，胸襟未免太狹窄了吧！王先生答說，台灣話就是已與閩南話不同，台灣人也不是中國人，請你也幫忙從理論上建構台灣民族論。我則答說，台灣獨立運動可參考美國的獨立運動，但你們的心胸太窄小，恐怕學不到家。

台獨想剪斷與中國文化的連繫抑或臍帶關係，建立起所謂獨立自主的台灣文化主體性，但血緣卻是無法否定的。我住在東京的二哥看到王育德先生主編的《台灣青年雜誌》，也以日本人侮辱中國人以及日據時代「漢族系台灣人」的用語「支那人」、「清國奴」等罵外省人＝中國人，他怒不可遏地拍桌子大罵王育德忘本離譜。目前台獨的「台灣人」內涵，雖由最狹窄的閩南系台人逐漸擴展到客家人、先住民以至一九四九年以後來台的所有居住在台灣島上的居民，提出所謂「台灣命運共同體」論，但還停留在只從形式表象看問題的階段，仍未從上述社會科學的近代國家的形成要件立論。

台籍中上層人士的認同危機

王育德先生告訴我，他原來對日本人辱罵「支那兵」、「清國奴」，在終戰前夕，還不能接受。但戰後看到來台接收的國府軍隊衣衫襤褸、儀容不整、軍紀敗壞，遂覺得日本人罵得一點兒也不錯。

對於王先生的這種以貌取人的形式邏輯式說法，我表示不敢苟同。我告訴他，我們看問題要科學地加以分析，不能憑表象遽下論斷。比如：延安的窰洞出來的中共紅軍，把美式近代裝備的國民黨軍隊趕下海迫到台灣來，以及越共的軍事裝備不如美軍，卻擊潰美式裝備的越南阮文紹政府的軍隊係世人皆知的事實。中共與越共的軍事配備都不曾有過空軍、裝甲機械化部隊等，遠不如國民黨和南越軍隊的精良，但結果是從窰洞和密林裡鑽出來的共產黨打敗了住在城市中的當權者。

一些較爲冷靜客觀的國民黨將領在戰敗後，曾自我檢討，擁兵數百萬兵士又有美國鉅額軍事、財經援助的國民黨，何以一朝冰消、土崩瓦解，敗於小米加步槍的中共手中？據我未成熟的看法，可整理如下：第一：當年的蔣介石委員長雖然知道勝利後將面臨的大敵爲中共，因而力保嫡系軍隊，以異（紅軍或非嫡系軍）制敵（日本），卻忽視了不打仗、不重訓練、軍紀敗壞的軍隊，一旦有事是派不上用場的。第二，日本宣佈無條件投降，但中國軍隊無一兵一卒登陸日本四島，打過日本兵；雖抗日勝利，但那只是倖獲的「慘勝」而已。國府中央的多數人仍然是私心自用，忙著企圖擴張自己的地盤以及大撈勝利「劫收」財，不知更不關心大戰兵燹，山河殘破，人民顛沛流離，一旦勝利，復員建國的前途荆棘多艱。

第三，國府把慘勝當作最後勝利，二房東的依賴心理作祟，自認爲有美國當靠山，篤定可挫敗中共軍隊，阿Q式的思考邏輯瀰漫了「國統區」，國府內鬥搶「勝利大餅」日趨激化，鑄成失去人心的大錯。國民黨軍隊到台灣接收的胡作非爲，不過是上述歷年積弊、病入膏肓所必然顯現之部分病徵而已。另外值得留意的，是因國府當時正與中共搶勝利後的地盤及日本不得不遺留下來的所謂勝利果實，而展開大作戰，國共內戰已開始吃緊，且視台灣爲邊陲之地，非中原抑或樞紐之地，所以派了裝備、訓練俱差的雜牌軍來台灣接收。連陳儀都罵爲「叫化子」兵的雜牌軍係臨時拉伕，捆綁一般農民、壯丁，強迫其入伍所組成的，既沒有訓練，亦沒有軍紀可言，士氣普遍低落，自不待言。有軍隊之名而無其實的烏合之眾，才是其具體內涵。

問題的關鍵在於其紀律不佳，霸道擾民，不具近代國家軍隊之實，而非裝備不好等等表象可見者也。日據時期日本人對閩南系台灣老婦人纏小腳（客家婦女不包小腳）的習俗非常鄙夷、瞧不起，認爲是落後、野蠻的表現。但老婦人纏小腳是受其長輩尤其是父母、傳統的束縛而不得不然的結果，並非她們自願的，當然

▲王育霖，事變前在新竹地方法院擔任檢察官，因承辦案件受到干涉，辭職後至建中教書。事變中失蹤。

罪不在其身。難道你也同樣要用日本人的眼光、價値觀，追隨日本人之後，責罵、鄙視你們福佬系台灣婦女嗎？王先生對我的詰問，只有搖頭不語。我又告訴他說，你們要搞台灣獨立其實也用不著強調台灣民族論或台灣文化的獨特性，台灣的文字、宗教（像媽祖等）都源自大陸，你們如果要以日本的尺碼爲標準（以及你們福佬系台灣人的精英意識）來搞台獨，根本與台灣的一般老百姓脫節，肯定是不會成功的。大部分的客家系台灣人不贊成你們以福佬沙文主義爲核心且極度排外的台獨運動之外，甚多閩南系台灣人也不至於苟同你們的形式邏輯以及分離主義。雖然，他們對國民黨或國府有不滿和批判。

我也勸王先生說，不要因爲自己的哥哥王育霖先生（他是筆者在建國中學時的老師）在「二・二八」事變中被殺害，心存報復，而致感情用事，蒙蔽了理智，搞起台獨來。就像不能把日本帝國主義者等同於所有日本人民，不能將中共等同於中國，把中共黨員等同於中國人，同樣，也不能把國民黨員等同於一切外省人，更不該把內涵具有多元性格的所謂外省人等同於全中國人，一竿子把船打翻，統統打成爲對立面去。這是極不科學的思考方式。你們要把台灣話當做國語，這是你們的自由，但你們要不要爭取客家人、先住民以及外省人對你們運動的認同和支持呢？像你們這樣排外唯我獨尊的搞法，佔台灣全住民人口百分之三十五的非閩南系人不會支持你們，而百分之六十五的閩南系人，也未必會人人贊成你們。搞政治不能只憑激情，不斷排外自我畫清界線，拒人於千里之外，那肯定只剩下你們一夥人，是成不了事的。

其實，像王育德先生般的以日本尺碼抑或以貌取人式的形式邏輯看待問題的台籍中上層人士不甚少，才是問題的癥結所在。

有一次家兄來日本談及當年的國軍士兵事，我除了以反駁王先生的上述道理說給他聽以外，反問了他：你找兒媳婦時，要不要到「酒家」找化粧甚爲漂亮的女郎？外貌當然重要但並不是絕對唯一的條件。內在不美、人品不佳、欠缺節操，只具有宜人外貌的姑娘你眞會要嗎？你會只考慮小姐家裡有錢，不考慮她家的家教以及她的健康狀況嗎？看不見的部分才是眞正重要也!!

消逝的台籍文學界精英

吳濁流先生，著手《無花果》之前有過訪日本，斯時來我宅小住，煮酒論國事兼談台籍人物光風霽月的事。其中涉及「二・二八」事變的前前後後有關人物

▲吳濁流訪日時，與日本文化界知名人士於本書作者戴國煇家中留影。左一爲吳老，左二爲作者。

與事蹟亦眞不少。

戴：你善作漢詩，爲何不以中文寫小說（吳老的小說皆用日文起稿，其大部分的稿本存我書庫保藏）？

吳：用中文寫小說可眞不容易，我嘗試過，但沒有成功。寫小說與作漢詩不同也。不過「二・二八」到五〇年代前半，我們這一代台籍知識份子心有餘悸，基本上在政治箝制下度過醉生夢死般，自求多福的沮鬱日子。不但停止了學習北京話，甚至以不說北京話，當爲對國民黨惡政的一種無言反抗的表現。現在想起來，既可笑又可惜，我失去了學習中文的良好年華。哎！眞可惡的老K（暗喩國民黨）!!

戴：吳老，我非常同情也可以了解你們這一代台籍精英份子的心境，但我不能苟同你們的邏輯。尤其是，把一切責任都往老K身上推的思考及行爲模式。我曾經與葉榮鐘先生討論過有關張文環先生的事（六〇年代，在東京，筆者在幕後支援尾崎秀樹編寫《殖民地統治下的傷痕文學及其研究［台灣篇］》，因而對那一代台籍文化人的事蹟相當關心）。葉老告悉，文環仙在日月潭的旅館當經理，不但不願寫作，連北京話及中文都不屑於學習和閱讀，對老K的惡政痛惡到了極點，苦水只能往肚子吞，不能表露於外。但冷靜的一想，他的日文造詣，在我們這一代人來言，可數進五指之內。不過日文稿件在台灣根本沒有市場，送到日本又不一定能找到適當的發表園地。他更怕的可能是招惹麻煩（政治上的干擾），所以又可以說他是不敢寫作。至於他的漢文素養，等於沒有任何可陳的基礎，卻是另一面的事實。

我反問了葉老，抗議和憎惡是一回事，但失去寫作的意願、毅力、能力又是另一回事。畢竟，我們不能把老K當爲代罪之羔羊（scape goat），藉爲口實把我們台籍知識份子應該承擔的責任及使命也推得一乾二淨，將自己一切的思考與行爲正當化及合理化。找到了代罪之羔羊是非常的愜意，可以自憐、自慰和自欺，但解決不了問題。在台籍文化界，爲何找不出矢內原忠雄（東京帝大教授，著有《帝國主義下的台灣》，因反日本軍國主義侵華而被趕出校園，與葉老相識多年）或魯迅一類的傲骨。葉老露出稍微無奈的表情說：「不多，但我們有賴和，還有吳濁流先生。他在日據末期冒險創作《亞細亞的孤兒》又該數進的呀!!」

吳：嘿！我不算什麼，榮鐘先生才是偉大，他能用中文寫作，雖然他沒有文學作品，但有隨筆、散文的佳作。他最近還完成了《台灣近代民族運動史》的大著。國府政治不但箝制著我們的文藝界，它的高壓政策也給台灣的社會科學研究帶來不少威脅，因而葉先生雖然是自著，但不得不找上了吳三連、林伯壽、陳逢源、蔡培火等「名流」掛了名，當爲共著，唬一唬老K，免得惹禍。話得說回來，我本來也是對說北京話、學習中文有過芥蒂的呀！五〇年代後半期，我開始熱讀《自由中國》，重新認識來台外省人知識份子中也有不少擇善固執、狂狷胸懷之士，甚感欣慰。繼而與（林）海音他們開始來往（海音斯時在「聯合報」編副刊），一九六四年四月一日，我還自告奮勇創刊了《台灣文藝》，經歷著這些體驗，我逐漸地克服了我的芥蒂，只好自笑庸人自擾，恨錯了對象。老K根本代表不了全中國，更不能代表全中國人，我們說北京話、學習中文跟老K有何相干？不過，話得說清楚，像張文環一類的台籍人士還眞不少呢，可嘆!!

語言的爭議

戴：吳老，我想插一句，像您，能如此般冷靜且由衷反省，已經甚爲難得。你們文學界人士注重直感珍重感性層次的認知，但我們搞社會科學的最後還得靠理性層次的認知來整理分析。台籍人士抗拒國語＝北京話的深層心理因素，還可以指出下列幾點。

第一，光復至「二・二八」之間，來台能說標準國語的外省人士不多。雖然有魏建功、何容等國語學界的一流人才來台，但推行運動尚在籌備階段，當時的接觸面也相當有限。代而跳出來混水摸魚者甚多，他們既沒有教學經驗又不具有眞正素養，趁著台籍人士學習國語的迫切感而發揮他的劣根性，賺他的錢，騙取他的教席及權位，帶給老百姓不良印象。

第二點，當年的台籍人士，習慣於用日本式尺碼來判斷一切。一開始，他們就無條件地認爲國語應該是標準的、是一樣的。日本國語除了琉球話和愛奴話具有相當大的差異外，「關西辯」（大阪、神戶等地的方言）及「東北辯」（日本東北地區的方言）的差異不甚大。換而言之，日本主要四島的語言是相通的，尤其自一八六八年開始的明治維新及近代化運動所支撐的標準語普及運動效果彰顯，來台日本人「國語」教師，又有誇示日本人＝支配者的威信的需要，力克方言腔調而行，帶給台民美麗的誤解。台民一般而言，不但不具有中國大陸遼闊及語言複雜的實感，更不知道在辛亥革命後的中國國語制定及普及運動的歷史背景，所累積的經驗尚淺。

第三點，「國語」本質上具有政治意識的概念。它是在創建近代國家過程被附帶創出的一種概念，因而具有高度理想的概念。當行使抑或教授「國語」的有關人士失信於人民時，它所具有的理念亦難免將受到猜疑或挑戰。老百姓，普遍地對國府來台機關及人員的多種政策和措施懷有不滿時，必然地亦會對他們所體顯的「國語」產生惡感及抗拒。雖然它是情緒性的一種反彈，但其糾結卻是難於釐清及化解的。

寫到此，我還記起，我與吳老第一次（記得是六〇年代前半期）在東京見面時的情景。

吳老憤慨地說：「老K，眞豈有此理，阿山能說日本話，留學過日本的算是人才，我台籍人士能說日文的卻被貶爲日本遺毒產下的奴才，同樣是日語，這是什麼話？是什麼道理？」

我慢慢地解釋道：是的，傲慢不講理的外省人並不是沒有。我們都知道，懂日文的外省人中有些是當過漢奸、日帝走狗的，他們光復後急奔來台，隱姓埋名，不外是爲了逃避漢奸罪，因而便有需要強調台籍人士的日本的奴化教育吧！不過從學理來說，被強制的日語和自發性去學來的日語，雖是同一語言，但其所蘊涵的意義是有異的。語言，本來只是溝通、傳達以及表達意思的手段而已，應該是中性的，但附著於實際政治或被泛政治化時則難免帶上價值觀念。林獻堂為了抗日，光復前，他不學、不說日語。家父能聽又能講日語，但他憎恨日本人抓他坐了政治牢，他也堅持不說日語，假裝聽不懂度過了他的日帝時代。當年，台籍人士甚多為了反對殖民統治的「強制」而抗拒日語，但迫於殖民統治下生存的現實，逐漸被日文＝強勢文明及語言所馴化抑或同化。台籍人士的「母語」逐漸被侵蝕甚至於醜化。特別值得我們留意的是，我們就是能說「母語」，但「母語」＝不管它是閩南語或是客家話，甚多部分是沒有字可以來書寫的。沒有來得及創造自己文字就被征服的先住民，更是不必贅言。

因此，大部分外省人士，只要不屬文盲的話，他既能說其中國方言抑或北京話，又具有文字表達能力才是常例。這一類人士學日文，本來就是當為工具而學的。反過來，台籍人士因受支配於日帝，學日語是被強制的。姑且不管它的正負價值屬性，它是難免帶上價值觀念的。所以，我才會主張，我們台籍人士應該把日語手段化＝工具化，我們必須克服附著於我們台籍人士所具有日語的正負價值屬性，才能樹立我們眞正的獨立自主觀念，我們才能從殖民地體制被囚的身份屬性，翻身，並且才能克服殖民地傷痕，奪回我們自己的尊嚴。

我們不該持續自囚於日本殖民體制所留下的價值體系，自傷自憐而流於自我喪失之境地卻不知自拔。

台灣命運共同體

目前，「二・二八」的禁忌已經解除，激情也日漸消褪，該是理性、冷靜地面對這些歷史課題的時候。省籍矛盾以及方言與標準語＝國語或普通話之間的本質性問題急需作好學術性研討是緊急課題。這幾年來，出現了「台灣命運共同體」的提法，不但在野的民進黨、台獨這麼提，連國民黨也同意這個提法。台獨方面有這種提法可以說是一種進步。也可以說，老一代台獨的提法已行不通而有所轉換。

不過，朝野雙方對這個提法的認知不盡相同，事實上是各有所圖。去年底與今年底，國代、立委會全部改選完畢，待今年中憲政改革完成後，執政黨所主導的台灣政治體制改革基本上將暫告完峻，新起的政治領導層在釐清「二・二八」

等歷史問題，進行政治改革外，更應該提出一個深具前瞻性的發展遠景（vision）向台灣住民闡釋，何以與中國大陸統一是必然要走的道路，力圖克服前述後遺症，加緊努力整合全體住民的一體感，並落實台灣的民主憲政，以資順利地解決這一歷史遺留下來的民族規模的艱鉅課題。

第十一章 統獨爭議的本質與導向

「二·二八」構成了當今統獨爭議的一個重要因素，何以台獨人士能夠這樣長期地利用「二·二八」？因爲事變的眞相被鎖在「黑盒」中，後遺症只好累積，病入膏肓。因此，很有必要運用理性、客觀、深入的學術研究，把「二·二八」的眞相及本質釐清。

一般說來，我們探討問題若能掌握其核心所在，即可算解決了問題的大半，就像寫論文如能掌握住正確的問題意識，也就是說，知道問題的實質所在及其關鍵，那麼論文也就等於完成了一半。

主張台獨的台籍人士常利用「二·二八」來炒作台獨議題，他們把「二·二八」泛政治化，在選舉、群眾集會中，訴諸民眾，爭取群眾的認同、支持。「二·二八」的後遺症被他們轉化利用成了牟取政治利益的資本。尙待究明眞相的「二·二八」，卻已變爲台獨運動的「圖騰」（totem），任其恣意套用，變成操縱民眾的工具。「二·二八」構成了當今統獨爭議的一個重要因素，何以台獨人士能夠這樣長期地利用「二・二八」？如果任由台獨人士這樣把「二・二八」泛政治化，做爲謀取私人政治利益的資本，對台灣社會會有什麼影響？這不能不令人引爲深憂。因此，很有必要運用理性、客觀、深入的學術研究把「二・二八」的眞相及本質釐清，庶幾有助於解決統獨爭議，並促進島內社會的和諧和整合。

「二・二八」前後的台獨主張

首先，「二・二八」事變的過程中，到底有沒有人主張過台獨？這個問題頗有爭議，可分三部分來說。

一、有一種說法認爲，台灣光復時台籍人士中沒有人有台獨思想。這是未經社會科學分析的說法，並不正確。日據時期的台灣社會中有有產的、無產的，有地主、農民、工人，有抗日的，也有媚日的，各色人等，不一而足。台灣人中既有這麼多種不同種類、不同階級、階層的人，他們的意識、思想也必然各不相同。尤其那些與日本殖民體制合作，獲取特權特惠的御用紳士、買辦，在抗戰勝利後，舉國瀰漫清算漢奸的濃厚氣氛中，無不慄慄危懼，深恐被以漢奸、戰犯處刑，他們會沒有尋求台灣獨立以避罪的念頭，那才眞是咄咄怪事。

就是在這樣的背景下，由駐台日本少壯軍官發起「台灣獨立」之議時，有些台籍上層人士被牽入渦中（有日據時期曾被勅任爲日本貴族院議員的許丙、台灣總督府評議員林熊祥，原日本貴族院議員辜顯榮之子辜振甫等人）。此議因遭末任台灣總督安藤利吉告戒嚴禁輕舉妄動而告流產，結果事敗被捕，辜振甫被以陰謀竊據國土的罪名處刑二年二個月，而許丙、林熊祥則各判刑一年十個月。有關此事件之眞正內情，不曾聽到有何媒體向辜振甫要求澄清亦可算是怪事。

二、「二·二八」後，台灣行政長官陳儀向國府中央報告說，「二·二八」事變中台灣有人喊口號、發傳單，主張台灣獨立。這其實是台灣行政長官公署爲了逃避官方貪污暴虐的失政責任而故意將民衆的反抗行爲抹黑爲叛國暴動。像一九四七年三月八日楊亮功與憲兵二營由福建抵基隆，繼續開入台北準備調查時，楊與護送隊伍中途遭暴徒襲擊。這當然係長官公署有關當局特意演出的一齣單元劇以顯現台灣亂民持槍作亂橫行的一斑。這不外是藉機抹黑台民爲「反叛祖國」的另外一舉。

三、在「二·二八」事變中被殺的台大教授兼文學院院長林茂生，其眞正死因至今猶爲尚未解決的懸案，頗爲人所關切。根據我多年前與吳濁流先生談及的記錄整理出來一些，在此披露，備供各方參考。

一九六〇年代中期至一九七〇年代初期，我為台灣文學界耆宿吳濁流老安排《亞細亞的孤兒》、《黎明前的台灣》、《掙扎於泥濘中》三部作品的日文版在日本的出版事宜，吳老每次來日時都會在我家住個十來天。居中不免月旦臧否起台灣人物。談到林茂生時，吳老表示，林茂生在日據時期抗日並不積極，即連溫和如初期文化協會的啓蒙文化活動，他也並不熱中。為此，吳三連等人還曾在《台灣青年》（請參考吳三連著「給文學士林茂生君的公開信」，日文，登載於同誌第二卷第三號（一九二一年三月號））等刊物上撰文指責林茂生的不是。吳老分析林茂生之所以消極抗日的原因說，日據時期台灣人士在學術文化界地位被認為最高的要屬唯一台籍擔任台北帝國大學醫學部教授的杜聰明。反觀林茂生他不只是畢業於東京帝大的第一位台灣人，還獲得日本台灣總督府的資助，到美國哥倫比亞大學留學，得到哲學博士學位。他自認為學經歷俱佳，比諸杜聰明不但不遜色，且遠過於杜，更足堪勝任台北帝大教授，該同享尊榮。林茂生既一心巴望日本當局垂青賞識，畀予高教職，以遂所願，當然生怕觸怒總督府，壞了生平大願，也就不願戮力於文化協會的抗日活動。

▲吳三連，日據時任《台灣新民報》編輯主任，批判日本治台政策；勝利後被推為平津台灣同鄉會會長。

▲林茂生，事變中任台大文學院院長。

但林茂生雖已盡力以溫和姿態敷衍日本當局，卻始終未能如願。其實，林茂生沒有搞清楚，以杜聰明並不特別光彩的學歷（由辣手治台的日本台灣總督府民政長官後藤新平創辦的台北醫學校畢業後，被特許至日本京都帝國大學唸得醫學博士，再回台北帝大任教）之所以能獲日本當局青睞，主要是，當時頗多台灣醫生出錢出力支持抗日運動，其龍頭爲杜之同班同學蔣渭水醫師，其影響力特別突出，令日本當局頗爲頭痛。因此刻意抬高杜聰明的地位，做爲樣板，以達安撫、收編台灣醫界人士的目的，這是從現實政治利益著眼，所做的安排。而林茂生一介文人書生，只不過是英、德文的語文教師，無錢無勢，抗日運動也不甚有力，用不著列爲招安對象。因而林茂生只好停留在台南高等工業學校教授的相對性低位。

一俟光復，林茂生卻忙著向百姓及祖國表態，惟恐晚搭了「光復號」的巴士。積極地接受了「民報」社長的「空銜」，坐上了「民報」激進少壯派抨擊長官公署的「台報轎子」而不自覺。此可列爲林受害原因之一。吳老還提及，林茂生大改既往的穩和作風，除了參加國民參政員的選舉外，爲了搶做台大文學院院長還與對手有過糾葛。「二・二八」事變過程中，台籍台大教授內部已醞釀爭奪台大校長席位之局面。所以，不排除成爲被借刀除去的可能性之一，因爲，林係既

▲吳濁流遺著：《台灣連翹》，書中抨擊半山的橫行劣跡。

懂英文又是留美的唯一台籍資深博士教授故也。

口述時，吳老再三地叮嚀，決不能在其有生之年發表的是，林茂生與美國人的關係。乍看吳老的遺著《台灣連翹》以下的描述：「民報」方面，社長林茂生生死不明。有一種說法是林的失踪並非由於「民報」的關係，而是因林與美國駐台（副）領事卡氏有關係，涉嫌參加台灣由美託管的運動。」（前衛出版社，一八二～三頁）。其實，吳老告訴我的內容更是詳細。他說，台北有幾位年輕人，包括一位林本源家（台灣首富之家）的某君，他們前赴美國駐台領事館請願。他們推舉林茂生為代表，請他以英文表達他們之意願，斯時唯一能講流利英文的只有他一個，林且因有教會關係光復不久就與美加在台人士建立關係，人人認為他方便溝通。其才和人脈關係反而害了他自己，卻是歷史的悲劇。此事被長官公署探知，林茂生因而賠了命，另一位林某卻用了家產的一大部分，好不容易才贖回來一條命。

抗戰結束後台灣人的地位與立場

這裡附帶提一下，抗戰時期台灣人在大陸的狀況與戰後國府對所謂台灣人漢

▲張發奎，勝利時任第二方面軍司令官。

奸的處理態度。抗戰時，台灣人在大陸者除了台灣義勇隊與一小部分人在重慶、延安參加抗日外，不是在廣東、廈門、上海、北京、東北地區等地任事、經商，就是被日軍徵用爲通譯、軍伕。一部分台灣人在廈門、汕頭等華南一帶，以及日本淪陷區內與日本人勾結攀附，狐假虎威，藉日本人的權勢，包賭包娼、開鴉片館，作威作福地欺壓當地大陸人，予人極壞的觀感，招來「台灣歹狗」的罵名。這是令人痛心的劣根性表現，因此，抗戰勝利後，台灣人成了當地大陸人怨恨的對象，想以漢奸罪名加以清算。

對此情形，當年在第二方面軍張發奎將軍麾下當少將參議的丘念台先生最早是向張發奎等在廣州的國府上層人士建議說：「台灣是甲午戰爭清廷戰敗後割讓給日本的，台灣人因而被迫成爲日本國民，台灣人之到大陸，多半也是受日本當局徵召派遣，並非心甘情願，自動爲虎作倀，眞正存心替日本當爪牙的，只有利令智昏的一小撮人，因此切不可把台籍人士，一概論以漢奸罪。」此說頗得張發奎等人的贊同和同情。

但，在大戰後一片亂局的大陸各省，台民因身份不明致遭政軍官民歧視並被逮捕之事例頻生。丘念台乃於一九四五年十一月離穗赴渝乘著辦公事時，再度爲台胞請命，以尋求合理合法的解決辦法。丘本人認爲，這固然是以解除台胞困難爲目的，而實際就是替國府安撫久受日治的台省紳民，使光復後的台灣，能在感情和洽中開展各種新建設。

丘在重慶謁晤蔣介石並向蔣與政府當局者述陳：「對於早已喪失中國國籍，而被日人徵用致散居於大陸各省的同胞，不能一概治以漢奸罪。當然有些巨奸大惡是要依法嚴懲的，但是台人文官做不到鄉鎮長（按：台籍人士，雖然有人當上日僞縣長，但是這是個例外），武官做不到團長，實在夠不上做漢奸和戰犯的資格。在道德上說，他們都是來自大陸的漢民族的子孫，有些人竟然夷夏不明而認賊作父，當然是可以稱爲漢奸的；惟在法律上，他們根本沒有中國的國籍，是不能構成漢奸罪名的。」丘的意見得到有關當局的了解與同情後，被轉達至各省有關方面。續後，時任陸軍總司令的何應欽也明令宣佈台灣人沒有侵華戰爭責任，不能以漢奸罪論處。

事情的開展並不是一切都順暢的。當丘戰後頭一次自上海飛返台灣（一九四六年三月初）時，聽到已有十多位台省紳士被長官公署拘捕，還有百數十位列入預定拘捕的名單，包括中部大地主且一度爲「文化協會」抗日運動的中間靠右、民族

▲丘念台自述傳記：《嶺海微飆》。

主義派龍頭的林獻堂在內的不尋常消息。丘繼續向長官公署為台民請命，另外，特將不久前向重慶中央交涉有關台民身份和地位的經過，以及被日人徵用的台民，在道德上雖有過錯，但在法律上不構成漢奸罪等論點送交台地報紙發表，這樣，長官公署才停止再捉人之舉。

不過，國府中央「各省對前被日人徵用的台胞不能治以漢奸罪，如在戰時利用敵偽勢力妨害他人權益，經受害人指證者，仍應交軍法或司法機關予以公平議處」的正式命令，要等到一九四六年十一月才見其發出（參照丘念台述著：《嶺海微飆》）。

在台籍士紳被逮捕，街巷瀰漫追究台籍日本走狗，並追打台籍日本警察等買辦時，心裡有數的在台御用紳士等家庭，上下為之倉皇失措。至於有些在滿州國、冀東政府、汪精衛南京政府等偽政權任過一官半職的台籍人士，自忖難逃當地官民的制裁，力圖返台避難。他們以其久歷中國官場打滾多年的經驗，或以金錢行賄，或者重新勾結來台新官，不但自求避罪，還利用通達北京官話而縱慾營私，到處敲詐，無所不用其極，既可悲又可恨。而在台與日本合作的御用士紳則因對大陸的傳統性政治文化不明，對政治情況所知又不多，深恐獲罪，只有想方設法的巴結逢迎來台接收的黨政各派系以及國府軍政機構的官員（包括本省籍自大陸返來之所謂「半山」人士），力謀與之勾結，尋求庇護，而國府軍政官員也就趁機大揩油水，敲詐勒索無所不爲。

另外，不能忽視的卻是，留在台灣以中道左派立場及民族主義立場抗過日帝的一批人的思維和作爲。他們除了批判長官公署的種種不是外，還藉光復驅出日帝的大好情勢，揭發台籍御用士紳們的對日合作劣跡並大加撻伐。

總而言之，在這種情況下，一小撮人士的台獨思想和主張是難於公開化的。

台獨主張的萌芽至受挫

台獨運動其實並非起源於「二・二八」，反而是台獨人士利用「二・二八」的傷痕，不予科學分析地刻意渲染，激起台人的情緒反射，藉以擴大台獨的群眾基礎，累積其政治資本。實際上，萌芽中的台獨思想變爲台獨運動而公開化，主要是因一九四九年十月一日中共在大陸建立政權，台灣的地主、資產階級既憤恨於國府，在接收後的稗政與「二・二八」的鎮壓，又深恐中共跨海而來，損及其既得利益。加以美國在四〇年代末期，曾有扶植台獨取代國府，建立親美政權以

▲一九四〇年，僑領陳嘉庚率「華僑回國慰勞視災團」到達重慶。

符美國利益的政策，因此廖文毅兄弟才公開地搞起台獨。

廖文毅、廖文奎兄弟「二・二八」事變時並不在台灣，一九四八年廖文毅在香港與原日據時期台共領袖謝雪紅一夥人合組「台灣再解放聯盟」（一九四八年二月在香港成立）。廖氏兄弟出身雲林縣大地主之家，又都獲有美國的博士學位，自然不能接受中共的社會主義革命，但何以又與左翼的謝雪紅等人結盟呢？這一方面是因廖文毅沒有料到中共會那麼快的席捲整個大陸，他們認為中共難以越過長江天塹，國共兩黨將以長江為界，隔江南北分治。台灣人則應可聯合各方力量推倒國府的在台統治，自求解放，俟後再謀出路。另一方面，當時中共活動經費並不寬裕，謝雪紅等人在香港須靠與南洋僑領陳嘉庚關係密切的莊希泉濟助，謝雪紅一夥以廖文毅富於資財，也有藉其資金做政治活動之意。不過，時局的進展迅速，雙方不久即因路線、主張不合甚至於謝被中共圈定為中國人民政治協商會議（一九四八年五月一日倡議，一九四九年九月召開）的代表，廖雖一度巴望自己或能得到中共的青睞，但卻被拒上榜從而分途發展。

謝雪紅於一九四九年一月間以台灣民主自治同盟（台盟）理事身份赴華北，準備參加新政治協商會議籌備會議。但台盟的蕭來福和潘欽信因島內的工作重要

（由蔡孝乾領導的中共台灣省工作委員會）和情勢判斷所致，繼續留在「台灣再解放聯盟」與廖氏兄弟合作。一九四九年大陸大勢已定後，中共系統的台盟同仁陸續到大陸，另有一部分人被派回台灣搞地下工作，廖文毅、邱永漢等獨派人士則轉移陣地到日本活動。

國府中央撤至台灣省前，美國即印發《中國白皮書》（*United States Relations With China*）認其腐敗無能已無可救藥，遭中共徹底擊潰是指日可待之事，因此停止美援。美國將失敗的責任全推給國民黨，並準備培養親美人士主掌台灣政權，保障美國的對台控制，以免台灣落入中共手中，損及美國在遠東的權益。但到一九五〇年六月韓戰爆發，美國又改變政策，宣佈「台灣海峽中立化」，派遣第七艦隊進駐巡弋台灣海峽，並重新在軍事、經濟上援助國府，以對抗中共。

本來，在台灣島內，經過「二・二八」事變，不少台人特別是知識青年對國民黨失望、怨憤，但接著他們又發現了另有一個反封建、反帝、反官僚專制、反剝削、反壓迫的紅色中國之存在，於是由對白色祖國的失望轉向寄託紅色的祖國，省籍矛盾逐漸被左派意識所克服。這由「二・二八」之後，台大、師院等校學生不分台籍、大陸籍共同發起的反內戰、反饑餓、反迫害學潮（一九四九年的「四、

▲在港日搞獨立運動，自認台灣共和國大總理的廖文毅（右二），歸順國府後返台。

六學潮」是個高潮），即可見一斑。然而，至韓戰爆發後，國府在美國支持下重獲生機，為穩定風雨飄搖的局勢，開始以激烈而殘酷地手段極力肅清、捕殺左翼人士，台灣進入了「白色恐怖」時期。

海外人士對台獨主張的影響

流亡到日本的台獨人士在美、日的包庇下，提出混合民族論，牽強附會地說，台灣人不是中國人，台灣民族不是中國民族，向聯合國、美國、日本等國呼籲支持其民族自決。邱永漢甚至撰文呼籲日本人不要忘記台灣人過去是日本人的同胞等奇怪論調。但台獨的理論既荒謬、貧乏，組織亦散漫無力，一九六五年，台獨領袖廖文毅回台向國府投誠，台獨聲勢大衰。一九八五年，王育德賫志以歿，跟隨其後的一些台獨人士，滯留日本已失去作用。他們的主張非常偏頗而情緒化，初期揚言要把外省人推下海，而理論又粗糙缺乏堅實基礎，無法說服眾人，得到共鳴，其力量日益萎縮，不能成事，是理有固然的。

早期的台獨人士多半都很親日，這是由於台灣人原抱著素樸的愛國心與民族主義，想在回歸祖國後參與建設新台灣，甚至於建設強大的新中國。當初以為打

▲汪彝定的著作：《走過關鍵年代》。

敗了日本的祖國官員、軍隊必定是廉能、有紀律的，沒想到來台接收的軍政人員素質極差，正如曾任國府國貿局長、經濟部次長、台糖董事長的汪彝定在回憶錄《走過關鍵年代》中所說，大陸來台的接收人員沒有是非觀念。大陸來台人士極少有人把台灣看做一塊需要用心好好建設的中國的一部分，而是抱著搶地盤、揩油水的心理來。台灣人在飽受壓榨、不公正的待遇之下，原有的愛國情感及渴望投入建設新台灣及強大新中國的參與感受挫。傷心之餘，不免會與日本人在台時相比較，他們覺得日本人雖然專制，但還講紀律、法律，連撤退的時候都是規規矩矩的。相形之下，戰勝的中國顯得漫無法紀、官僚貪贓枉法、倒行逆施，遠不如日本。加以「二・二八」事變中，國府軍警特務常未經審判即濫捕濫殺，甚至還藉機敲詐勒索，自然令台人咬牙切齒地生痛憤之心。

台獨在日本聲勢日益衰頹後，重心轉至北美地區。

這些留學國外的台獨人士屢屢提起「二・二八」，引為台灣獨立的論據，究竟是什麼原因？這得從國民黨的治台政策說起。國民黨在大陸時期由於黨中要員、幹部頗多出身地主家庭，孫中山先生平均地權的土地改革政策始終無法落實，結果，備受榨取、溫飽有虞的農民跟著中共搞革命，把國府趕出了大陸。國民黨到台灣後，有鑑於大陸失敗的經驗，加上台灣人地主與國民黨權貴素少有淵源，於是就在美國協助下，進行「三七五減租」、「耕者有其田」等項土地改革，以收攬農民的心；這個政策既可防止農村成爲培養共產黨的溫牀，又可利用農民獲得土地後的生產積極性增產糧食，確保糧源，才能養活一九四九年後隨國府撤退突然湧進台灣的二百多萬黨政官僚、軍人及其眷屬。

五〇年代國民黨之能鞏固在台灣的統治有幾項因素：一、用軍事戒嚴實行高壓，箝制人民的集會、結社、言論等自由權；二、透過土地改革、田賦徵實、隨賦徵購、肥料換穀等農業政策掌控糧源，韓戰後，又有每年約一億美元的經濟援助，使台灣的民生物資基本上不虞匱乏；三、國民黨把大陸四大銀行的鉅額準備金及外幣、金、銀類，運到台灣，拋賣出部分黃金，來遏阻了四〇年代末期至五〇年代初期的通貨膨脹，使台灣經濟趨於穩定。

通常一個政權在實行像土地改革這樣的社會經濟政策，要把土地從地主手上轉移到農民手裡，都會引起既得利益者極大的反彈。但台灣的地主階級因見識過國府對「二・二八」的血腥鎮壓，心有餘悸，懾於國府的槍桿子連吭氣都不敢，更談不上反抗的舉動。但國府也不只是用超經濟的強制力對付地主的，它還運用

▲林家滅門事件的苦主：林義雄、方素珍夫婦。

經濟手段，拿農林、水泥、紙業、工礦四大公司的股票及國家債券和地主換取土地，於是不少台灣大地主就由土地資本轉化爲工商業資本，把傳統的投資導向自土地轉爲工業抑或貿易去。「二・二八」及白色恐怖帶來的餘悸，把台灣中上層人士的精力從參與政治引向經濟領域，又値得吾人留意。從而台灣人年輕一代精英往外發展，留在台灣的與壯年世代在台灣經濟發展過程中飛黃騰達。這些上層地主蛻化成的大資產階級還與國民黨權貴子女通婚、合資經營企業，融爲利益共同體。

然而，大多數的中小地主卻沒有分沾到這種利益，他們或者成爲自耕農，或者成爲小業主。他們的子弟有不少到歐美、日本等國留學，拿到學位後，由於國府在台實行威權統治，而且不像上層階級的子弟回台後有較好的發展機會，因而有頗多長年滯留在美國、日本不歸，就在美國、日本等地成家立業，搞起台獨運動。在政治上，自一九七〇年代，日本、美國與中共開始改善關係、建交，美國解除對中國大陸的封鎖，台灣一些資產階級連人帶資金逃往北美等地，也成爲台獨的一股助力。千萬不能忘記，美國的移民法的改善，保障了他們的居留權，讓留美者比留日者方便搞其政治社會運動，因此，一九七〇年代後，台獨的重鎮轉

▲高中時代的陳文成博士。

往美國。

美國的台獨人士不像老一輩的台獨用日本的觀點思考。由於美國是個多民族移民國家，且是由白種的盎格魯撒克遜清教徒後裔（WASP）爲主體，從歐洲獨立出來的，因此，美國的台獨人士逐漸不大主張台灣民族論，認爲同是華人也可像美國白人那樣獨立另組國家，也不強烈主張要把外省人趕下海，而是強調美國式民主的制度與價值觀念。由七〇年代至八〇年代，連續發生中壢事件、余登發被捕、美麗島事件、陳文成返台遇害、林義雄家人被殺、江南案等一連串震撼人心的政治事件，予台獨抨擊國府的口實，給了台獨發展壯大的良機，美國台獨的聲勢因此而大爲興盛。

不過，七〇年代後，台獨陣營中也發生了一些變化，有一部分人士主張與國民黨開明派合作促成台灣民主化，搞「革新保台」。因此，台獨運動與台灣島內民主運動有了部分重疊，而在中共與美國建交後，台灣黨外人士與部分台獨人士也遊說美國國會議員賣武器給台灣。最近幾年雖然還有部分激進的台獨仍主張「台灣是台灣人、台灣民族的台灣」，但多數的台獨人士已比較務實地主張「二千萬台灣居民命運共同體論」，這就使台獨主張與獨台的政治現實逐漸有了結合的共同基礎，這顯示台獨的主張已脫胎換骨，由原來的閩南沙文主義擴大爲希望閩南、客家、先住民不分彼此，而外省人第二、三代都能放棄過客心態，認同台灣，融合一體，形成「台灣命運共同體」。這也等於必須放棄過去視國民黨爲外來政權的說法，因爲從邏輯上說，若還認爲國民黨是像荷蘭、西班牙、鄭成功、清朝、日本等的外來政權，那還有何與外來政權建構命運共同體之理可言？總的來說，早期台獨運動相當受日本的影響，而後半期到現在則主要是受美國自由主義、民主政治思想的影響。

揭開「黑盒子」中的眞相

這裡，有必要探討一個「二・二八」造成的省籍隔閡問題，一般大陸籍人士很難理解爲何老一輩台籍人士會那麼親日？對外省人會有那麼難消的仇恨？

其實，台灣光復後，台灣人雖然不像朝鮮人那樣激烈的對日本人施行報復，但也同樣有毆打日本警察之類的報復行動，台灣的一般人民並不是那麼親日的。問題是，台灣百姓在光復時抱持著素樸的中華民族主義與愛國心，一心一意想參與建設新台灣、建設強大的中國，這些願望卻由於國府來台接收的軍政人員貪暴蠻橫，欺壓百姓而受到嚴重的挫折，對台灣人心理產生了莫大的衝擊。

最後，我們得從「社會的記憶」與「社會性記憶」的概念來探討「二・二八」留下的後遺症。所謂「社會的記憶」，不外是有關的檔案、報導文字等。眾人皆知，「二・二八」一直是政治上的禁忌，不但不能談更不能有學術研究，因此「社會的記憶」也不曾有過公開性的出土與介紹，當然就談不上活用「社會的記憶」，來求其事變全程的眞貌。事變的眞相被鎖在「黑盒子」中，後遺症只好累積，病入膏肓。有關「二・二八」的神話，虛構、傳說之類難免叢生且橫行。任何民族、社會都會希望追索自己的歷史，塡補自己歷史的空白，這就需要靠「社會的記憶」爲基礎來建立起信史，否則會由於資料的殘缺不全，造成歷史被曲解惡用，使社會上對歷史的認識產生偏差影響到「社會性記憶」。

現在甚多台籍人士包括年輕一代普遍搞不清楚「二・二八」，常常被誤導，只是聽說「二・二八」是外省人＝中國人＝國民黨殺了台灣人，而一些外省籍人士也還誤解所有台籍人士都恨外省人，所有台籍人士要搞台獨。這些都是「社會性記憶」偏差的表現。例如，有次在被殺的美籍華裔作家江南的禮品店裡，碰到一位軍統局的退休幹部跟我說：「我離開台灣後，不會再回去了。軍統給人民的印象很壞，特別是『二・二八』時，我沒有做過冤枉人的壞事，但『二・二八』如翻了案，軍統的人一定會被殺。」這位外省的軍統幹部因恐懼遭到報復而逃到美國。但有趣的是，台獨人士在「二・二八」問題上只指責彭孟緝或一些外省人，對當年擔任軍統要職的台籍人士如：劉啓光、軍統台灣站長林頂立等人在「二・二八」的角色責任，卻只因爲他們是台籍就不予追究了，這其實是很偏頗的心理。

我們研究「二・二八」，應不帶有色的眼鏡來看問題，把歷史的歸於歷史，不論是軍統、行政長官公署、警備總部都是當年客觀存在的治台權力機構，它們當年如果犯了錯，錯在哪裡？其結構如何？都應認眞地給予客觀的研究，而不是籠統地以偏差的「社會性記憶」加以指責、批評。我們還是保持「恨事不恨人，可恕不可忘」的原則來作好「二・二八」研究才是正道。

這種錯誤、不正常的「社會性記憶」偏差是值得嚴重正視的。我們已多次言及，光復隨後，台民因素樸愛國心及民族主義受挫招惹自我喪失及心理挫傷的情境；本來這一類「社會性記憶」可以隨時間的流逝而有所沖淡，但兩岸交往的斷絕阻礙了台籍人士對中國大陸正負兩面的眞貌認知的機會，更不幸的是，國府有關當局一連串的失政，不但沒有能夠糾正被歪曲的「社會性記憶」，還給「社會性記憶」添加了甚多不正當且負面的因素。

有識的外省籍人士，一直感嘆，爲何台胞不愛中國甚至看賤中國及中國人，反而有親近日本人的趨向，有時又會盼望「兒不嫌母醜」的社會公理適用於台灣同胞。台籍人士有其草根性情結，而且先是受日本的「近代主義」（modernism）價值體系影響，後來又被歐美生活方式與價值觀所浸染，卻鮮有人能自覺的反思，並加以批判，因而自囚於美、日意識形態的樊籠中，無法脫出困境。但非常遺憾的是，外省籍的有識人士對台籍人士的草根性情結與思想困境也不曾有所釐淸與關懷。

甚至，我們往往也可見到一些外省籍的有識之士，一方面有從形式邏輯出發的大一統思想，一方面又執迷於浮面的歐美生活方式的價值觀，兩者混雜爲一，成爲其至上的價值觀，與台籍人士一樣陷於無獨立自主性思考的窘境而不自覺。「兒不嫌母醜」的公理，只能產生在自幼與母親生活在一起，不管酸甜苦辣，母子都能在同一環境共享榮辱的條件下培育。一個自幼就被隔離半世紀，被軍國主義、資本主義之仇家＝日本奪去養大的孩子＝台灣，一旦回到自己的家＝光復回歸祖國，當初渴望投入慈母懷抱的赤子之心是天經地義。

不待半年，母家的來人卻不是台灣同胞所期待的。雖然被養家歧視榨取過的台胞，他們近四十年（頭十年，日本帝國主義也血腥鎮壓過台民）卻是在有法律、有秩序、有紀律下度過了自己的生活。雖然，那些都不是台灣人基於自主性所爭取以及所定下來的，但慣性是可怕的，人人都有適應環境的潛力，不習慣將被馴化爲習慣。

被割棄的台灣孩子，回母家時正逢亂時，既不習慣，心理上又不曾有過準備，目擊了人心險詐莫測、爭權奪利、縱慾營私，無法無天、無所不用其極的母家來人，有何理由不生可憎、可悲、可怕之情!?

恨事不恨人，可恕不可忘

「二・二八」事變過程，失去理性力圖洩憤的「暴民」，唱著日本軍歌，揮舞日本武士刀，大聲以「支那人」、「清國奴」叫罵，乍看是既可恨又荒謬。但，被奪去語言以及表達手段的台人（日帝推行皇民化運動，不只是壓抑了台語的整合性現代化，同時又阻礙了中國標準語＝北京官話在台灣的普及），難道他們可藉唱些閩南情謠、客家山歌來爲己打氣，對抗貪官汚吏嗎⁉雖然是不倫不類之舉，卻是值得有識之士諒解及同情的。決不能把那些「反常」之舉動一概以日本遺毒來蔑視，甚至於認爲台籍人士都是親日，都可能搞台獨。這一種認知的鴻溝急需塡平，彼此之間沒有互信，不知相互安撫及關懷，哪能有化戾氣致祥和的一天。

「二・二八」的血腥鎭壓，部分軍特人員還藉機敲詐勒索的一些怨懟已逐漸談開，但繼「二・二八」而起的白色恐怖＝掃紅大整肅卻少被談及。其實「二・二八」事變的後遺症是應該把「白色恐怖」的犧牲者連結起來探討才夠全面的。

在「二・二八」事變過程失蹤的外省人士向來甚少受到關懷，比其不知多多少倍人數的「白色恐怖」的犧牲者更不曾有被正面的探討過。

因爲外省人在台既少有親屬，台籍與外省籍之間又有隔閡，外省人被殺、被關，台籍人士多無所聞。但台籍人士有家屬親戚，一有風吹草動即傳揚開來，這就形成一種錯覺，好像只有台籍人士被迫害，其實外省籍被害者在「白色恐怖」期間，要來得更多。這就更加深了省籍隔閡與仇恨的「社會性記憶」。

對「二・二八」的善後問題，我覺得「二・二八」中很多不明不白被冤枉殺害者，應使他們的犧牲有助於台灣的民主化。遺族的最大願望應是平反其冤屈，政府在物質上應給予補償，至少在工作、升遷各方面要給予公平的待遇，不能再視其爲叛亂造反的家族。若不給他們撫卹、公平的待遇，台獨人士就會趁機利用其情緒上的不滿，繼續鼓吹「台灣人意識」、台獨意識來攪局，累積台獨的政治資本。

一部分台籍人士確實具有仇恨並藐視「祖國」及其來人的偏見，這個千眞萬確是絕對的錯誤。

日本帝國主義的「歷史殷鑑」還不值我們台籍人士學習的嗎？打勝了甲午戰爭以降迄至二次大戰中的日本人，錯認了中國及中國人，認爲中國根本國不像國，不堪一擊。自殖民台灣一直到七七全面性侵華戰爭，他們的知識界總是藐視著中國及中國人，最後只好吃上了二顆原子彈自取有史以來的奇辱。

美國人敗於越南的經緯亦足予我人當爲歷史教訓的。統也好，獨也好，兩者都不是只靠喊口號就可以做得到的。

我認爲，對「二・二八」事變無需誇大更不容掩飾，把它的眞相公佈，該道歉的道歉，該補償的補償，竭盡我們之所能，一齊來克服「二・二八」的後遺症，化戾氣致祥和以共尋覓更美好的明天。「二・二八」的後遺症，若不及時加以矯正，而任其惡化下去，繼續成爲政治野心家利用的政治資本，則將有礙於台灣的社會和諧，台灣的民主化也將難以落實。因此，台灣官方應儘速全面的公開「二・二八」資料，供學界做理性、深入的研究，使人民認識「二・二八」眞相，恢復正確、健康的「社會性記憶」，果能如此，台灣的民主、和諧方有厚望焉。

第十二章　建碑風尚的光彩與陷阱

我們若不以歷史科學、社會科學的知識爲基礎對「二·二八」進行深刻的反思與總結，而使得立碑運動不過淪爲一種情緒性的風尚，非但失去紀念「二·二八」的意義，也只是徒然增加社會成本，加重民衆的負擔而已。

冷戰結束後，東歐和蘇聯發生了風雲莫測的激變，專政數十年的共黨紛紛倒台，原有的當政者或流亡，或成階下囚，或遭處死。一些歷史事件重新翻案，一些政治人物也被重新評價，過去密不可外洩的官方檔案、資料因政權的轉換逐漸公諸於世。用理論的思維來看，這意味著新秩序的建立與價值觀的重整，同時也帶有人類共同的願望，那就是要力求填補罅隙不讓歷史留有空白。過去受壓抑、委屈者藉政治的變革，要求平反冤屈，還其公道，並將怒氣發洩在具有政治象徵意義的銅像、塑像等政治性紀念物上，造成政治性紀念物的「受難」季節。最典型的是，蘇聯八月政變失敗後，列寧（Lenin）與KGB創始人捷爾任新斯基（F.

▲建於嘉義的「二・二八」紀念碑。

E. Dzerzhinsky）的銅像被拉倒、擊毀。

在普遍發生而易於察覺的「受難」形式之外，還有一種情況是「受辱」。一般發生在政治氣候有所轉變，但沒有達到徹底的變革，政治上仍有禁忌或顧慮的地方，一些對過去的政治強人不滿者或者用噴漆等醜化的方式，偷偷摸摸地對政治性紀念物侮辱一番，以洩其憤，或者是用移走銅像、減少其存在數量等迂迴的方式表達鄙棄之意。在台灣也曾發生過政治銅像受辱的事情，而最近台北縣長尤清聘請師大教授林玉體擔任台北縣教育局長，林玉體就表示有意拆掉縣內所有的政治銅像。

政治紀念物的興建風潮

在拆毀銅像之外，台灣也興起了另一種流行，那就是許多縣市掀起一股為「二・二八」立紀念碑的風尚。除了嘉義市已於一九八九年八月十九日建碑落成外，宜蘭縣長游錫堃，屏東縣長蘇貞昌也都正在推動建碑。既謂之「時尚」或流行，即表示會繼續擴大，波及至其他地區。

我們該怎麼看待這種「二・二八」建碑的風尚？

在論到正題之前，我想先回顧一下往事。一九八七年《中國時報》記者越洋電話採訪我關於建立「二・二八」紀念館的意見，我當時即表示反對。何以故？一九五五年十一月我到日本留學後，即著手廣爲搜羅、整理「二・二八」的資料，三十多年來所看的材料不可謂不多，我深知若要建紀念館，實在也沒有多少東西可擺，因此，並不贊成建虛有其表的紀念館。

再者，我看近幾年來台獨或台籍知識份子的活動，常是夸夸其談，打高空者多，少見有實際的作爲；像楊逵在世時，說要在東海花園建圖書館，楊逵去世後又傳說要建楊逵紀念館，喊得震天價響，卻又不見影跡。已建成的鍾理和紀念館，我曾特地南下參觀，但徒有硬體空殼，內涵卻極爲貧乏，不夠充實，似乎在「硬體」建成之後，熱情已消退，後續無力，就置之不理了。可見有些台籍知識份子徒尚空言，言不顧行，行不顧言，不甚爲自己的言論負責。因而，我對建立「二・二八」紀念館不表贊成。我認爲，要建就應使其內容充實，名實相副，但實際上由於紀念物極爲有限，很難落實。

我雖則反對建「二・二八」紀念館，但對建紀念碑卻頗爲贊成。原因是建碑可收懲前毖後，警惕人心，不再重蹈覆轍的儆醒效果。像日本在二次大戰中，受

▲「二・二八」紀念碑碑文。

錯誤的法西斯主義、民族優越論誤導，發動侵華戰爭，結果非但在荼毒中國上千萬生靈、摧殘中國半壁江山後，仍未能遂其併呑中國的野心，反而遭到慘敗，落得國家殘破、人民飽受戰爭之苦，國將不國的可悲下場。戰後，日本人痛定思痛，喊出「一億人總懺悔」，並有建立「日中不再戰」的紀念碑之創舉，以期記取歷史教訓，謀求中日世世代代的長相友好，永遠不再啓動戰端，確保兩國人民的友誼與福祉。同樣地，台灣若能建立「二・二八」的以史爲鑑、不再流血的紀念碑，既慰亡靈，又可促進民族內部的和諧、團結，則我是樂觀其成的。

如今，嘉義的「二・二八」紀念碑已經建成，且受到相當普遍的支持，做爲台灣的知識份子且同爲「二・二八」犧牲者的親族的一員，自然備感欣慰。但値得我們婉惜的卻在其碑文的瑕疵。從碑文的整體脈絡來判讀，此紀念碑所弔念的只局限於台灣精英。衆人皆知，「二・二八」病變的犧牲者不僅是所謂精英，更不限於台籍人士，難道非精英、非本省籍的冤魂就不需要、不値得去弔念嗎？

因「二・二八」病變而受傷害的寶貴生命及其所造成的傷痕，應當在更大的時空及坦蕩大度中被弔念、被撫平。爲何不能以博愛的胸懷弔念所有的冤魂，把所有遺族及有關人士的傷痕，坦然地物化爲自然的呢!?

▲台灣文學界耆宿吳濁流攝於台北金龍禪寺「吳濁流文學獎紀念碑」旁。

「紀念」的表象與內涵

但眼見最近掀起了建碑風尚，卻讓我不能不深感憂慮，難表同意。我之不贊成這股建碑風，而獨持異議，不是爲當政的國民黨謀或有其他因素，而是基於對台灣全體住民的一片赤誠，有不能已於言者，不得不對流行之見提出逆耳之言。

首先，有關在台灣的建碑，我另有個苦澀的回憶。那是一九七一年的春天，吳濁流老先生訪日，住在我們家，他很得意地說，他們《台灣文藝》的同仁有了「吳濁流文學獎」，還在台北內湖的「金龍禪寺」境內建了一座「吳濁流文學獎紀念碑」，他並拿出相片讓我看。那時我在想，他的書在日本出版，表示我們台籍知識份子還是有人向日本人提出抗議的；他的漢詩也慢慢出現對日本帝國主義的批判，吳老雖是七十老人，但仍然在進步，甚爲可敬；但爲何突然來了個「大頭病」症呢？我向著吳老說：「您怎麼的，那麼忙幹麼？已開始怕別人忘記你了。」

他老人家望著我，臉色有一點發白，雖然我們正開始飲茅台。

我繼續說：「爲何不叫台灣文學獎或稱美麗島文學獎呢？還蓋起石碑來，沒有意料到您老人家也患上『台灣知識份子』的『大頭病』來，眞教我失望。」

我有一點興奮，追擊著說：「這一種行徑就是台灣知識份子最糟糕、最醜陋的一面，吳老，我不但是在說您，我在批判著，包括我在內的所有台籍知識份子。」

吳老流著眼淚，他哭著：「噯！只要你在台灣，在我身邊，我就可少犯錯誤！眞是！」

我內人，端著菜盤子，還踢了我一腳，暗示我別再提了。

但我還是再添了一句：「（鍾）肇政呢？他沒有表示反對嗎？」吳老說：「沒有呀！他們都在敲邊鼓。」

後來，我發覺在他的自撰年譜中並未提及立碑之事。這當是吳老可敬之處。

事過境遷，一九九一年三月底，在一個小集會上見到鍾肇政兄。我問他，爲何近幾年的「吳濁流文學獎」得獎者芳名都沒有刻在「紀念碑」上。他即刻回答說：「吳老的兒子，在偷懶！」我驚奇地「嘿！」了一聲說：「吳老兒子，並不是文學界人士，據說只是一位小商人，你們怎麼能苛求他？我認爲吳家能繼續拿錢出來給獎，已經是值得我們千感萬謝的了……」我只好搖頭長嘆了事。

究竟紀念碑有何意義？這可從原理層次來探討。由文化人類學中的角度來說，紀念碑可當做圖騰來解釋，但從辯證的觀點看，物極必反，圖騰一多其意義即喪失。到處有紀念碑也就等於沒有紀念碑，紀念碑如因過於氾濫而失其警示意義，則對台灣民眾也就不會有什麼好處可言。

二、歷史的事物發展到一定的階段，往往就會變質，好事也會變壞事。以立「二・二八」紀念碑來說，過去國府將「二・二八」列為禁忌，不准民間研究討論，也不准紀念、建碑，如今禁忌突破了，碑也已建成，卻出現了一窩蜂流行建碑的風尚。尤其現在建碑已變成是在野黨縣長這些政治人物的政治行為。我並不否認他們的主觀意圖也是出於對「二・二八」死難者的敬意，但我們建碑的目的在安慰冤死的亡魂，代他們申冤，紀念他們的犧牲受難，期望民族內部不再發生這樣不幸的衝突流血，如果到處立碑，則所用的土地、所耗費的金錢，不論是由政府公款支出或民間捐贈，從整個社會來看，都是一筆可觀的社會成本。本來是大家出諸善意的構想，卻可能造成勞民傷財，轉為台灣百姓的負擔，尤其若由於過於氾濫而致失去其存在的意義，豈非欲益還損、得到反效果？這是呼應建碑風尚的媒體評論者與各界人士所宜深思且考慮的。

這裡，我可以舉日本的例子來做一個參考。自十九世紀末以來，日本軍國主義的積極對外侵略終於自食惡果，在第二次世界大戰結束前，日本本土的廣島與長崎遭到美國以原子彈轟炸，人民死傷數十萬，誠爲一場悲慘的浩劫。戰後，廣島、長崎爲不忘戰爭帶來的大悲劇，都設立了極富藝術品味的和平祈念像，以爲警惕，並供人參觀，追悼亡魂，遊客絡繹不絕。若是日本人也到處設碑立像，相信其價值以及它的訴求力不會像現在這樣受到珍視和有力量。

就紀念物的意義，我可再舉一個日本的例子。一九八二年，我應邀到日本四國愛媛縣宇和島市演講，題爲「有關日本明治維新與中國」。宇和島市本身就出了一位明治時代在東京帝大任教，對明治維新後建構法政制度上極有貢獻的法學宗師穗積陳重，愛媛縣的人民頗以該縣能出這樣傑出的碩學之士爲榮，就想爲他建銅像致敬，但遭到穗積本人的反對。穗積表示，他不願讓鄉親仰望崇拜，但願能做一座橋，讓鄉親步行踩過，爲鄉親提供通行之便。因而，當地人就依其所願，爲他建了座穗積橋橫跨辰野川，成了鄉人過路必經的橋。我非常榮幸，講演完後走過了這座橋，甚受感動。穗積這種踏實、爲鄉梓奉獻的謙卑胸懷，才是中國人最該學習的眞精神，所可惜者，我們學日本常只學其形式、皮毛而未得其精髓，可嘆也！

以史為鑑

對於歷史事變的反省態度，我們可以把德國與日本做一比較，並從中得到教益。德國與日本都曾是掀起第二次世界大戰的法西斯帝國主義國家，他們的侵略暴行使數千萬人喪生，數億人顛沛流離，尤其德國人對猶太人的種族性大屠殺，日本人對中國人乃至亞洲各國人的濫肆殺戮，其殘暴不仁令人髮指，引起舉世公憤。不過，德國人在戰後，衷心誠懇地表現了慚懺悔罪之意，除了追究法西斯主義對歐洲世界與世人造成的禍害，表示道歉、賠償之外，還以深厚的歷史科學、社會科學素養，進行深沉的反思、自我批判，把法西斯主義的根源，向自我深層心理做了誠實且深刻的清算，從思想層次上做了歷史總結。一九八五年五月八日西德總統（當年）理夏德・馮・魏茨澤克（Richard von Weizsacker）在聯邦議會就德國敗戰四十週年紀念日發表演講，為德國在二次大戰中所犯的過錯向全世界道歉。他的演講被世界各國的媒體以「對過去閉著眼睛的，必將盲目於當今」為題，加以推崇，其全文具有高深歷史哲學的智慧與洞察，值得人人三思。去年東西德統一了，法國等歐洲國家原本憂慮以西德強大的經濟實力與日耳曼民族的勤儉、優秀素質，若兩德統一，版圖與人口大爲擴張，德國國力更爲強大，法西斯主義會不會再度興起，而不太支持德國統一。但最近我到德國、法國、英國走了一趟，與當地學界、在野勢力，特別是訪問了法國朋友後，覺得德國已經過極爲深刻的反省，應該不會重蹈覆轍。法國輿論又普遍地支持兩德的統一並期待統一後的德國能在建構「歐洲之家」過程中扮演其積極性角色。

反觀日本的表現就遠不如德國了。日本當局到現在仍不肯爲他們在第二次世界大戰中的罪行向中國與亞洲人民表示誠懇的道歉、悔罪之意，只是曖曖昧昧、模模糊糊地說些「遺憾」之類的話。因此，日本如今雖已是經濟大國仍舊得不到國際（特別是亞洲曾受日侵略的各國）的尊敬。日本人每年雖然都會在八月的大熱天舉辦紀念廣島、長崎被炸的紀念性活動，包括反戰「NO MORE HIROSHIMA」（不願再有廣島悲劇）遊行，但由於他們沒有像德國那樣從思想層次上向個人和自己民族的內部進行深刻地檢討、反思與自我批判，因而無法產生具有智慧的歷史洞察。他們的紀念儀式也就日漸風化，徒留形式，不具史鑑意義了。

因此，我們應當以日本爲戒，不要使「二・二八」的紀念活動，流爲只是喊口號，做表面文章。我們若不以歷史科學、社會科學的知識為基礎對「二·二八」進行深刻的反思與總結，而使得立碑運動不過淪為一種情緒性的風尚，也未能跳脫政治秀的格局，豈非是一種社會資源的浪費？非但失去紀念「二·二八」的意義，也只是徒然增加社會成本，加重民眾的負擔而已。尤其我們應該力求使「二·二八」亡靈的犧牲，成為落實台灣民主政治的助力，能像穗積橋一樣，讓台灣後人踩過，通向民主之路，而不是任其淪為政治人物做政治秀的題材，讓「二·二八」的歷史意義風化，那就不單是「二·二八」亡靈的不幸，更是台灣住民的不幸，民族的遺憾。

建立全住民真正能接受且完美的「二·二八」紀念碑，藉而把民族病變的後遺症治癒，並昇華使其歷史教訓化，且期許其能更上一層樓，創造性地把它轉化為「思想」。也就是說把「二·二八」思想化，才是有識人士由衷的期待及該抱持的課題。

後記

「二・二八」事件已經過了將近半個世紀，各方面的條件應已成熟，可以對此一台灣戰後近代史上的重要事件，進行嚴肅理性的探討了。時間的距離，足可以沉澱事件悲劇部分的情緒反應，而且還有存活的歷史見證人、參與者，是有利的條件。

但是，過去四十多年來，海峽兩岸都政治禁忌重重，與事件相關的史料、文字資料，向來欠缺，並且普遍地有受到嚴重的政治干涉的痕跡。一般社會民眾的記憶與反應，因長時期廣泛地受壓抑而扭曲。如今，雖然舊時代的禁忌解除了大半，新的政治禁忌卻已悄悄登場，其中以圍繞著台灣前途的爭論，這種來自現實

▲一九八一年夏，蘇新於北京。作者葉芸芸攝。

政治範疇的干擾，對學術研究的「客觀」必要，傷害最多。

一九八一年仲夏，一個十分偶然的機緣，我探訪了流亡在大陸三十多年的原台灣共產黨員蘇新。抵達北京之前，「蘇新」兩個字，只是排印在文獻資料上的一個「赤色份子」的姓名，我所見到的蘇新，是一個氣色羸弱，燭淚漸乾的枯瘦老人。我與他面對著面，在他空曠的客廳裡坐下來，聽他平靜的述說他的時代——日本殖民統治者，國民黨政權以及共產黨政權。當我提出問題，嘗試要印證事件的記載時，他的回答往往就會是一段血淚的故事。當時對我個人而言，最重要的，莫過於發現這位台灣政治運動史上的革命份子、馬克斯主義者，也不過是個喜怒哀樂的平常人。

這份體會，改變了我過去看待歷史的僵硬心態。當時頗感意外，逐漸才能理解的是，總結蘇新所談的戰後初期的台灣，與我從父親生前所談而得到的印象，大體上是一致的。而我原以爲他們兩人在政治上分屬左右陣營，必然會有截然不同的看法。我所得到的啓示是，在歷史的領域摸索，不僅需要深厚的感情，寬闊的視野與胸襟，還要能超越預設的各種藩籬與情緒的糾纏，才可能在普遍性與特殊性之間融會貫通起來。

▲一九八二年，楊逵在作者葉芸芸華府的家中過生日時合影。

訪問蘇新的經驗，是我在探討台灣近代史的學習過程中，最重要的一個跨越。遺憾的是，那是我生平第一次做口述歷史的探訪，對自己頗不滿意，但我再也沒有第二次機會了。蘇新在接受我的採訪兩個多月後與世長辭。

此後數年來，我在北美、日本、台灣與大陸各地旅行，採訪了數十位「二・二八」事件的歷史見證人。我並非歷史學者，做這些工作，僅希望能搜集、累積一些資料，提供給將來學術界研究這段歷史的學人。

一九八三年春夏，我與一群旅居海外而關心台灣和大陸的朋友，創辦《台灣與世界》（一九八三年五月～一九八七年六月），這份在紐約市出版的月刊，雖然有其時代背景的特色——關懷支援台灣的民主運動、探討台灣前途以及海峽兩岸的溝通問題，也因戴國煇教授主持一個探討「二・二八」事件的專欄，將史料、資料有系統地整理，做客觀的介紹與批判性的注解。我也陸續發表所整理的歷史見證人訪問紀錄，月刊因而有另一重要特色。一九八七年二月底，《台灣與世界》在紐約市（哥倫比亞大學）舉辦了一場兩天的「二・二八事件四十週年紀念研討會」，邀請散居海峽兩岸及北美的歷史見證人與學術研究者共聚一堂，對此歷史悲劇事件做了一次冷靜的回顧與探討。

我負責編寫這本書中「悲劇的發生、經過和見證」一篇，主要依據已出版的或未出版的史料與資料，以及我過去歷年來採訪的口述歷史紀錄。多年的採訪，累積了一些見證紀錄，也積壓了一些感受或心得。我深切領悟到的是，歷史事件的原來面貌，實在是不可能重現的，這是歷史研究的先天或說自然的限制。採訪歷史見證人，除了發掘歷史的「事實」與「偶然」，印證史料、資料或其他見證人的證言而外，更是歷史寫作的想像力的重要來源，最大的收穫乃是，掌握歷史人物的性格以及時代背景的氣氛。但是口述歷史採訪也有陷阱，因爲人的記憶是有選擇性的（有意識的或潛意識的），接受我採訪的歷史見證人也不會例外。每一個人的生命歷程中，各階段所經驗的現實，都可能是干涉記憶的複雜因素。我在寫作的過程，只能嘗試在合乎邏輯的推論下，發揮有限度的想像力，而對史料、資料及口述紀錄加以合乎常理的判斷與說明。但是，有時心底會浮現這樣的問題：歷史的原貌（事實），是否一定符合邏輯常理呢？

與戴國煇教授一起工作的經驗是非常可貴的，對我最大的衝擊乃是他那份追根究柢，求眞的探討精神。他的治學態度嚴謹，力主要有「以史爲鑑」的反思和「可恕不可忘」的警惕，已經得到許多共鳴。

▲一九八二年八月，作者葉芸芸於美國波士頓訪問陳逸松夫婦。

我希望借此書出版之際，感謝所有接受我採訪的人士，在我寫作過程中，給我鼓勵與協助的朋友，以及我的家人。

葉芸芸　于華府

一九九二年元月十八日

國立中央圖書館出版品預行編目資料

愛憎二・二八：神話與史實：解開歷史之謎／戴國煇，葉芸芸著. --初版. -- 臺北市：遠流，民81

面；　公分. --(本土與世界叢書；12)

ISBN 957-32-1504-7(平裝)

1.臺灣－歷史－光復以後(1945-　)

673.2291　　81000466